光文社文庫

文庫書下ろし

毒蜜　首都封鎖

南　英男

KOBUNSHA

光　文　社

この作品は、光文社文庫のために書下ろされました。

目次

プロローグ 7
第一章 凶行前夜 14
第二章 移民鎖国 83
第三章 魔手の影 141
第四章 全都民軟禁 203
第五章 正義の暴走 266
エピローグ 335
解説 永田《ながた》勝久《かつひさ》 350

毒蜜　首都封鎖

プロローグ

襲撃者は三人だった。

黒いフェイスマスクで顔面を隠した男たちは東京出入国在留管理局品川庁舎に押し入り、二階にある相談窓口に向かった。五月上旬のある日の午後三時過ぎだ。

リーダー格の男は上背があり、全身の筋肉が発達している。四十歳前後だろうか。

終始、冷静沈着だった。動作はきびきびとしている。軍事訓練を受けたことがあるようだ。考えられるのは元自衛官か。あるいは、海外で傭兵《ようへい》として働いていたのではないか。

主犯格の男はイスラエル製の超小型短機関銃《マイクロ・サブマシンガン》を手にしていた。

マイクロ・ウージーだ。拳銃《ハンドガン》よりも少し大きいだけだが、れっきとしたサブマシンガンである。弾倉《マガジン》には九ミリ弾が収まっているはずだ。

従犯者のひとりは、長袖《ながそで》シャツの袖口から刺青《いれずみ》を覗《のぞ》かせている。中肉中背だった。グロック19を握っている。オーストリア製の中型拳銃だ。命中率は高い。

もう片方の男は、アメリカ製のコルト・ディフェンダーを握っている。

ずんぐりとした体型だった。従犯の二人は、おそらく堅気《かたぎ》ではないだろう。

この三月に暴力団、半グレ集団、外国人マフィアが偽情報に惑《まど》わされて潰《つぶ》し合いに明け暮れた。その結果、いま裏社会は空洞化した状態にある。

歌舞伎町一帯は焦土《しょうど》と化し、復興の目途《めど》もついていない。暴力団関係者と思われる二人は喰《く》うに困って、悪事の片棒を担《かつ》ぐ気になったのだろうか。

相談窓口のあるフロアには、アジア系外国人の男女が十四、五人いた。

在留カードの申請に品川庁舎を訪れたのか。それとも、不法滞在者が出頭する気になったのだろうか。

「流れ弾《だま》に当たりたくなかったら、床《ゆか》に伏せてろ！」

リーダー格の男が、居合わせたアジア系外国人に大声で命じた。数人の女性が逃げる素振りを見せた。

色の浅黒いアジア系男性が顔をしかめ、武装グループを訛《なまり》のある日本語で詰《なじ》った。

「あなたたち、悪いことしてる。警察に捕まるよ」

「うるせえ！　言われた通りにしねえと、てめえら全員撃ち殺すぞ」

刺青で肌を飾った男が巻き舌で言い返し、グロック19を左右に振った。ずんぐりむっくりとした男が仲間に倣《なら》う。

不運な相談者たちは怯《おび》え戦《おのの》き、次々にフロアに這《は》いつくばった。犯人たちを咎《とが》めた男性も渋々、腹這いになった。

「おたくたち、何を企《たくら》んでるんだ!?」

相談窓口B《ビー》カウンターの向こうから、係の男性職員が飛び出してきた。長身だ。三十代の前半だろう。勤勉実直そうな印象を与える。

「逆《さか》らうと、若死にすることになるぞ」

主犯格の男が告げて、マイクロ・ウージーを構え直した。窓口係はたちまち身を竦《すく》ませ、目を伏せた。

「上席審議官の矢部《やべ》和樹《かずき》は庁舎内にいるんだろう?」

「………」

「急に日本語を忘れてしまったか。ま、いいさ。すぐ矢部審議官をこのフロアに呼べ!」

「そ、それは……」

「命令に背《そむ》いたら、人質と職員を皆殺しにする。威《おど》しじゃないぞ。おい、どうする?」

マイクロ・ウージーを持った男が、窓口係に決断を迫った。

「誰も撃たないでください」

「くたばりたくなかったら、早く矢部を呼ぶんだな。もう一一〇番通報したんじゃないのかっ。え？」

「通報する間《ま》もありませんでした、職員たちは」

「なら、相談者の誰かがこっそり通報したんだろうな」

「それは考えにくいと思いますが……」

「もし警察に包囲されたら、二階にいる者と矢部審議官を人質に取って立て籠《こも》る！」

「内線電話をかけさせてください」

男性窓口係が震え声で言い、Ｂカウンターの奥に駆け戻った。

立ったまま、内線電話をかける。通話時間は短かった。

「矢部は、このフロアに来るのか？」

主犯格の男は、Ｂカウンターから戻った窓口係に訊《き》いた。

「はい、すぐに」

「わかった」

「あなたたちの目的は何なんです？」

「すぐにわかるよ。おまえもフロアに腹這いになれ！」

「は、はい」

窓口係が諦《あきら》め顔で、床に這った。

その直後、女性相談者のひとりが幼女のように泣きじゃくりはじめた。

刺青を入れた男が眉根《まゆね》を寄せ、泣いている外国人女性に走り寄った。立ち止まるなり、相手の脇腹を蹴りつけた。女性が呻《うめ》いて、体を丸める。苦痛に歪《ゆが》んだ顔が同情を誘う。

「まだ人質に手荒なことはするなっ」

主犯格の男が、刺青男を叱りつけた。

「女の泣き声が癇《かん》に障《さわ》ったんだよ」

「こっちの指示が気に入らないんだったら、オリてもいいんだぞ。おまえら二人は使えそうもないからな」

「なんだと!?」

刺青をちらつかせている男が気色《けしき》ばんだ。

慌《あわ》てて仲間がなだめる。刺青男は不服げだったが、おとなしくなった。

「二人とも冷静に行動するんだ。いいな！」

主犯格の男がそう言い、従犯たちから離れた。

そのとき、五十絡《がら》みの男が相談窓口フロアに姿を見せた。知的な面立《おもだ》ちだった。

「審議官の矢部和樹だな？」

主犯格の男が早口で確かめた。

「そうだ。きみらは、自分が何をしてるのかわかってるのかっ」

「もちろんだ。茨城《いばらき》県牛久《うしく》市にある東日本入国管理センターに収容されてる二、三十代の健康な男性外国人をすべて放免《ほうめん》しろ！」

「そんなこと、審議官のわたしの一存では決められない」

「それはわかってる。上部組織である出入国在留管理局のトップにこちらの要求を伝えるんだ。指示を無視したら、人質は抹殺《まっさつ》することになる」

「脅迫には断じて屈《くっ》しない。テロリストの言いなりになるほど腰抜けじゃないぞ。見くびるな！」

「ずいぶん威勢がいいな。死んだら、何もかも終わりだぜ」

「この階に来る前に一一〇番通報した。間もなく品川庁舎は警察に包囲されるだろう。ばかなことは考えないで、銃器を捨てて投降したほうがいい」

「ちっ、偉そうに。ご意見無用だ」

「見せしめに、このわたしを撃つ気になったのか!?」

矢部が後ずさり、身を翻《ひるがえ》した。

主犯格の男が冷ややかに笑って、ためらうことなくマイクロ・ウージーの引き金《トリガー》を絞った。

低周波の唸《うな》りに似た音が響く。放たれた銃弾は矢部審議官の頭部、肩口、背中に埋まった。

被弾者は前のめりに倒れたきり、微動だにしない。ほぼ即死だったのだろう。フロアに鮮血が拡《ひろ》がりはじめた。

人質にされた外国人男女と職員がこわごわ起き上がり、死んだ矢部を遠巻きに囲んだ。悲鳴と嗚咽《おえつ》の声が重なる。

「退散するぞ」

リーダー格の男が従犯者たちに声をかけ、先に二階フロアから離れた。仲間たちがつづく。

三人は武器を隠しながら、急いで犯行現場から逃走した。十台近い捜査車輛が相次《あいつ》いで臨場したのは六、七分後だった。警察関係者は手分けして、武装集団を追跡した。だが、逮捕には至らなかった。いまも三人組は逃亡中だ。

夕方、警視庁は所轄の品川署の要請を受けて捜査本部を設置した。

第一章　凶行前夜

1

車列はいっこうに進まない。

都内の幹線道路は検問のせいで、どこも渋滞していた。数時間前、品川署管内で射殺事件が発生した。

三人組の武装グループは東京出入国在留管理局品川庁舎に押し入り、応対に現われた審議官を超小型短機関銃《マイクロ・サブマシンガン》で撃ち殺して、すぐさま逃走した。被害者の矢部和樹は先月、満五十一歳になったばかりだった。

多門剛《たもんごう》はカーラジオとネットニュースで、その事件のことを知っていた。いまも犯行グループは捜査の網に引っかかっていない。

武装した三人組は、事件現場近くの裏通りに駐《と》めてあった黒いアルファードで逃亡を図《はか》った。そのことは、犯行現場周辺の防犯カメラの映像と目撃証言で明らかになった。

しかし、アルファードは半月ほど前に目黒区内で盗まれた車だった。犯人グループの割り出しは難しいだろう。逃走ルートもわかっていない。

多門はマイカーのボルボＸＣ40で明治通りを走行中だった。車体の色はメタリックブラウンだ。

百数メートル先で検問が行われているため、ほとんど前進できなかった。のんびりと待つほどの余裕はない。所用があった。

多門はボルボのウインカーを灯《とも》し、脇道に折れた。

車は少なかった。迂回《うかい》しながら、代々木《よよぎ》方面に向かう。これから、裏仕事の片をつけなければならなかった。

三十七歳の多門は表向き宝石のセールスをしていることになっているが、その素顔は裏始末屋だった。

世の中には、表沙汰にできない犯罪や揉《も》め事が少なくない。巨身の多門は体を張って、さまざまなトラブルを秘密裏《り》に処理していた。要するに、交渉人《ネゴシエーター》を兼ねた揉め事請負人《トラブルシューター》である。

当然のことながら、裏仕事には危険が伴《ともな》う。命を狙われたことは数え切れない。だが、多門はただの一度も怯《ひる》んだことはなかった。それなりの腕力があり、度胸も据《す》わっていた。

多門は他人《ひと》に威圧感を与えるほどの巨漢である。

身長は百九十八センチで、体重九十一キロだ。大男だが、体の均整《きんせい》は取れている。手脚《てあし》は長い。筋肉質で、骨太だった。体毛は濃かった。

逞《たくま》しい体軀《たいく》で、ことに肩と胸が厚い。二の腕の筋肉はハムの塊《かたまり》の三倍近かった。両手は野球のグローブを連想させる。手指はバナナのようだ。

足も大きく、三十センチの注文靴を履《は》いている。レスラーもどきの巨体だが、顔は少しも厳《いか》つくない。

やや面長《おもなが》の童顔で、母性本能をくすぐるようだ。笑うと、太い眉は極端に下がる。きっとした奥二重の両眼から凄《すご》みが消え、やんちゃ坊主がそのまま大人になったような面相になる。

多門は都内にある中堅私大を卒業後、四年あまり陸上自衛隊第一空挺団《くうていだん》に所属していた。白兵戦《はくへいせん》の訓練に励み、体を鍛《きた》え上げた。射撃術は上級の腕前だった。真面目に任務をこなしていれば、幹部になれただろう。

だが、人生には落とし穴があった。こともあろうに、多門は上官の妻に魅《み》せられてしまった。戯《たわむ》れではなく、一途《いちず》な恋愛だった。

多門は密会を重ねるたびに、相手に加速度的にのめり込んだ。もはや後戻りはできなかった。

やがて、不倫は上官に覚《さと》られてしまった。

男として、けじめをつけなければならない。多門は上官の妻との結婚を望んでいた。そのことを上官に打ち明けると、棘々《とげとげ》しい眼差《まなざ》しを向けてくるだけだった。上官は妻だけを一方的に罵《ののし》り、侮辱的な言葉を浴びせた。

多門は黙っていられなくなった。上官を無言で殴り倒した。

それだけでは怒りは鎮《しず》まらなかった。勢いで、多門は上官を半殺しにした。その暴力沙汰が破局を招くことになる。

多門は不倫相手に駆け落ちを持ちかけた。

意想外《いそうがい》の流れになった。惚《ほ》れた人妻は血塗《まみ》れになった夫から離れようとしなかった。それどころか、憎悪に燃える目を多門に向けてきた。

残念だが、敗北だろう。未練を断ち切るほかない。切なかった。人間不信にも陥《おちい》った。

部隊に戻れなくなった多門は、なんとなく新宿に流れついた。泥酔した彼はささいなことで、関東義誠会《ぎせいかい》田上組《たがみぐみ》の構成員たちと大立ち回りを演じることになった。それが縁で、皮肉にも田上組の盃《さかずき》を受けることになったのだ。

多門は中・高校生時代、裏番長《ウラバン》を張っていた。やくざになることには、あまり抵抗がなかった。むしろ、性《しょう》に合っていた。

柔道三段の多門は武闘派やくざとして、めきめきと頭角を現わした。

二年数カ月後には舎弟頭《しゃていがしら》になっていた。異例のスピード出世である。年上の組員たちにはだいぶ妬《ねた》まれた。

掟《おきて》の厳しさはあったが、やくざはそれなりに楽しかった。役得もあった。

しかし、組から与えられたデートガールたちの管理は苦痛だった。

デートガールたちはドライに割り切って、体を売っていた。田上組に稼ぎの三割を吸い上げられることも当然と考え、不満を洩《も》らす者はひとりもいなかった。

それでも、多門は耐えられなくなった。女性たちを喰いものにしているという罪の意識を拭《ぬぐ》えなかったからだ。

そんなことで、多門は田上組を脱《ぬ》けた。三十三歳のときである。

足を洗ってからは、いまの稼業で喰ってきた。特に宣伝をしたわけではなかったが、仕事の依頼は次々に舞い込んできた。どの依頼案件も成功報酬は悪くない。

一件で、たいがい数百万円になる。時には一千万円以上得られることもあった。毎年七、八千万円を稼いでいるが、収入の大半は女と酒で消えてしまう。

多門は無類《むるい》の女好きだった。

といっても、ただの好色漢ではない。あらゆる女性を観音さまのように崇《あが》めている。老若や美醜《びしゅう》に関係なく、等《ひと》しく慈《いつく》しんでいた。惚れ抜いた女性には、それこそ心身ともに尽《つ》くす。それが生きる張りになっていた。

もともと多門は浪費家だった。

気に入ったクラブがあれば、ホステスごと店を一晩借り切る。金遣《づか》いが粗《あら》いだけではなく、大酒飲みで大食漢でもあった。

身に着ける物も一級品を好む。服、シャツ、靴はすべてオーダーメイドだった。高額所得者でありながら、いまだに多門は代官山《だいかんやま》の賃貸マンションで暮らしている。

間取りは1DKだった。終日《しゅうじつ》、狭い部屋に籠《こも》っていると、息が詰まる。そうした理由もあって、外出することが多い。

裏通りを選びながら、代々木二丁目をめざす。

今回の依頼案件は家出少女捜しだった。依頼人は経営コンサルタントの野々村保《ののむらたもつ》、四十六歳である。多門の旧友の知人だ。

およそ一カ月前、ひとり娘の詩織《しおり》が母親と口喧嘩をした末、衝動的に家出してしまったらしい。詩織は有名私立女子高校の一年生で、まだ十六歳だ。

彼女はスマートフォンを自分の部屋に置いたまま、軽装で世田谷区弦巻《つるまき》にある自宅を飛び出した。所持金は一万数千円だった。

両親は娘の安否《あんぴ》が気がかりで、まず最寄《もよ》りの警察署に相談した。だが、すぐに家出人の捜索に取りかかってはもらえなかった。やむなく父母は次に探偵社を訪ねた。

しかし、二週間経《た》っても詩織の居場所は突きとめられなかった。そうした経緯があって、多門は一昨日《おととい》の夕方に野々村宅に赴《おもむ》き、依頼を受けたのである。成功報酬は百万円だった。

家出少女の両親から詩織の交友関係を教えてもらい、ひとり娘の顔写真も借りた。

多門は昨日の午後二時過ぎに詩織の通っている高校に出向き、つき合いのある友人全員に会ってみた。

しかし、有力な手がかりは得られなかった。詩織には親密なボーイフレンドはいないはずだという。家出少女の母親は過保護で、最愛の娘に疎《うと》まれていたようだ。

家出少女たちは性犯罪の被害者になりやすい。多門は野々村宅を辞去《じきよ》すると、裏のネットワークを使って詩織の居所を探《さぐ》りはじめた。

連続爆破テロ事件以前に歌舞伎町にあった売春クラブの大半は事務所を渋谷、池袋、上野に移して、闇営業をしているらしい。多門はやくざ時代から親交のあった元風俗ライターの情報屋のスマートフォンに野々村詩織の顔写真を送って、手がかりを集めてくれるよう頼んだ。

情報屋は有賀博之《ありがひろゆき》という名で、もう六十歳近い。きのうは有賀から何も連絡がなかった。

情報屋から電話がかかってきたのは、きょうの午後四時ごろだった。

「多門ちゃん、写真の女子高生はどの売春クラブやデリヘル派遣会社にも所属してなかったよ」

「そう。家出中にナンパされた男の家《ヤサ》に居候《いそうろう》してるんだろうか。そうじゃなく、住み込みで働ける工場か商店にいるのかな」

「どっちも考えられるが、渋谷のセンター街で家出した十代の女の子に声をかけて、ハンバーガーなんかを奢《おご》ってる男がいるんだ」

「有賀の旦那、そいつは何者なの？」

多門は問いかけた。

「音無輝光《おとなしてるみつ》という名で、五十三、四歳らしい。一年半ぐらい前まで歌舞伎町でガールズバーを経営してたそうなんだが、コロナで客足が遠のいたんで……」

「廃業に追い込まれたんだね」

「そうみたいだな。それ以来、音無って奴は新宿東宝ビル横の広場〝トー横〟に溜《た》まってた十代の家出少女たちに寝場所と食事を提供して、その見返りに何かさせてるようなんだ。けど、売春ビジネスじゃないと思う」

「ドラッグに関する仕事をやらされてるんじゃねえのかな」

「そうかもしれないね。音無って男の自宅はわかったよ。渋谷区代々木二丁目××番地だ。音無をマークしてれば、何か見えてくるんじゃないの？」

「ああ、そうしてみるよ。有賀の旦那、音無の顔写真《ガンクビ》は手に入るかな」

「もう手に入れたよ。多門ちゃんのスマホに写真を送る」

「助かるよ。旦那、謝礼はできるだけ早く指定口座に振り込むからね」

「会ったときに三万も貰えば、それで充分だよ。それじゃ、そういうことで！」

有賀が先に電話を切った。

多門は通話終了ボタンをタップした。少し待つと、有賀から音無輝光の顔写真が送信されてきた。元ガールズバー経営者は商社マン風で、少しも崩れた感じではない。

多門は一息入れてから、自宅マンションを出た。幹線道路が渋滞していたので、迂回《うかい》して音無宅に向かっているところだった。

やがて、目的地に着いた。

音無宅は住宅街の外れにあった。敷地は七十坪あまりだが、白い洋風住宅は洒落《しゃれ》た造りだった。間取りは４ＬＤＫか、５ＬＤＫだろう。

カーポートには、黒いレクサスが駐《と》めてある。家の電灯は点《つ》いていた。だが、人の声は洩れてこない。

多門はボルボを音無宅の隣家の生垣《いけがき》に寄せ、ロングピースをくわえた。愛煙家だった。日に六、七十本は喫《す》っている。

音無はガールズバーを潰したというが、羽振りはよさそうだ。金に詰まっていたら、レクサスは維持できないのではないか。

煙草《たばこ》の火を灰皿の中で揉み消したとき、懐《ふところ》でスマートフォンが震動した。外出前にマナーモードに設定してあった。

多門は手早くスマートフォンを摑《つか》み出し、スピーカー設定にした。

発信者はチコだった。元暴走族のニューハーフである。新宿区役所の裏手にあるニューハーフクラブ『孔雀《くじゃく》』のナンバーワンだ。歌舞伎町の大半は焦土と化したが、チコが働いている店は奇跡的に焼け残り、細々ながらも営業をつづけていた。

「チコは、まだ二十六だったか？」

「もう二十七歳になっちゃったの。だけど、ちっとも嬉しくない」

「だろうな。チコ、歌舞伎町が復興するまで『孔雀』は保《も》たねえんじゃないか」

「クマさん、いやなことを言わないで」

「復興まで最低三、四年はかかるだろう。店が潰れたら、どうするんだ？」

「あたし、先のことは深く考えないようにしてるの」

「楽観的だな、そっちは」

「仮に『孔雀』が廃業に追い込まれても、六本木にも赤坂にもニューハーフクラブはある。あたし、別の店でもナンバーワンになる自信があるわ」

「チコは逞《たくま》しいな」

「性転換で身も心も〝女〟になったから、ずっと勁《つよ》くなったのよ」

「そうかい、そうかい。なら、チコの行く末を心配することはねえな」

「あたしはしぶとく生き抜くわよ。それより、店に顔を出してくれない？」

「行ってやりてえところだけど、家出少女捜しを引き受けたんだ」

「あら、そうなの。それじゃ、今夜は無理ね」

チコの声が沈んだ。

「だな。そのうち『孔雀』で少し銭《ぜに》を落としてやろう」

「いつもクマさんに甘えるばかりで、ごめんね」

「謝ることはねえよ」

「頼りにしてるわ。それはそうと、ヤングケアラーってわかる？」

「チコ、おれをばかにしてんのか。深刻な病気で苦しんでたり、メンタルをやられた親の面倒を見てる若い世代のことだよな？」

「そう。あたしの知ってる四十代のシングルマザーが若年性アルツハイマー型認知症になってしまったの」

「それは気の毒な話だな」

「ほんとよね。その彼女は生活保護を受けてるんで、暮らしてはいけるの。けど、徘徊《はいかい》を繰り返して、家事は一切できなくなったのよ」

「子供は？」

「小五のひとり息子がいるの。その坊やが母親の世話をしながら、家事のすべてをこなしてるのよ」

「そりゃ、大変だ。その坊やは母親をひとりにして、学校にも行けないんだろうな」

「そうなのよ。行政の支援があれば、ホームヘルパーに助けてもらって通学はできると思うんだけどね」

「民間の支援団体がヤングケアラーを支えてるみてえだけど、できることは限られてるんだろう」

多門は呟《つぶや》いた。

「そうみたいよ。ヤングケアラーたちに何かしてあげたいわね。クマさん、そう思わない？」

「思うことは思うが、ろくでなしのおれが善人ぶることには抵抗あるな。こっちは数え切れないほど法を破ってきた。偽善者と思われたくねえんだよ」

「匿名《とくめい》で寄付すれば、別に問題はないんじゃない？」

チコが提案した。

「そうか、そうだな」

「あたしも、信用できる民間支援団体に匿名で少しカンパしようと考えてるの」

「それなら、チコに会ったときにでも、五、六十万円渡すよ。そっちのカンパと一緒に匿名で寄付してくれや」

「わかったわ。あたしは十万ぐらいしか寄付できないなあ」

「無理をすることはねえさ。寄付は額の多寡《たか》じゃなく、気持ちだからな。見栄を張ることはない」

「うん、そうよね。クマさん、家出した女の子を早く見つけ出してあげて！」

「そのつもりだよ」

多門は通話を切り上げ、スピーカー設定をマナーモードに切り替えた。スマートフォンを上着の内ポケットに突っ込み、またロングピースに火を点ける。

一服し終えたとき、音無宅のカーポートから黒いレクサスが走り出てきた。

運転席には音無が坐《すわ》っている。同乗者はいなかった。多門は一定の車間距離を取りながら、レクサスを追尾《ついび》しはじめた。

レクサスは住宅街を走り抜け、明治通りに出た。まだ渋滞気味だった。

音無はほどなく枝道《えだみち》に車を乗り入れ、ほぼ明治通りと並行する形で新宿方面に走りつづけた。多門はボルボでレクサスを尾《つ》けていく。

音無の車は高田馬場《たかだのばば》駅近くにある洋菓子店の前で停止した。多門はレクサスの数十メートル後方の路肩《ろかた》にボルボを寄せた。

車を降りた音無が馴《な》れた足取りで、洋菓子店の中に入っていった。ちょくちょくケーキを買っているのだろう。
七、八分待つと、音無が店から現われた。大きな白い包装箱《ケーキボックス》を持っていた。手土産《てみやげ》だろう。
音無はレクサスに乗り込むと、高田馬場から明治通り方面に向かった。多門は尾行を続行した。

レクサスは明治通りの手前の脇道に入った。そして、数十メートル先にある八階建ての賃貸マンションに横づけされた。

音無はケーキボックスを手にして、レクサスの運転席から出た。通い馴れた様子でマンションのエントランスホールに足を踏み入れる。

出入口はオートロック・システムになっていなかった。マンションの一室で、詩織たち家出少女が寝起きしているのではないか。

多門は、路上駐車したボルボを降り、賃貸マンションに接近した。

物陰に隠れて、エントランスホールの奥を見る。音無はエレベーター乗り場にたたずんでいた。多門は階数表示盤に目をやった。

待つほどもなく、音無がエレベーターの函《ケージ》に乗り込んだ。すぐにケージの扉が閉まる。

ランプは三階で停まった。

多門はマンションに走り入り、階段の昇降口に向かった。二段跳《と》びで三階まで一気に駆け上がる。息は上がらなかった。

エレベーターホールにも歩廊《ほろう》にも音無の姿はなかった。どの部屋に入ったのか。

2

歩廊は静まり返っている。

入居者が急に部屋から姿を見せることはなさそうだ。多門は忍び足で、三〇一号室に近づいた。アイボリーホワイトのスチール製玄関ドアに耳を密着させる。

室内に人がいる気配は伝わってこない。どうやら部屋の主は外出しているようだ。

多門は横に移動して、また隣の玄関ドアに耳を近づけた。

すると、ドア越しに赤ん坊の泣き声が聞こえた。母親らしき女性が乳児を抱き上げたようで、泣き声は熄《や》んだ。

三〇二号室に音無がいるとは考えにくい。

多門は三〇三号室の前に移った。

同じ要領で、玄関ドアに耳を押し当てる。若い女性たちの笑い声が聞こえた。男の声もする。

「おじさん、モンブランとエクレアの両方をご馳走《ちそう》になってもいいの？」

「もちろんだよ。その二つは詩織ちゃんのために買ってきたんだ。ほかの三人にも、ちゃんと二個ずつ買ってきた」

「それじゃ、いただきます」

「ああ、食べてくれ。ほかのみんなも遠慮なくな」

「音無のおじさんは不思議な紳士よね。わたしたち四人の家出娘に食住《しょくじゅう》を只《ただ》で提供してくれてるのに、誰にもエロいことは要求しない」

「おじさんは八年ほど前に離婚したんだが、娘が二人いるんだよ。離婚後は元妻に娘たちを育ててもらったんだが、おじさん、必ず子供たちに誕生プレゼントをしてるんだ」

「いいお父さんだな」

「おじさんの娘たちはもう二十代だが、離婚したときはどっちもまだ十代だった。そのときのイメージが残ってるんで、中学生や高校生の女の子におかしなことをする気にはなれないよ」

「わたし、いつか音無のおじさんに体を求められるんじゃないかとビクビクしてたの」

「わたしも」

別の少女が口を挟《はさ》んだ。音無が応じる。

「亜紀《あき》ちゃんは、SNSで知り合った男たちの部屋によく泊めてもらってたんだよな」

「そう。ネットカフェに泊まるお金がないときは、そうするしかなかったもん。売春《ワリキリ》で稼ぐのは、いやだったから」

「でも、部屋に泊めてくれた男たちの多くが亜紀ちゃんとセックスしたがったんだろう？」

「うん、ほぼ全員ね。拒《こば》んだら、野宿することになりそうだから、アレをさせてやったけど、心が腐《くさ》っていくようで……」

「そうだろうな。だからといって、毎日のようにいがみ合ってる両親の姿を見たくないから、中三になって間もなく横須賀《よこすか》の家から逃げ出したんだ？」

「そう。佳奈《かな》ちゃんのお父さんは仕事もしないで、ほぼ一日中お酒を飲んでるんだよね？」

亜紀と呼ばれた少女が仲間に確かめた。

「うん。母さんは昼間は段ボール工場で働いて、夜は熟女パブのホステスをやってた。その稼ぎで、うちの家族は生活してたの」

「お母さん、苦労させられたね」

「すごくきつかったと思う。だから、母さんはパブの客だった年下の男と四国に逃げちゃったの。父さんと二つ下の弟がいたけど、どっちも勝手なことばかりしてたわ。たまにわたしがカレーライスを作ってあげても、一言も礼を言わないの。崩壊家庭そのものよ。学校も楽しくないんで、家出しちゃったわけ。なつみちゃんは学校でいじめに遭《あ》って、リストカットを何度もやったという話だったよね」

佳奈がなつみに言った。

「うちの両親は、子供に愛情なんか持ってないんだと思うな。わたし、幼稚園のころから仲間外れにされることが多かったの」

「なつみちゃんは人見知りするタイプだから、友達ができにくいんだろうね」

「そうなのかもしれない。だけど、うちの親たちはそれだけじゃないと勝手に決めつけたの。わたしが自分の気持ちをはっきりと言わないから、他人《ひと》に軽く見られたりするんだと……」

「冷たい親だね」

「佳奈ちゃんもそう思うでしょ？　わたし、家に居場所がないんで、本気で死のうとしたの。それで、大型カッターナイフで手首を切ったりしたんだけど、いざとなったら、死ぬのが怖くなっちゃって……」

「そうだろうな」

「最後にリストカットしたとき、父が『そんなに死にたけりゃ、家の外で自殺しろ』と真顔《まがお》で言ったの。母と兄は何も言わなかったけど、父の言葉に小さくうなずいたのよ。それで、生まれた家を飛び出しちゃったんだ」

なつみが言って、泣きはじめた。

「泣きたいだけ泣いたほうがいいな。それで辛《つら》さが消えることはないだろうが、少しは気持ちが楽になるはずだよ。なつみちゃんたち四人の居場所は、ここなんだ。おじさんは父親代わりになるよ」

「音無のおじさん……」

「なつみちゃん、どんなに辛くても自殺なんかしないでくれよな」

「は、はい」

四人の間に沈黙が落ちた。真っ先に沈黙を破ったのは音無だった。

「詩織ちゃん、葉っぱは順調に育ってるかな？」

「ええ、ほとんどね。でも、何枚かは葉っぱが変色しちゃったの。電球を大麻草に近づけすぎたのかしら？」

「多分、そうなんだろう。枯れた葉は摘《つ》み取って、電球を少し離してくれないか」

「はい」

「きみらが大麻草を大事に育ててくれてるから、良質な乾燥マリファナを高くネットで売り捌《さば》くことができるわけだ。詩織ちゃんたち四人にはとても感謝してるよ」

「だけど、おじさん……」

「何だい？」

「大麻草の栽培は法律で禁じられてるんでしょ？」

「そうなんだが、日本の法律が時代に適《あ》ってないんだよ。カナダやアメリカの幾つかの州ではマリファナは合法なんだ。オランダなんかでも違法じゃない」

「そうみたいだけど」

「もし警察や厚労省麻薬取締部の手入れがあっても、おじさんはきみら四人を庇《かば》い通すよ。詩織ちゃんたちに同情して塒《ねぐら》を提供しただけで、大麻草の違法栽培にはまったくタッチしてないと言い張れば、きみらはおそらく説諭《せつゆ》処分で済むだろう」

「おじさんだけが罪を被《かぶ》るのは申し訳ないわ。わたしたちもマリファナの違法栽培に関わってるんだから」

「手入れがあっても、係官にそのことを絶対に喋《しゃべ》っちゃ駄目だよ」

「だけど……」

「いいんだ、いいんだ。おじさんは父親代わりなんだから、もっと甘えてくれないか。その代わりというわけではないが、大麻の栽培をよろしく頼むね」

「え、ええ」

「これまで通り食住は提供するが、衣《い》が欠けてるな。きょうから、きみらに日給六千円のアルバイト代を払うよ」

「えっ、お金を貰えるの!?」

「バイト代が入れば、欲しい衣服や化粧品を買えるだろう。我々は赤の他人の集まりだが、一つのファミリーなんだ。支え合って、快適な暮らしをしようじゃないか」

音無が言って、家出少女たちを抱き寄せたようだ。詩織たちの味方の振りをして、家出少女を犯罪に巻き込むのは卑劣《ひれつ》だ。性質《たち》が悪すぎる。

多門はあたりに人目がないことを確認してから、両手に布手袋《ぬのてぶくろ》を嵌《は》めた。ドアのノブに右手を掛ける。シリンダー錠でロックされていた。

多門は上着のポケットから、特殊万能鍵を抓《つま》み出した。

それで、そっと内錠を外す。多門は玄関ドアを半分ほど開け、三〇三号室に忍び込んだ。アンクルブーツを脱ぎ、短い廊下を進む。その先のガラス格子扉の向こうは、リビングダイニングになっていた。

大きなダイニングテーブルには、音無と四人の少女が着いている。卓上にはケーキ皿とティーカップが載っていた。

間取りは2LDKか、3LDKだろう。多門は荒っぽくガラス格子扉を開けた。音無が反射的に椅子から腰を浮かせた。

「おい、どうやって部屋に入ったんだっ。シリンダー鍵はちゃんと掛けといたぞ」

「いや、ロックされてなかった」

「嘘つくな。どこの何者なんだ？」

「自己紹介は省《はぶ》かせてもらう。あんた、音無輝光だなっ」

「なんでわたしの名を知ってるんだ!?」

「そっちは一年半ほど前まで、歌舞伎町でガールズバーを経営してた。けど、コロナのせいで廃業に追い込まれた。そうだな？」

「そんなことまで知ってるのか。正体を明かさないと、警察を呼ぶぞ」

「一一〇番通報したら、家出少女たちに寝場所と食事を与えて、ここで大麻草を違法栽培させていたことがバレちまうぞ」

「わたしは、そんなことをさせてない」

「そう言い切るなら、全室を見せてくれ」

多門は音無を見据《みす》えた。音無が狼狽《ろうばい》し、下を向く。

「おじさんは法に触《ふ》れるようなことはしてません」

野々村詩織が言って、同居している家出少女たちに相槌《あいづち》を求めた。

三人の少女たちが相前後して、無言でうなずいた。一様《いちよう》に動揺していた。

多門は一瞬、三〇三号室に無断侵入した目的を明かす気になった。しかし、すぐに思い留《とど》まった。音無の不安を募《つの》らせたほうが賢明だと判断したからだ。

「すぐに部屋から出ていけ！」

音無が椅子から離れ、流し台の下の扉を開けた。取り出したのはステンレス製の文化庖丁だった。刃渡りは二十数センチだろう。

「おじさん、いま一一〇番する」

少女のひとりが叫ぶように言った。

「亜紀ちゃん、駄目だ。警察に通報したら、まずいことになるじゃないか」

「あっ、そうね。奥の二部屋で葉っぱを違法栽培して、乾燥機でマリファナの水分を飛ばしてることを知られちゃう」

「おい、何を言い出すんだ。おじさんはここで悪いことなんかしてないぞ。亜紀ちゃん、そうだよな」

「わたし、おかしなことを口走っちゃった。おじさん、ごめんね」

「うん、うん」

「亜紀ちゃん、本当のことを言ったほうがいいんじゃない？　わたしたちは家出中で寝場所にも困ってたんで、渋谷のセンター街で声をかけてきた音無のおじさんに協力する気になった。そうでしょ？」

「佳奈ちゃん、もう何も言わないで！　わたしたちは、おじさんに世話になってきたんだよ。

野宿しないで、三度の食事もできた。それなりの感謝をしなきゃね」

「ありがたかったけどさ、悪く考えれば、うちらはおじさんにうまく利用されたわけでしょ？」

佳奈と呼ばれた少女が亜紀に言った。

「わたしら、おじさんに救われたんだよ。下手《へた》したら、野垂《のた》れ死にしてたかもしれないでしょ？　死んでなくても、夜道に立って体を売ってたかもね」

「けど、わたしたちは音無のおじさんに頼まれて、ここに寝泊まりして大麻草をたくさん栽培して、乾燥させたマリファナのパケ詰めに精出してきたのよ。マリファナを裏サイトで密売してたのは、おじさんだけどね」

「とにかく、おじさんはわたしたちの恩人だよ。だから、裏切っちゃいけないと思うの」

「もう遅いよ。おまえらは恩知らずだなっ」

音無が喚《わめ》き散らし、四人の家出少女たちを睨《にら》みつけた。すると、詩織が口を開いた。

「おじさん、冷静になって！　まるで別人のように怖くなって、面喰《めんく》らっちゃうわ」

「おまえらはもう何も言うな。部屋に勝手に入ってきた大男を追っ払う」

音無が文化庖丁を握り直し、ダイニングテーブルを回り込んできた。その右腕がかすかに震えている。

「荒っぽいことには馴《な》れてないようだな」

「どこの誰だか知らないが、いますぐ部屋から出て行け！　そうしないと、庖丁を振り回すぞ」

「それだけの度胸と覚悟があるか。そうは見えねえぞ」

多門は左目を眇《すが》めた。相手を侮蔑《ぶべつ》するときの癖だった。

音無がいきり立ち、文化庖丁を振り翳《かざ》して間合《まあ》いを詰めてくる。無防備だ。隙《すき》だらけだった。

多門は前に踏み出した。

フェイントだった。予想通り、音無が刃物を斜めに振り下ろす。多門は素早く後退した。

文化庖丁の切っ先は二十センチは優《ゆう》に離れていた。音無が体勢を崩し、前屈《まえかが》みになった。

多門は、音無の背中に肘《ひじ》打ちをくれた。音無が前のめりに倒れる。弾みで、庖丁が床に落ちた。

多門は刃物を遠くに蹴って、音無を強く引き起こした。

すぐに背後に回り込み、太くて長い右腕を音無の首に掛ける。多門は喉元を圧迫し、強く締め上げた。柔道の裸絞めだ。

一分そこそこで、音無は気を失った。多門は音無を仰向《あおむ》けに寝かせて、勢いよく体を起こした。

いつの間にか、詩織たち四人は居間の隅《すみ》に固まっていた。四人は立ったまま、肩を寄せ合っている。揃って不安顔だった。

「勝手にここに押し入ったが、きみらに危害を加える気はない。だから、怖がらないでいいんだ」

多門は誰にともなく言った。

と、野々村詩織が声を発した。

「おじさんの首を絞めて、殺してしまったんですか？」

「いや、気絶させただけだよ。こっちは人捜し屋なんだ。きみの親に頼まれて、家出した娘を捜してたんだよ」

「探偵さんなんですね」

「みたいなもんだな。家の人たち、きみの安否が気がかりで、ろくに寝てないようだったぞ。一昨日、きみの家に行って調査を引き受けたんだ」

「そうだったんですか」

「お母さんの過保護がうっとうしかったようだが、何も家出することはなかったんじゃないかな」

「母はわたしをずっと幼稚園児のように扱ってきたんです。子供を大切に育て上げたいんでしょうけど、世話の焼き方が度を超《こ》えてますよ」

「どんなふうに世話を……」

「わたしが小学生になっても、母は自分で靴を履《は》かせたがったの。中学に入っても、同じでした。高校生になると、スマホの発着信記録を見せろと言うようになりました。登下校の途中で男の子に話しかけられたら、無言で走って逃げろとも教えられました」

「母親としては、きみのことがそれだけ心配だったんだろう」

「だとしても、異常ですよ。過保護と干渉に耐えられなくなったんで、わたし、衝動的に家出してしまったんです」

「そうだったみたいだな。しかし、十代の女の子が家出したら、悪い連中に引っかかって、ひどい目に遭《あ》うケースが多い。きみも怖い思いをしたことがあるんじゃないか?」

「ええ、何度もあります。デリヘルの仕事をしないかと誘われたり、キャバクラで働かないかとかね」

「だろうな」

「それだから、渋谷のセンター街で音無のおじさんから無料で寝場所と一日三食の食事を与えてもらえるという話を聞いて、それこそ地獄で仏に会ったような気持ちでした」

た。

「その見返りとして、きみたち四人は大麻草の違法栽培と乾燥大麻のパケ詰めをやらされてた。そうなんだね」

「は、はい。法に触れるってことはわかっていたんですけど、少しは恩返しをしたかったんですよ」

「ここの間取りは？」

「3LDKです。二つの洋室に大麻草のプランターが並べられ、乾燥機も設置されています。ベランダ側の和室には二段ベッドが左右に置かれてるの」

「きみたち四人は、その部屋で寝てたんだ？」

「ええ、そうです」

「音無が誰かに迫ったことは？」

「一度もありませんでした。誰にも優しく接してくれてたんですよ」

「居心地がいいからって、ずっとここにいたら、きみらはそのうち警察に捕まるだろう。いったん自宅に戻って、両親と今後のことを相談したほうがいいな」

「気まずくて、とても親許《おやもと》には帰れません。誰かと一緒なら、帰れるかもしれないけど」

「そうか。ほかの三人も、親許には戻る気はないのかい？」

多門は、亜紀、佳奈、なつみの三人を等分に見た。最初に反応を示したのは亜紀だった。

「ずっとここにいたら、うちら、捕まっちゃうかもしれないね。佳奈ちゃんも手錠打たれたくないって。二人で一緒に逃げたいと思ってるの。駄目かな？」

「どうしても捕まりたくなかったら、二人で一緒に地方で働き口を探すんだな。それで、親に元気でいることだけは必ず連絡するんだね」

「わたしたちの違法行為には目をつぶってくれるの？」

佳奈が問いかけてきた。

「おれは刑事でも、麻薬取締官《マトリ》でもない。きみらを売ったりしないよ」

多門は答えた。

「佳奈ちゃん、自分の身の回りの物をまとめて、早くここから出よう。もたついてると、捕まっちゃうかもしれないからさ」

亜紀が言って、先に寝室に走り入った。すぐに佳奈がつづく。

「詩織ちゃんの家に少しの間、居候《いそうろう》させてもらえないかな。わたし、まだ親許に戻る気になれないの」

なつみが詩織に言った。

「あなたが一緒なら、家に帰れそうな気がしてきた。一応、ゲストルームがあるの。なつみちゃんは好きなだけ泊まっても、親は文句は言わないと思うわ」

「そう？」

「なつみちゃん、わたしんちにおいでよ。ううん、来てください。お願いします」

詩織がおどけて、深々と頭を下げた。

そのすぐ後《あと》、寝室から亜紀と佳奈が現われた。どちらもビニールの手提《さ》げ袋を持っている。

「どっちも元気でね。縁があったら、どこかで会えるかもしれないよ。二人とも体には気をつけてね」

詩織は亜紀たち二人に声をかけてから、なつみと共に寝室に移動した。

多門はほかの二つの居室《きよしつ》を検《あらた》めた。大麻特有の臭《にお》いが充満している。

プランターは併《あわ》せて六十はありそうだ。乾燥機の横の棚には、パケの詰まった紙箱が高く積み上げてあった。

多門はリビングに戻り、音無の上体を起こした。椰子《やし》の実《み》大の膝頭で、部屋の借り主の背を強く蹴る。

音無が唸って、意識を取り戻した。

「女の子たちが見えないようだが……」

「亜紀と佳奈って娘《こ》は、ついさっき出ていった。大麻草の違法栽培のことで、逮捕されたくないんだろう。野々村詩織は、こっちが自宅に車で送り届ける。なつみって娘《こ》は、しばらく野々村宅で厄介《やっかい》になるようだ」

「何がどうなってるんだ⁉　わけがわからないな」

「マリファナの密売で検挙されたくなかったら、家出少女たちのことは絶対に口外するな。いいなっ」

「それだけでいいのか？　口止め料をいくらか払ってもいいよ」

「金には困ってない」

多門は音無を引き倒し、側頭部に強烈な蹴りを入れた。

音無が呻きながら、四肢を縮める。まるで怯えたアルマジロだ。

ほどなく詩織となつみが二段ベッドのある部屋から姿を見せた。手荷物は少なかった。

多門は二人を促《うなが》し、先に三〇三号室を出た。詩織たち二人と一緒にエレベーターで一階に下《くだ》る。多門はボルボＸＣ40の後部座席に詩織となつみを坐らせ、弦巻二丁目にある野々村宅に向かう。

五十数分で、目的地に着いた。

詩織は自分の家にすんなり入ろうとしない。多門は詩織を勇気づけ、インターフォンを鳴らした。

応対に現われた依頼人は娘の姿を見ると、大声で妻の名を呼んだ。野々村の妻はひとり娘を抱き寄せると、涙声で詫《わ》びつづけた。詩織も父母に謝り、なつみを同行した理由を語った。

多門は玄関ホール脇の応接間に通された。

依頼人に経過報告し、成功報酬の百万円を受け取る。楽な仕事だった。百万円は貰い過ぎではないか。思わず多門は口走った。

「ほとんど苦労しませんでしたので、半分で結構です」

「いいえ、それはいけません。詩織や私どもにとっては恩人なのですから、百万では少なすぎるかもしれません。もう少し色をつけましょうか？」

詩織の父親が言った。

多門は手を大きく横に振った。

「明日にでも、あなたの指定口座にあと百万円振り込みます」

「それは困ります。そういうことでしたら、約束の成功報酬はいただきましょう」

「それで、本当によろしいのですか？」

依頼人が思案顔《しあんがお》になった。

多門は大きくうなずき、分厚い封筒を懐に収めて暇《いとま》を告げた。野々村宅を辞して、ボルボに乗り込む。

多門はすぐに煙草をくわえた。三口《みくち》ほど喫ったとき、親しくしている女友達の羽鳥智恵《はとりちえ》から電話がかかってきた。二十七歳の智恵は、ダンススクールのインストラクターだ。プロポーションがよく、個性的な顔立ちの美人である。

「よう！　変わりない？」

「健康なんだけど、コロナの影響で給料が下がったままなの。節約を強《し》いられる毎日なんで、気が滅入ってね」

「そいつはよくねえな。何かうまいものを喰って、ホテルのバーで飲もうや」

「わっ、嬉しい。どこに行けばいい？」

「六本木駅の近くにある高級中華料理店の個室席に先に入ってるよ。二、三度きみと一緒に入ったことのある店だよ」

「ええ、わかるわ。四、五十分後には店に着くと思うわ」

智恵の声が急に弾んだ。およそ一カ月ぶりのデートだ。

多門には、親密な女友達が常に十人はいる。同じ相手と会う回数はあまり多くなかった。それだからか、どの女友達とも新鮮な気持ちで会える。

いい夜になりそうだ。多門は独《ひと》りごちて、短くなったロングピースを灰皿の中に突っ込んだ。

3

個室席《コンパートメント》の円卓は、ほぼ皿で埋まっている。

高級な食材を使った料理がほとんどだ。六本木の高級中華料理店である。

午後九時半を回っていた。先に店に着いた多門は、まずスペシャルコースの予約を入れた。

羽鳥智恵が姿を見せると、ほどなく前菜が届けられた。多門は老酒《ラオチユウ》、智恵はビールを選んだ。

タイミングよく、フカヒレの姿煮、鮑《あわび》の旨煮《うまに》、ロブスターのオイスターソース炒め、石鯛《いしだい》の甘酢あんかけ、北京ダック、肉粽《ロウツオン》、チンジャオロース、豚の角煮、八宝菜、蟹玉、春巻などが運ばれてきた。

「智恵ちゃん、もっと喰ってくれよ。皿の半分近くが空《から》になってないじゃないか」

「剛さん、頼みすぎよ。わたしは充分にいただいたわ。もうお腹が一杯！」

「後で、マスクメロンとシャインマスカットのデザートが運ばれてくるはずだ。なんなら、二人分のデザートを喰ってもいいんだぞ」

「せっかくだけど、デザートも食べられないかもしれないわ。でも、口をつけないのは失礼よね。デザートはいただくわ。料理はすべて剛さんが平らげて」

「遠慮するなって」

「ううん、遠慮なんかしてない。本当に満腹なの」

「そうなのか。フカヒレの姿煮を食べるときの智恵ちゃん、なんか幸せそうだったな」

多門は言った。

「がっついて食べてたんじゃない？　やだ、恥ずかしいわ」

「いや、上品に食べてたよ」

「本当に？」

「ああ」

「わたし、別に美食家じゃないけど、たまにすごくおいしいものを食べたくなるの。給料が下がってからは、贅沢《ぜいたく》な食材なんか買えなかったんで」

「それだったら、本当にもっと喰ってくれよ。おれ、智恵ちゃんが心底嬉しそうな顔でうまいものを食べてるときの姿を見ると、なんだかこっちもハッピーな気分になるんだ」

「そう言われても、本当にもう限界だわ」

「そうか」

「無駄にお金を遣《つか》わせるのは申し訳ないから、ここは割勘《ワリカン》にしましょうよ」

智恵が提案した。

「それは駄目だ。こっちが誘ったんだから……」

「でも、スペシャルコースは驚くほど高いんだろうから、せめて勘定の三分の一ぐらいは負担させてほしいの。貯《たくわ》えが乏《とぼ》しくなったけど、剛さんにねだったと思われたくないのよ」

「智恵ちゃんに負担をかけたくないから、残りは全部おれが喰う」

多門は言って、猛然と余った料理を胃袋に収めはじめた。デザートも二人分、食した。

「剛さんはワイルドな感じだけど、神経はデリケートなのね。それだから、多くの女性に好かれるんだと思うわ」

「おれは智恵ちゃん一筋だよ。昔はともかく、きみのほかに親しくしてる女なんかいない」

「隠さなくてもいいの。彼女が何人いても、わたしの気持ちは変わらないわ。それから、剛さんを独《ひと》り占めしたいとも考えていない」

「大人なんだな、きみは。改めて惚れ直したよ」

「調子のいいことを言って。でも、剛さんのことはどうしても憎めないの。母性本能をくすぐられるからかな。いつか飽《あ》きられるときがきても、わたし、剛さんを恨んだりしないわ」

「智恵ちゃんを棄《す》てるわけないじゃないか。おれは、きみにぞっこんなんだから」

「そんなことを不用意に言っちゃってもいいのかな。わたしのジャケットのポケットにはI

Cレコーダーが入ってるの」

「えっ!?」

「うふふ、冗談よ」

「そうだよな。ところで、百万ほどカンパするよ。きょう、臨時収入があったんだ。何かの足《た》しにしてくれないか」

「気持ちはありがたいけど、カンパはいただけないわ」

智恵が首を横に振った。

「なんで？」

「他人《ひと》に甘えたくないのよ。生活は苦しくなったけど、オーナーは副業を認めてくれたの。個人レッスンをして、少し稼ごうと思ってるのよ」

「そうなのか。けど、生活費が足りなくなったら、いつでも金を出世払いで回してやる。宝石が売れるようになったから、ちょっと余裕があるんだ」

「頼もしいわ。ピンチになったら、五、六万借りるかもしれない。もちろん、少しずつでも返済するつもりよ」

「男に甘えようとしない智恵ちゃんはカッコいいな」

「ううん、当たり前のことじゃない？」

「そうかもしれないが、立派な心掛けだよ。さて、そろそろ河岸《かし》を変えようか」

多門は先に個室席を出て、支払いを済ませた。勘定は七万円近かったが、少しも惜《お》しくなかった。

智恵と肩を並べて、店の専用駐車場に足を向ける。無頼漢の多門は、飲酒運転の常習者だった。

ボルボの助手席に智恵を乗せ、赤坂に向かう。赤坂見附駅の近くにあるシティホテルを二人はしばしば利用していた。

十五分そこそこで、目的のホテルに到着した。

多門はボルボをホテルの地下駐車場に置き、一階のフロントに回った。ダブルベッドの部屋に空きがあった。多門はよく使っている名を騙《かた》り、一泊分の宿泊料金を預けた。いわゆる保証金だ。

ルームサービスを頼んだり、部屋のアルコール類を飲めば、チェックアウトのときに精算が必要になる。予約した部屋はちょうど十階にあるが、多門たちはフロントの奥にあるバーに向かった。いつものデートコースだ。

店内は仄暗《ほのぐら》く、テーブル席にはキャンドルライトが灯っていた。ＢＧＭはバート・バカラックのラブバラードだった。どのテーブル席もカップルで埋まっている。

やむなく多門たちは、カウンターのスツールに並んで腰かけた。

五十代後半に見えるバーテンダーが近づいてきた。銀髪は艶《つや》やかだった。

「智恵ちゃんは何を飲む？」

「カクテルにしようかな。アレクサンダーにするわ。剛さんは何にする？」

「バーボン・ロックにするか。ウイスキーはブッカーズにしてもらおう。それから、生ハムとスモークドサーモンも……」

多門はバーテンダーに注文した。バーテンダーが大きくうなずき、ゆっくりと離れた。

「わたし、このバーは好きよ。落ち着けるし、いつも懐かしいBGMがかかってる」

「雰囲気は悪くないよな。しかし、ヘビースモーカーとしては、ちょっと辛いね。数年前から全席禁煙になったからな」

「わたしは二十三のときに禁煙したから、ありがたいわ。長く踊ってると、息が切れることがあったの」

「で、禁煙する気になったんだ？」

「そうなのよ」

「おれは中一のときから煙草を喫ってるから、禁煙はできねえな。煙草をやめる気もないけどさ」

「それでいいんじゃないのかしらね」

「健康第一で暮らして平均寿命より長生きしたところで、幸せかどうかわからない。なんか虚無的に聞こえるかな」

「実際、その通りよね。たった一度の人生なんだから、誰も好きなように生きるべきだと思うわ」

「そう思うよ」

「長生きしたからって、いいことがあるとは言い切れないもんね」

「その通りだな。おれたちは価値観が似てるから、体も合うんじゃないか」

「こら、こら！」

智恵が言って、肩を軽くぶつけてきた。多門は相好《そうごう》を崩した。仄々《ほのぼの》とした気持ちになった。智恵は理想的な妻になるのではないか。

親密な関係の女友達がたくさんいるが、そのうちのベストスリーに入るだろう。だが、多情な自分が結婚したら、いつかは相手を悲しませることになるにちがいない。

多門は、とにかく惚れっぽかった。移り気であることを変える気もない。交際相手をひとりに絞るのがベストなのだろうが、そうしたら、選んだ女性を不幸にしてしまう気がする。それは避けたい。

「何か考えごとをしてたみたいね」

智恵が小声で言った。

「どんなテクニックを使えば、きみにこの世の極楽を味わわせてやれるか考えてたんだよ」

「わかってるくせに。わたしに恥ずかしいことを言わせたいんでしょ？」

「当たり！」

とっさに多門は言い繕《つくろ》った。デート中の上《うわ》の空《そら》は最低だろう。相手に失礼だ。

反省したとき、智恵に肘鉄砲を見舞われた。多門は笑って、ごまかした。

その直後、オーダーした酒とオードブルが目の前に置かれた。

二人は軽くグラスを触れ合わせた。思い出話に花を咲かせながら、おのおのグラスを傾ける。気がつくと、閉店時間が迫っていた。

多門は、六杯のバーボン・ロックを飲んだ。智恵はカクテルを四杯空《あ》けた。

バーを出た二人はエレベーターで十階に上がった。一息入れてから、多門は先にバスルームに足を向けた。

熱めのシャワーを浴びていると、全裸の智恵がやってきた。白い裸身が眩《まばゆ》い。砲弾を想わせる乳房はよく弾《はず》む。ウエストのくびれが深い。セクシーだ。ほどよく肉の付いた太腿《ふともも》は筋肉が発達している。

二人はバードキスをしてから、舌を深く絡《から》め合った。ディープキスを交わしながら、互いの性感帯を刺激し合う。智恵の乳首と陰核《クリトリス》はすぐに尖《とが》った。多門のペニスも頭をもたげた。

二人はシャワールームでひとしきり痴戯《ちぎ》に耽《ふけ》った。

それからバスローブを羽織《はお》り、ダブルベッドの上に移った。

「今夜は少しパターンを変えてみよう。そのほうが新鮮だと思うよ」

多門は智恵の裸身を両腕で持ち上げ、バスローブの中に頭を突っ込んだ。立ったままの状態で、柔肌に口唇を滑らせる。秘めやかな部分にも舌を這わせた。

「剛さん、下《お》ろして！　わたし、恥ずかしくて……」

智恵がそう訴えた。だが、いつもよりも明らかに反応は鋭かった。

多門は智恵をベッドに横たわらせても、変則的なオーラルプレイを続行した。

ふだんよりも早く智恵は最初の極《きわ》みに駆け上がった。悦楽の唸《うな》りは長かった。体はリズミカルに緊縮しつづけている。体の芯《しん》は熱く潤《うる》んでいた。

多門はフィンガーテクニックを駆使《くし》して、智恵を二度目のエクスタシーに押し上げた。智恵は乱れに乱れ、多門の下腹部に顔を寄せた。せっかちに男根《だんこん》をくわえる。

情熱的な口唇愛撫を受け、多門は雄々《おお》しく猛《たけ》った。角笛のように反り返っている。

「早く剛さんと一つになりたいわ」

智恵が甘やかな声でせがんだ。

多門は聞こえなかった振りをした。焦《じ》らしのテクニックである。それなりに効果はあるはずだ。

「ね、意地悪しないで」

智恵が焦《じ》れて、多門の腰に跨《また》がった。これまで彼女が自ら進んで騎乗位を取ることはなかった。妙に新鮮だった。

多門は官能を煽《あお》られた。それがきっかけで、二人は濃厚な情事に溺《おぼ》れた。休み休み三度も交わった。

智恵はホテルに泊まることに抵抗があるようで、たいがいデートは夜明け前に切り上げている。

多門はチェックアウトし、ボルボで智恵を代々木上原《よよぎうえはら》のワンルームマンションに送り届けた。それから彼は自宅マンションに戻り、すぐ巨大なベッドに潜《もぐ》り込んだ。わずか数分で、眠りに引きずり込まれた。

目を覚ましたのは、午後二時過ぎだった。

多門はベッドに腰かけ、ゆったりと紫煙をくゆらせた。いつもの習慣だった。

一服し終えたとき、ナイトテーブルの上でスマートフォンが震動しはじめた。スマートフオンを摑み上げる。発信者は野々村だった。詩織の父親だ。

「娘を見つけ出してくださって、本当にありがとうございました」

「まさか娘さんが、なつみという娘《こ》と一緒にまた家出したんじゃないでしょうね？」

「いいえ、そうではありません。大塚《おおつか》なつみちゃんは、しばらく我が家でお預かりすることになりました。彼女の保護者に連絡を取りましたら、あっさり許可してくれたんですよ」

「なんて親なんだっ。彼女の兄貴も兄貴だな。血を分けた兄妹《きょうだい》じゃないか」

「家族に大事にされていない彼女の孤独を察すると、胸が痛みます。妻もわたしに同調してくれましたので、なつみちゃんを当分、預からせてもらうことになりました」

「そうですか。なつみちゃんはあなたのお嬢さんを慕《した》ってるようです。詩織ちゃんも、なつみって娘《こ》を妹分みたいにかわいがってる様子でしたんで、そのほうがいいでしょう。それにしても、なつみちゃんの親も兄貴も薄情だな」

　多門は怒りを込めて言った。

「家庭の事情があるのでしょうが、家族に疎《うと》まれている女子中学生が絶望感に打ちのめされたと考えると、放ってはおけません」

「そうですよね。いま娘さんとなつみちゃんは？」

「二人で散歩に出かけました。なつみちゃんが望むなら、近くの公立中学に転校させてもいいと考えています。もちろん、彼女の保護者の承認が必要になるでしょうが……」

「野々村さんも大変なことになったな。あまり無理をしないほうがいいんじゃないかな」

「詩織は新しい家族ができたような気でいるみたいですので、わたしたち夫婦は大塚なつみちゃんのケアをするつもりです」

「苦労が多いでしょうが、そうしてあげてください」

「わかりました。ところで、ちょっと確認させてほしいことがあります」

野々村が改まった口調になった。

「どんなことなんでしょう？」

「きのうのご報告ですと、娘たち四人の家出少女に無償で寝場所と三度の食事を与えてくれた人物は何か見返りとして、詩織たち四人に法律に触れるようなことを強《し》いていたのではありませんか？　妻も娘たちが何か違法なことをやらされていたのではないかと……」

「そういうことは絶対にありません」

多門は断言した。事実を明かしたら、詩織たち四人は警察の事情聴取を受けることになるだろう。音無が大麻草の違法栽培や密売のことを他言するとは考えにくい。ここは、とことん空とぼける必要がある。

「多門さん、詩織たちの面倒を見てくれた方のお名前と連絡先を教えていただけないでしょうか」

「そうすることは、相手に固く禁じられているんです。詩織ちゃんたち四人の世話を焼いた人物は五十代なんですが、二人の娘が十代のころに離婚したんですよ。自分の子たちを育て上げられなかったんで、一種の罪滅《ほろ》ぼしとして家出した少年少女の面倒を見てたんでしょう。かなり資産があるようだから、それほど負担には感じてなかったはずですよ」

「そうなのでしょうが、その方にお目にかかって直《じか》にお礼を申し上げたいのです。氏名と連絡先をこっそり教えてもらえませんか」

「弱ったな。相手に口止めされてるんで、野々村さんには協力できません」

「そうですか」

野々村が落胆した声で言い、通話を切り上げた。

これで、詩織たちの違法行為は表沙汰にはならないだろう。多門はひと安心して、スマートフォンをナイトテーブルの上に置いた。

ほとんど同時に着信があった。発信者は羽鳥智恵だった。

「剛さん、昨夜《ゆうべ》はご馳走さまでした。それから、お疲れさま！」

「ちょっとアブノーマルなプレイで智恵ちゃんが深く感じたようなんで、こっちも燃えたよ。行為の途中で、何度か生まれ故郷の岩手弁を口走った気がするな。智恵ちゃんは知ってると思うが、おれ、興奮すると、方言が出てしまうんだ」

「ええ、そうね。『女《おなご》の裸身は一種の芸術品でねえべか』と言われたときは、なんだか嬉しくなっちゃったわ」

「おれは、きみがいつもの何倍も乱れたんで新鮮だったよ。全身の筋肉が痛いんじゃないか？」

「うん、ちょっとね。でも、ちゃんとダンススクールで生徒たちに教えてるわ。数時間しか寝てないけど、仮病を使って欠勤するわけにはいかないので。個人レッスンの予定も入ってるの。剛さんに太い注射を打ってもらったから、頑張れそうよ」

「そういう際《きわ》どいことを言われると、下の部分が反応しそうだな。智恵ちゃん、近々また会おうや」

多門は通話を終わらせ、洗面所に足を向けた。たいして離れていない。

多門は顔を洗うと、冷凍の海老《えび》ピラフとマカロニグラタンをレンジで温めた。コーヒーを淹《い》れ、朝食を兼ねたブランチを摂《と》る。前夜たらふく食べたのだが、ブランチを残すことなく平らげた。

多門は食後の一服をしてから、熱いシャワーを浴びた。ついでに髭《ひげ》を剃《そ》り、歯も磨いた。

部屋で寛《くつろ》いでいると、陽《ひ》が傾きはじめた。

インターフォンが鳴ったのは、黄昏《たそがれ》が迫ったころだった。多門は玄関ホールに急ぎ、ドアスコープを覗いた。

訪ねてきたのは旧知の杉浦将太《すぎうらしょうた》だった。

四十五歳の杉浦は、プロの調査員だ。ある法律事務所で嘱託《しょくたく》として働いている。報酬は出来高払いだという。月によって、波があるそうだ。そんなことで、多門はよく調査の仕事を杉浦に依頼している。

かつて杉浦は、新宿署生活安全課の刑事だった。暴力団との癒着《ゆちゃく》が署内で問題になり、職を失ってしまったのである。杉浦は指定暴力団や風俗店などに手入れの情報を流し、金品をせしめていた。時にはセックスパートナーの提供もさせていたという噂もあった。悪徳刑事だったわけだ。

やくざだったころの多門は、杉浦をひどく嫌っていた。軽蔑《けいべつ》すらしていた。

だが、杉浦の隠された一面を知ってから見方が一変した。杉浦は、交通事故で昏睡《こんすい》状態（遷延性《せんえんせい》意識障害）になってしまった妻の意識を蘇《よみがえ》らせたい一心で、あえて悪徳警官に成り下がったのだ。心根《こころね》までは腐っていなかった。

多門は、献身的に妻の看病にいそしみ、せっせと高額な入院加療費を工面《くめん》しつづけている杉浦の生き方にある種の感動を覚えた。愛すべき人間を救うため、犯罪者になることも厭《いと》わない。その俠気《おとこぎ》は清々《すがすが》しいではないか。

多門は自分から杉浦に近づき、酒を酌《く》み交わすようになった。

杉浦は決して狡《ずる》い人間ではなかった。口こそ悪いが、他者の悲しみや憂《うれ》いにはきわめて敏感だった。義理堅くもあった。

「クマ、いるんだろう?」

杉浦が大声を発し、ドアを強くノックした。

「ちょっと待っててくれよ」

「女を引っぱり込んだようだな」

「そうじゃないよ」

多門は苦笑し、チェーンを外した。シリンダー錠を立てて、ドアを開ける。

「お邪魔するぜ」

書類袋を手にした杉浦が、いつものように飄然《ひょうぜん》と室内に入ってきた。

小柄だ。百六十センチそこそこしかない。頬《ほお》がこけているからか、顔は逆三角形に近かった。鋭い目はいつも赤く濁《にご》っている。慢性的な寝不足のせいだろう。

杉浦は、東京郊外の総合病院に入院中の妻を連日のように見舞っている。たまたま多門は、杉浦が妻の体を濡れタオルで入念に拭《ふ》いている光景を見たことがあった。驚くほど優しい手つきだった。

杉浦は清拭《せいしき》を済ませると、妻の胸に顔を埋《うず》めて泣きむせんだ。多門は、杉浦の辛さと悲しみが想像できた。思わず貰い泣きしてしまった。

轢《ひ》き逃げ犯は、いまも捕まっていない。まだまだ杉浦の気持ちは軽くならないだろう。

多門は来客をダイニングテーブルに向かわせ、客用のコーヒーカップにコーヒーを注いだ。コーヒーカップを杉浦の前に置き、向き合う位置に坐る。

「杉さん、なんか疲れてる感じだね。十日前、嘱託をやってる法律事務所は新橋から虎ノ門に移転したんだったな。引っ越しの手伝いで、疲れたんだろうね」

「それも少しはあるかもしれないが、ちょっと心配事があるんだ。おれが何かと世話になってる弁護士の米倉健一《よねくらけんいち》所長の命を狙ってる者がいるようなんだよ」

杉浦が沈んだ声で言った。多門は驚きを隠さなかった。

六十二歳の米倉は人権派弁護士として知られていた。多門は一面識もなかったが、テレビのワイドショーにコメンテーターとして出演している姿を目にしている。知性的な面立《おもだ》ちで、髪はだいぶ白い。

杉浦から聞いた話によると、米倉所長は六人の居候《いそうろう》弁護士に民事裁判を任せ、もっぱら刑事事件の弁護を引き受けているそうだ。過去に二つの冤罪《えんざい》事件の真相を暴《あば》き、無実の罪に泣いている人たちを救って、大きく報道された。有名人といっても、過言ではないだろう。それでいながら、まったく偉ぶらない。

米倉は弁護活動のかたわら、国外からの避難民や難民の支援活動にも力を注いでいた。ヒューマニストとして知られている。

「実は四日前の夜、米倉先生は民族派の右翼と自称する男に暗がりで日本刀で斬られそうになったんだよ。とっさに弟子筋の居候弁護士《イソベン》が一喝《いっかつ》したんで、相手は逃げた。で、先生は命拾いしたんだ」

杉浦が言って、コーヒーを啜《すす》った。

「右寄りの連中には国粋主義者が多く、日本に不法滞在外国人がいることを苦々しく思い、どの国の難民も受け入れるべきではないと主張してる。それらしい理由を並べてるが、要するに外国人嫌いなんだろう」

「それは間違いねえよ。一般の日本人も避難民や移民が増えるのはなんとなく不気味だと感じてるんで、受け入れにあまり積極的じゃない。だから、外国から〝移民鎖国〟なんて言われるのさ」

「そうなんだろう」

「正しい数字はわからねえが、ウクライナ、シリア、アフガニスタン、南スーダンなど約百三十国でおよそ一億人以上の難民が故郷を追われて、安住の地を求めてる」

「そうみたいだね。難民受け入れ国のトップはトルコで、次いでコロンビア、パキスタン、ウガンダ、ドイツの順だったかな。先進国ではカナダやドイツが人道上の理由で、難民申請者の五十パーセント前後を受け入れてる。日本は一パーセントにも満たない」

「難民ひとりにつき年間二百万円は必要になるそうだから、一概に非難はできねえけどな」

「そうだね」

「米倉先生は地球に住んでいる約八十億人は支え合うべきだと考えてるから、できるだけ多くの人々を難民として認めるべきだと言いつづけてきた。だから、外国人を排斥《はいせき》したがってるナショナリストにとっては敵も敵ってことになる。それはそれとして、米倉法律事務所に難民支援活動から手を引かないと、所長を抹殺するという殺害予告がフリーメールで届いたんだ」

「杉さん、それはいつのこと?」

多門は早口で訊いた。

「きのうの午後四時過ぎだ。殺害予告のことは、まだ米倉先生は知らない。所属弁護士たちが相談して、隠すことにしたらしいんだよ」

「殺人予告をしたのは、日本刀を持ってた右翼と称した野郎臭いな」

「その疑いはあるが、ほかにも怪しい人物がいるんだよ。ひとりはベトナム出身の特定技能を習得したグエン・バオ・ニャット、三十四歳だ。グエンの実兄が反政府ゲリラ活動をして投獄されてるんだ。それで、自分も兄と同じ反政府組織のシンパと疑われて政府に身柄を押さえられるのではないかという強迫観念にさいなまれ、米倉先生の助言通りにグエンは難民申請をしたんだよ。五カ月ぐらい前にな」

杉浦が言った。

「そう」

「けど、難民と認定されなかった。先生は無料でグエンの相談に乗って、難民申請書を出させたんだよ。それなのにグエンは逆恨《さかうら》みして、まだ移転前の新橋の事務所に乗り込んできて、米倉先生を偽善者と罵倒《ばとう》して、手斧《ておの》を振り回しやがった。居合わせた若手弁護士たちがグエンを取り押さえて、警察に引き渡そうとしたんだ。だけど、先生はグエンの将来のことを考えて見逃してやったそうだよ」

「神みたいだな、米倉弁護士は」

「先生のご両親と妹は、小学四年生のときに飛行機事故で亡くなってしまったんだ。それで、米倉弁護士は複数の親類宅をたらい回しにされて、苦学しながら、司法試験にパスしたんだよ。そういう生い立《お　た》ちなんで、社会的弱者に寄り添ってきたんだろう」

「そうなんだろうが、リスペクトしたくなるような方だね」

「おれは先生を尊敬してるし、恩義も感じてる。米倉先生が嘱託にしてくれたから、なんとか喰い繋げてるんだ。クマにも世話になってるよな。感謝してるぜ」

「やめてよ、杉さん。グエンってベトナム人のほかに米倉弁護士を何かで恨んでる奴は？」

「投資詐欺で五年前に検挙された久住潤《くすみじゅん》という奴が奥さんを通じて先生に弁護依頼をしてきたんだが、先生ははっきりと依頼を断った。久住は執行猶予を狙ってたにちがいないよ。おれは久住の過去を洗ったんだが、あくどいことをしてた。先生にそのことを報告したんで、弁護は引き受けなかったんだろうな。久住は執行猶予にしてくれたら、一億円の成功報酬を払うと言ったらしい」

「久住って奴は何年の服役を……」

「三年二カ月だったな。久住は出所後、五、六回、前の法律事務所に押しかけてきて、先生に脅しめいたことを口にしてたんだ。そのうち弁護士先生をぶっ殺してやるとかな」

「筋違いの難癖だな。その後、久住は？」

「この数カ月は姿を見せねえな。おれは先生にすごく恩義を感じてるんだよ。それだから、米倉弁護士の命を本気で狙ってる者がいるのかどうか調べたいんだが、スタンドプレーと見られるのは困る。クマ、おれの代わりに少し動いてみてくれねえか。多くは払えないが、ちやんと謝礼も払うよ」

杉浦が言った。

「謝礼なしでも、協力するよ。杉さんには、さんざん助《ス》けてもらったからさ」

「三十万でいいか？」

「只では気が重いなら、一万円で依頼を受けるよ。只じゃ、杉さんのプライドが傷つくだろうからさ」

「報酬については、後日、相談しようや。クマ、それでいいだろ？」

「杉さんがそうしたいなら、それでもかまわないよ。ところで、珍しく書類袋を持参してきたけど、中身は何なんだい？」

「グエン・バオ・ニャットと久住潤に関する資料だよ。二人の顔写真《ガンクビ》も同封しといた。資料に目を通してから、殺人予告をした奴を割り出してくれねえか」

「わかった」

多門は差し出された書類袋を受け取ってから、ロングピースに火を点《つ》けた。釣られて、杉浦が上着の内ポケットからハイライトと使い捨てライターを取り出した。

「きのう、武装した三人組が東京出入国在留管理局品川庁舎に押し入って審議官を射殺し、牛久に収容されてる二、三十代の健康な外国人をただちに放免しろって要求したよな。犯人グループは不法滞在で収容所に入れられた外国人たちを使って、何かとんでもないことを企《たくら》んでるんじゃねえか。クマはどう思う？」

「先の見えない時代だから、どんな事件が起こっても不思議じゃない。武装した三人組が何をやるつもりなのかは予想できないが、主犯格の男はイギリスあたりの軍事会社で傭兵《ようへい》として働いてたんじゃないかな。そうじゃないとしたら、殺し屋《プロ》だろうね」

「なんで在留管理局のトップか、法務大臣を標的にしなかったのか。謎の多い事件だな」

「杉さん、缶ビールが何本も冷えてるんだ。コーヒーはやめて、アルコールに切り替えよう」

多門は椅子から立ち上がり、冷蔵庫の扉を開けた。

4

予備知識を完全に頭に入れておきたい。

多門は昨夕、杉浦に渡された調査資料にふたたび目を通す気になった。書類袋から二枚のクリアファイルを抓《つま》み出し、グエン・バオ・ニャットの資料から再読しはじめる。

自宅マンションの寝室だ。多門は大きなベッドに腰かけ、脚《あし》を組んでいた。あと十数分で、午後二時になる。

グエンが技能実習生として来日したのは、十一年前だった。長野県の農業法人で高原レタスなどの農作物の収穫作業に五年間、従事した。その間に日本語の猛勉強をして、三年ほどで日常会話には不自由しなくなった。

農作業は単純だったが、そこそこの貯金もできた。向上心のあるグエンは母国に戻り、理系の専門学校に入った。電子部品の加工を主に学び、再度、日本を訪れた。特定技能外国人として、日本の民間会社で働きはじめた。

勤め先は『日亜《にちあ》電工』という社名で、本社は東京港に接した京浜島《けいひんじま》にある。工業団地の中にあるらしい。

グエンは仕事に励み、充実した日々を送っていたようだ。しかし、二年前に実兄のパオ・スマラ・ニャットが反政府活動で投獄されてしまう。

グエンの二つ違いの兄は二十代前半から公然と政府を批判していた。政府はスマラだけではなく、グエン一家も反政府活動をしているのではないかと疑い、父母を尾行するようになった。

現在、日本にはおよそ四十八万人のベトナム人が暮らしている。その中には国家のスパイがいるかもしれない。グエンは疑心暗鬼を深めて、難民認定申請をする気になった。だが、なかなか踏ん切りがつかなかった。

米倉弁護士の協力を得て難民認定申請をしたのは、五カ月ほど前だった。ウクライナの避難民は同情されて、ほとんど無条件で一年間の在留は認められる。移民になれる可能性もあるだろう。

だが、アジア人の難民認定審査は厳しい。難民として認定されるケースはきわめて少ないと言えよう。

グエンはアジア人差別と感じ取って、人権派弁護士に幾度も訴えた。人道主義者の大物弁護士は尽力したにちがいない。残念ながら、グエンはいまも難民認定されていないし、今後もそれは期待できないのではないだろうか。

真面目《まじめ》でせっかちなベトナム人は悲観的になって、米倉に八つ当たりをしたのだろう。人権派弁護士を偽善者と極《き》めつけて、手斧を振り回すのは、いくらなんでも度《ど》が過ぎている。

多門は資料にクリップ留めされているグエン・バオ・ニャットの顔写真を改めて見た。眉が太く、眼光も鋭い。負けん気が強そうな面相《めんそう》だ。頑固そうでもある。

多門は二枚目のクリアファイルを手に取った。調査資料を引き出し、久住潤に関する資料を再読しはじめる。

情報量は多くない。久住が投資詐欺で十六億円を素人《しろうと》投資家から騙《だま》し取った流れについては詳しく記述されている。

しかし、出所後の資料は少なかった。現在、久住は貿易会社の代表取締役になっているが、事業内容は明らかにされていない。ペーパーカンパニーなのか。

おそらく久住は非合法ビジネスで生計を立てているのだろう。会社と自宅の住所は同じになっていた。借りているマンションは高層で、広尾にあるようだ。家賃は高いのではないか。妻子は鎌倉に住んで、別居中だ。

多門は久住の顔写真を改めて見た。五十四歳だ。温厚そうに見えるが、目は笑っていない。獲物を探しているような目つきだった。

久住は米倉に弁護を断られたことが腹立たしかったのだろうが、それだけで殺意を覚えるものか。執念深い性格なのかもしれない。

多門は二つのクリアファイルを書類袋に戻し、ナイトテーブルの引き出しから闇マーケットで手に入れた他人名義のスマートフォンを摑み出した。

『日亜電工』の代表番号に電話をかける。受話器を取ったのは女性だった。声は若々しかった。多分、二十代だろう。

「わたし、フリージャーナリストの結城《ゆうき》航《わたる》と申します。実は取材の申し入れなんですよ」

「取材ですか!?」

「はい、そうです。貴社でベトナム出身のグエン・バオ・ニャットさんが働いてますよね」

「ええ」

「グエンさんの難民認定申請はなかなか通らないようですね。そのあたりのことを取材させてもらいたいんですよ」

多門は、もっともらしく言った。

「広報担当の者に電話を回しますので、そのままお待ちになってください」

「わかりました。ちょっと確認させてもらいたいのですが、きょう、グエンさんは出社されています？」

「はい。いま広報に繋《つな》ぎます」

相手の声が途切れた。数十秒待つと、男の声が耳に届いた。

「お待たせしました。わたし、広報担当の近藤《こんどう》といいます。グエン・バオ・ニャットにお会いしたいとのことですね？」

「ええ。来月号の『言論ジャーナル』に難民問題をテーマにしたルポルタージュを書くことになってるんですよ。グエンさんのような勤勉で向上心のある外国人社員を日本企業は積極的に採用して、活性化を図るべきです。場合によっては難民として認定して、張りを与えませんとね」

「わたしも同感です」

「身勝手なお願いですが、できるだけ早くグエンさんにお会いしたいんですよ。原稿の締め切りが迫っていましてね」

「そうなんですか」

「貴社のイメージアップになるような記事を書きます。ですので、ご協力いただけませんか。たとえば、きょうの夕方にでも取材させてもらえませんかね？」

「きょうのきょうですか。ずいぶん急なお話だな」

「どうしても無理でしたら、他社で働いてる特定技能外国人の方にインタビューしてあるんで、それを原稿にすることになるかもしれません」

多門は駆け引きに入った。

「ちょっと待ってください。きついご要望ですが、当社のイメージアップになるでしょうから、なんとか調整いたします。結城さん、午後五時にご来社いただけますか。そうしてもらえれば、グエンともども受付ロビーでお待ちしています。そちらの都合はいかがでしょう？」

「その時刻に必ず会社に伺《うかが》います。無理ばかり言って、申し訳ない。その代わりってわけではありませんが、グエンさんと貴社にプラスになるような記事にまとめます」

「よろしくお願いします。では、お待ちしています」

近藤と名乗った男が言って、通話を切り上げた。

多門は他人名義のスマートフォンをナイトテーブルの引き出しに収め、浴槽に湯を落とした。ゆったりと湯船に浸かるのは久しぶりだった。多門は全身の筋肉をほぐしてから、頭と体を洗った。湯上がりの気分は最高だった。

缶ビールを飲みながら、時間を遣《や》り過ごす。薄手のチャコールグレイのウールジャケットを羽織って、スラックスはライトグレイにした。

ふだんは左手首にオーデマ・ピゲを嵌《は》めているが、それでは偽フリージャーナリストと見破られてしまうかもしれない。多門は少し迷ってから、ＩＷＣのクラシカルなデザインの腕時計を着用した。

ＩＣレコーダーを懐に入れて部屋を出たのは午後三時半ごろだった。エレベーターで地下一階に下り、ボルボに乗り込む。

多門は近道をたどって、環七《かんなな》経由で京浜島に向かった。工業団地のある島だ。目的地に着いたのは午後四時四十分ごろだった。

運河を挟んで、羽田《はねだ》空港がある。多門はＢ滑走路を眺《なが》めてから、『日亜電工』の本社の近くにボルボを駐めた。

受付ロビーに入ると、カウンターの横にグエン・バオ・ニャットと四十歳前後の男が立っていた。広報の近藤だろう。

多門は二人に歩み寄り、結城という偽名を口にした。グエンが滑らかな日本語で自己紹介した。かたわらの男は、やはり近藤だった。

多門は二人に偽名刺を渡した。近藤が自分の名刺を出す。グエンは名刺を出す気配も見せない。表情が幾分、暗かった。近藤に説得されて、渋々、取材を受ける気になったのだろうか。

「二階の会議室をご用意しましたので、そちらで取材をなさってください」

近藤がにこやかに言って、エレベーター乗り場に向かった。

三人は函《ケージ》に乗り込み、二階に上がった。近藤の案内で、奥にある会議室に入る。すでに照明は点《つ》いていた。十五畳ほどの広さで、長方形のテーブルが中央に据《す》えられている。椅子は八脚あった。

「どうぞ奥の席に……」

近藤が手で示した。

多門は短く礼を言って、テーブルの向こう側の椅子に坐った。グエンと近藤がほぼ正面に並んで腰かける。

「予《あらかじ》め申し上げておきますが、取材の遣り取《やと》りは録音させていただきます」

多門は上着の内ポケットからICレコーダーを卓上の真ん中に置き、録音ボタンを押した。

「なんか緊張します」

グエンが小声で言った。すかさず近藤がグエンの肩を軽く叩いた。

「音声を悪用されることはないだろうから、リラックスして取材に応じなよ」

「は、はい」

「まだ表情が硬いな。スマイル、スマイル！」

「わかりました。ぼくは人相がよくないので、黙っていると、怒ってると思われてしまうんですよ」

「どっちかというと、グエンは強面《こわもて》だからな」

「インタビューを開始しますね」

多門は断って、グエンの経歴から問いはじめた。生まれたのはハノイらしい。父は家具職人だったそうだが、いまは働いていないという。母はパン職人で、いまも現役だそうだ。

ベトナムは、かつてフランスの植民地だった。そんな理由でベトナム人はよくフランスパンを食べている。

グエン・バオ・ニャットの兄は子供のころから、民主主義国家に憧《あこが》れていたらしい。弟のグエンも兄の影響を受けているのだろう。

取材して間もなく、近藤のスマートフォンに着信があった。広報係は目顔《めがお》で多門に詫びて、会議室の外に出た。多門は口を開いた。

「少し緊張がほぐれたかな？」

「ええ、少しだけ」

「そう。きみは努力家なんだね。農産物の収穫を長くやってても、仕方がない。それでベトナムにいったん戻り、理系の専門学校で電子加工の勉強をして、日本で特定技能外国人になった」

「何かスペシャリティーがないと、安定した生活はできませんでしょ？」

グエンが言って、少しはにかんだ。

その直後、近藤が会議室のドアを開けた。

「結城さん、ごめんなさい。わたし、持ち場に戻らなければならなくなってしまったんですよ」

「そうなんですか。取材は続行してもかまわないんでしょ？」

「ええ、もちろんです。たっぷり時間をかけて取材してください。それで、グエンと会社にメリットがあるような記事にしてほしいな」

「そうするつもりです」

多門は笑顔で答えた。

近藤が一礼し、ドアを静かに閉めた。

「きみは投獄されてるお兄さんの同調者と疑われてると不安なようだな。だから、人権派弁護士に相談して、難民認定申請をしたんだろう？」

多門はくだけた口調で言った。

「なぜ、あなたがそんなことを知ってるんです⁉」

「フリージャーナリストは調べることが仕事なんだよ。きみが米倉法律事務所に乗り込んで、手斧を振り回したことも知ってる」

「えっ⁉」

グエンが目を丸くした。

「米倉弁護士に頼れば、すんなり難民認定してもらえると思ってたんだろうな。しかし、いっこうに希望通りには事が運ばなかった。それで、人権派弁護士を罵《ののし》ったわけだ。子供じみた八つ当たりをしたもんだな」

「そのことではすぐに反省して、米倉先生のオフィスに四、五回謝罪に出向いたんですよ。ですけど、山岸《やまぎし》という所属弁護士に先生との面会を拒絶されてしまったのです」

「本当なんだな、いまの話は？」

「ぼく、嘘なんかついていません。何かと世話になった米倉先生を偽善者呼ばわりしたことは本当に恥ずかしい行為だったと悔やんでいます。言い訳になりますけど、先生の事務所に乗り込む前に同胞に五十万円を騙し取られてしまったんです」

「もっと詳しく話してくれないか」

「はい。ルオン・トン・ホアイという同じベトナム人の男に出入国在留管理局の幹部職員に少しまとまったお金を握らせれば、たやすく難民認定されると教えられたんですよ」

「そっちは、その話を信じたのか!? ばかだな」

「ぼく、愚《おろ》かでした。ルオンの話はでたらめだったんです。ルオンは後ろめたいんで、どこかに逃げました。そんなことがあったんで、つい米倉先生に八つ当たりしてしまったわけです。ぼくは人間として、最低です。いっそ死んでしまいたくなるときもあります」

「一応、訊《き》くぞ。米倉弁護士に殺人予告を送りつけたことは？」

「ありません。ぼくは米倉先生を恩人だと思っています。そんなことをするわけないでしょ！」

グエンが両方の拳《こぶし》でテーブルを打ち据《す》え、多門を睨《にら》みつけてきた。涙を浮かべている。

ベトナム人の心証はシロだ。多門はＩＣレコーダーの録音ボタンを押し込んだ。

「あなた、フリージャーナリストなんかじゃないなっ」

グエンが立ち上がった。

「取材は終わった。礼を言おう」

「ふざけるな。何者なんだっ」

「正体は明かせないんだよ」

多門はＩＣレコーダーを懐に収め、テーブルを回り込んだ。グエンが組みついてくる素振りを見せた。

多門は無言でグエンに横蹴りを入れ、会議室を出た。グエンが床に倒れて、長く唸った。

多門は足を速めた。

第二章　移民鎖国

1

京浜島を出て、昭和島《しようわじま》に渡る。

多門は京和橋《きようわばし》を越えると、ボルボを路肩《ろかた》に寄せた。グエン・バオ・ニャットの言葉に偽《いつわ》りはなかったのか。裏付けを取らなければならない。

多門はスマートフォンを使って、相棒の杉浦に電話をかけた。

ツーコールで、電話は繋《つな》がった。

「クマ、グエンとはうまく接触できたか？」

「少し前にグエンの勤務先に出向いて、取材する真似をしたんだ」

「新聞記者《ブンヤ》を装ったのか!?」

「いや、フリージャーナリストに化けたんだよ」

「無理があるんじゃねえか。ま、いいや」

「偽の取材の音声をICレコーダーに録《と》ったんだ。杉さん、ちょっと聴いてよ」

多門はスマートフォンをスピーカー設定にしてから、ICレコーダーの再生ボタンを押した。

音声が流れはじめる。多門とグエンの遣り取りが終わると、杉浦が声を発した。

「広報係はクマをフリージャーナリストと信じたようだな」

「おれ、役者になるべきだったかな。冗談はさておき、グエンが反省して米倉法律事務所に四、五回出向いて、無礼な言動を謝罪したかったという話は信じてもいいのかね。心証はシロだったんだが、裏付《ウラ》けを取るべきだと思ったんだ」

「番頭格の所属弁護士の山岸直人《やまぎしなおと》さんに電話して、それとなく探《さぐ》りを入れてみらあ。四つ年上の山岸弁護士とは同じ四十代なんで、何度も一緒に酒を飲んでるんだ」

「居候弁護士《イソベン》の中では古株なんだろうね」

「そうなんだ。山岸さんは米倉先生の一番弟子で、正義感が強いんだよ。そのくせ、くだけた面もある。好漢と言えるだろうな」

「杉さん、すぐに探りを入れてもらえる？」

「あいよ。いったん電話を切るぞ」

「わかった」

多門は通話終了ボタンをタップし、ＩＣレコーダーを上着の内ポケットに突っ込んだ。煙草を吹かしながら、コールバックを待つ。

ロングピースを喫い終えたとき、杉浦から連絡があった。

「グエンが新橋の法律事務所を五回訪れたことは、間違いないそうだ。山岸さん自身はグエンを所長に会わせてもいいのではないかと思ったらしいんだが、ほかの若手弁護士たちは揃って反対したんだってさ」

「グエンが手斧を振り回したから、若い居候弁護士《イソベン》たちは大事を取るべきだと判断したんだろうな」

「と思うよ。山岸さんは若手に押し切られて、グエンを五回も追い返したことで心を痛めてるようだったぜ」

「そうだろうな。米倉弁護士はグエンが幾度も謝罪に訪れたことをいまも知らないわけだ」

多門は確かめた。

「そのはずだよ」

「グエン・バオ・ニャットは同胞のベトナム人に五十万円を騙《だま》し取られたんで、やけっぱちになったんだろう。で、何かと世話になった人権派弁護士を無能扱いして、手斧を振り回したんじゃないかな。偽善者とも面罵《めんば》した」

「グエンは先生にもっと支援してほしいと訴えたかっただけで、本気で危害を加える気はなかったんだろう。けど、背信行為だよな。米倉先生は人道主義から世界の難民を安全な国に住まわせてやりたいと考えてるんで、ボランティア活動にも力を注いでる。難民認定されないことに焦《じ》れたグエンが暴挙に走ったのを哀《かな》しんでるにちがいねえ」

「だろうね。それにしても、グエンは悪質な詐欺に引っかかったな。入管の幹部職員に袖の下を使えば、早く難民認定してもらえるという嘘は魅力的だったのか。兄と同じように投獄されたくなかったんで、同胞にまんまと五十万円を持ち逃げされることになった。腹立たしかったろうな」

「逃げたというベトナム人は、グエン以外の同胞からも同じ手口で大金を騙し取ったのかもしれないぜ」

「それ、考えられるね。ミャンマー人、カンボジア人、インドネシア人なんかも被害に遭《あ》ってるんじゃないの？」

「そうかもしれねえな。そういう悪党はどこに逃げても、ろくな死に方できねえよ。話が横道に逸《そ》れたが、グエンは殺人予告には関わってねえな。米倉先生の事務所に何度も謝罪に出向いたことは事実だったんだ。クマが言ったように、心証はシロだろう」

杉浦が言った。

「だと思うよ。政治家や公務員の中には、賄賂《わいろ》に弱い奴らがいる。杉さん、入管関係者の中に金品を貰って、外国人難民認定申請者に便宜《べんぎ》を図《はか》ってる人間がいるとは考えられないかな？」

「公務員の多くは用心深い。そんな人間はいねえと思うが、何事にも例外はある。そういう不心得者がひとりもいねえとは言い切れないだろうな」

「先日、東京出入国在留管理局品川庁舎に武装した三人組が押し入って、矢部和樹という審議官を射殺したよね？」

「ああ。クマは殺された審議官が難民申請者に抱き込まれたんじゃねえかと疑ってるのかい？」

「疑ってるわけじゃないんだよ。ただ、金には魔力があるんで、つい袖の下を使われる隙《すき》を与える者もいるかもしれないと……」

「それで、早く難民認定を出してやってる？」

「もしかしたらね。武装グループの主犯は、牛久にある東日本入国管理センターに収容されてる二、三十代の健康な男性外国人をすべて放免しろと要求したとテレビや新聞で報じられてた」

「クマ、冴《さ》えてるじゃねえか。射殺された矢部は難民認定申請者に金を貰って、便宜を図ってたと疑えなくもないぜ」

「うん、物証は何もないけどね。三人組のリーダーは収容されてる男性外国人の放免を求めた。自由になった外国人たちを使って、何かでっかい犯罪《ヤマ》を踏む気なのかな。そういう筋読みもできるんじゃないか」

多門は言った。

「考えられないことじゃねえよな。審議官の矢部が難民認定申請者たちから金を吸い上げてたとしたら、武装グループに報復されたのかもしれないぞ」

「そうなんだろうか」

「クマ、武装グループはオーバーステイなどで収容所にぶち込まれた男の外国人たちを放免させて、三月の連続凶行事件で空洞化した歌舞伎町に自分らの拠点を設ける気なんじゃねえか」

「そこまで推理を飛躍させちゃう？」

「リアリティーがねえかな」

「いや、そう断言はできないだろうね。首都圏の荒くれどもはぐっと減ったし、戦国時代みたいだからさ。新規の犯罪集団が次々に結成されて、陣取り合戦をおっ始めるかもしれないよ」

「無駄骨を折ることになっても、品川署の捜査本部にいる知り合いの刑事から矢部に関する情報をうまく引き出してみるか。射殺された審議官が難民認定申請者たちに便宜を図って私腹を肥《こ》やしてたら、おれたちの推測は外れてねえだろう」

「もしかしたら、的外《まとはず》れの筋読みかもしれないよ。それから、審議官殺しと人権派弁護士の殺人予告はリンクしてないと思うな。杉さんの読みは？」

「それはリンクしてなさそうだな。とにかく、旧知の捜査員にそれとなく探りを入れてみらあ。クマは、これからどうする？」

「久住潤の自宅兼オフィスに行ってみるつもりなんだ。資料にも記《しる》されてたが、投資詐欺で服役した久住は自宅の『広尾ロイヤルガーデン』の八〇一号室に『フォーエバー交易』という会社の本社を置いてるが、ペーパーカンパニーなんだろう」

「久住は何か非合法ビジネスで、荒稼ぎしてるんじゃねえか。そんな気がするな」

「ああ、おそらくね。久住の弱みを摑んだら、すぐに締め上げるよ。弁護を断られたことで、いまも米倉弁護士を逆恨みしてるとは思えないが……」

「わからねえぞ。久住はだいぶ執念深い男みてえだから、米倉先生に殺人予告を送りつけたとも考えられる。といっても、自分の手は汚さないだろうがな」

「犯罪のプロに米倉弁護士を始末させる？」

「いや、第三者に先生を痛めつけさせるとしても、命までは奪わねえだろうよ。とことん開き直ってる野郎じゃねえからな。何かわかったら、すぐクマに教える」

杉浦が先に電話を切った。多門はスマートフォンを所定のポケットに入れ、ロングピースに火を点けた。

一服すると、多門はボルボを走らせはじめた。

大森《おおもり》駅の近くにあるコンビニエンスストアで弁当、サンドイッチ、ペットボトル入りの飲料水を買い求め、広尾に向かう。四十分弱で、目的の『広尾ロイヤルガーデン』に着いた。

八〇一号室には電灯が点いている。どうやら久住潤は室内にいるようだ。多門はボルボを高級賃貸マンションのそばの路上に駐め、張り込みを開始した。

刑事たちも同じだろうが、張り込みには忍耐がいる。焦れて不用意な行動をしたら、マークした人物に気取《けど》られてしまうことが多い。

逸《はや》る気持ちをぐっと抑《おさ》えて、ひたすら対象人物が動き出すのをじっと待つ。それが鉄則だ。

多門は弁当とサンドイッチで空腹を満たし、ひっきりなしにロングピースを喫った。車も十数分置きに移動させた。長いこと同じ場所に留《とど》まっていたら、誰かに怪しまれてしまうからだ。

『広尾ロイヤルガーデン』の表玄関から久住が姿を見せたのは、午後八時過ぎだった。連れはいなかった。久住は顔写真よりも幾分、老《ふ》けて見えた。ラフな恰好《かっこう》をしている。夜の散歩をする気なのか。

その予想は外れた。

久住は大通りまで足早に歩き、タクシーを拾った。車体はグリーンとオレンジに塗り分けられている。かなり目立つ。タクシーを見失うことはなさそうだ。

多門は慎重に久住が乗り込んだタクシーを尾《つ》けはじめた。

タクシーは六本木交差点のそばで停まった。久住は馴染《なじ》みの酒場に行くつもりなのか。タクシーが走り去った。久住は周《まわ》りを見回してから、別のタクシーに乗り換えた。

犯罪者たちがよくやることだ。久住は出所してからも悪事で得た金で贅沢《ぜいたく》な生活をしているのではないか。おそらく『フォーエバー交易』はペーパーカンパニーなのだろう。

久住が乗ったタクシーは数十分走り、芝の金杉橋《かなすぎばし》の畔《ほとり》で停車した。夜釣りでもする気なのか。川縁には釣り船や屋形船《やかたぶね》が舫《もや》われている。

多門はボルボをガードレールに寄せ、久住の動きを目で追った。

久住は川に沿って歩きはじめた。船溜《だ》まりまで進み、馴《な》れた様子で屋形船に乗り込んだ。

船名は源三郎丸《げんざぶろう》だった。

多門は静かに車を降り、源三郎丸に乗降する桟橋に近づいた。

船室のガラス戸と障子戸《しょうじど》は閉ざされ、中は見えない。人の声も伝わってこなかった。

「おい、そこで何をしてるんだっ」

船尾から男の声が飛んできた。多門は闇を透《す》かして見た。

七十年配の男が突っ立っている。船頭だろうか。一段と表情が険《けわ》しくなった。

「船頭さん？」

「そうだが、なんの用だ？」

「屋形船は粋《いき》だから、一度乗ってみたいと思ってたんですよ。予約なしでも乗せてもらえるのかな？」

「それは駄目だ。予約してなきゃ、乗船は無理だな」

「そこをなんとか……」

「今夜は予約が入ってるんだ。あと二名のお客さんが見えたら、出航予定なんだよ」

「レインボーブリッジの向こうの沖合によく屋形船が集まってるな。湾岸を巡《めぐ》ってから、あそこで錨《いかり》を下ろすんでしょ？」

「そうだが……」

「今夜の予約客は何人なの？」

多門は問いかけた。

「三人だよ」

「その方たちに迷惑料を払って、貸切料金を三倍出しますよ。だから、なんとか源三郎丸に便乗させてもらえないかな。頼みます」

「あんた、金でなんでも片がつくと思ってやがるんじゃねえか。なめんな！」

船頭が伝法《でんぽう》にまくし立てた。

「そんなつもりじゃなかったんですよ。どうしても屋形船に乗りたくなったんで……」

「帰ってくれ。予約客以外は乗せられねえって言ってるだろうが！」

「いなせだな。おじさん、江戸っ子なんでしょ？　何代目なの？」

「いいから、とっとと帰りやがれ」

「わかりましたよ。迷惑かけたね。ごめんなさい」

多門は謝って、体を反転させた。桟橋から道路に上がる。振り返ると、船頭の姿は消えていた。

多門は車の中に戻った。
六、七分経過したころ、体格のいい男が源三郎丸に乗り降りする桟橋を渡りはじめた。見覚えがあった。元総合格闘家の田端秀明《たばたひであき》だった。三十六、七歳だ。

田端は三年前までスター選手だったが、ライバルと目《もく》されていた外国人相手と八百長試合をしてしまい、格闘技界から追放された。対戦相手のファイトマネー六千万円欲しさに、わざと負けたようだ。

田端は汚れた金と貯《たくわ》えで、スポーツクラブの経営に乗り出した。しかし、わずか一年半でスポーツクラブは潰《つぶ》れてしまった。経営の才がなかったのではないか。

その後、田端はフリーのボディーガードになって、成功者たちの身辺警護に当たっていたという噂を耳にしたことがある。それ以降のことは知らない。

田端は、ほどなく船室の中に入った。初めて乗船した感じではない。物馴《な》れた様子だった。元総合格闘家は好条件に釣られて、久住専属の用心棒になったのか。そうではなく、久住の悪事に加担しているのだろうか。

後者だとしたら、買われたのは体力や腕力だろう。知力を評価されたとは考えにくい。

これから源三郎丸に乗り込むと思われる者は、久住の知恵袋なのではないか。久住は悪知恵はあるようだが、脇が甘いのだろう。それだから、投資詐欺で刑に服することになったにちがいない。

数分後、今度は四十代後半の紳士然とした男が源三郎丸に乗り込んだ。

細身だが、割に上背はあった。インテリっぽい印象を与える。

間もなく源三郎丸は出航するだろう。最後に乗り込んだ者の正体を早く知りたい。

多門はそっとボルボの運転席から出て、左右を見回した。屋形船を出している船宿は、どこにも見当たらない。遊漁船を出している釣り船屋は三軒あった。

釣り船をチャーターして、さりげなく源三郎丸に接近する。運がよければ、久住が二人の男を屋形船に招いた理由がわかるかもしれない。

多門は一瞬、モーターボートか水上バイクを借りる気になった。だが、すぐに思い留《とど》まった。エンジン音で、源三郎丸の船頭に怪しまれそうだ。

多門は船宿を兼ねている釣り具店を訪ねた。店先には、七十代半《なか》ばの男がいた。潮灼《しおや》けして、顔は赤銅《しゃくどう》色だった。

「飛び込みの客かい？　いや、ちがうな。釣り具もクーラーも持ってねえからね。二階の部屋が空いてるんで、素泊まりはできるよ」

「そうじゃないんだ。こちらは、遊漁船を出してるよね？」

「そうだが、夜釣りはもう何年も前にやめたんだ。海難事故を起こしたら、大変なことになるからな」

「そういうことなら、釣り船をチャーターすることは無理だろうね」

「夜は駄目だよ、大半の釣り船屋が船は出してない。屋形船は別だけどな」

「そう。源三郎丸の客たちのメンバーを確認して、どんな話をしてるのか知りたかったんだが……」

「で、遊漁船で屋形船に接近してほしかったわけか」

相手が確かめた。

「そうなんだ」

「おたく、警察関係者なの？」

「いや、調査会社の者なんだ。ある経済事件に関与してると思われる男が屋形船の中で共犯者と密談してるって情報があったんで、その裏取りに来てみたんだけど」

「源三郎丸を操船してる船頭は、この店の裏手で育ったんだ。茂《しげる》って奴でね、ガキのころからよく知ってるよ」

「そう」

「密談してるって話は、事実なのかもしれないな」

「そう思うのは、なぜなのかな？」

「源三郎丸を月に二、三回貸切ってる貿易会社の社長は招いた人間がやってきても、めったに湾岸巡りをしないんだってよ」

「レインボーブリッジのあたりで、アンカーを下ろさせてるんだろうか」

「茂は、そう言ってたな。それから、屋形船で落ち合った三人は雑談を交わすと、すぐに書類を交換し合うらしいんだよ。それから、招かれた男たち二人はUSBメモリーやデジタルカメラのSDカードを貿易会社の社長に机の下で手渡してたそうなんだ」

「なんだか怪しいな」

「茂の奴は三人のことを不気味がってたよ。めったに沖に屋形船を出したがらないし、コース料理にも少ししか箸《はし》をつけないという話だったな」

「変な客だね」

「屋形船を操《あやつ》ってるのは茂で、料理係の二人は配膳《はいぜん》のとき以外は、ずっと厨房《ちゅうぼう》にいる。だから、座敷は密室に近い。レンタルルームにそれぞれが集まっても、防犯カメラに映る恐れもあるよな」

「だろうね」

「釣り船や屋形船には、あまり防犯カメラなんか設置されてない。船着き場にも、その類《たぐい》の物はないな」

「屋形船の座敷は完璧な密室じゃないが、他人に聞かれたくない話をする場所にはふさわしいんじゃない？」

多門は言った。

「そうだよな。変な客がついたと茂はこぼしてたけど、一回の貸切料が三十万円だというから、商売にはプラスになる」

「そうだね。いろいろ教えてもらって、助かりました。ありがとう」

多門は船宿を出た。

源三郎丸は、まだ出航していない。多門はボルボに乗り込み、屋形船から目を離さなかった。

源三郎丸から知的な雰囲気の男が下船したのは、およそ四十分後だった。

久住の自宅兼会社の所在地はわかっている。元格闘家の現住所も、苦もなく調べられそうだ。

多門はそう判断して、素姓《すじょう》のわからない男を尾行することにした。

男は大通りに出ると、タクシーを捕まえた。三十数分後にタクシーが横づけされたのは、都内にある東京国税局の職員住宅だった。マンション型の造りだ。

男はアプローチを進み、左端の建物に向かった。

多門は急いでボルボから出て、男を追った。

男は集合郵便受けの前で立ち止まり、二〇一号室のボックスを覗《のぞ》いた。ダイレクトメールを手に取って、階段で二階に上がっていく。

多門は集合郵便受けに急いだ。

二〇一号室には、真下《ました》という表札が掲《かか》げられている。下の名は記されていない。

多門はボルボに駆け戻り、金杉橋に引き返しはじめた。

2

前夜は忌々《いまいま》しい思いをした。

東京国税局の職員住宅から金杉橋に急いで戻ったのだが、川縁に係留《けいりゅう》された源三郎丸には誰も乗っていなかった。多門は久住か田端の動きを探る気でいたが、それは叶《かな》わなかった。やむなく渋谷の百軒店にある行きつけのカウンターバー『紫乃《しの》』に寄り、日付が変わる前に帰宅した。

多門はさきほど遅めの朝食を摂《と》り、特大ベッドの下を覗き込んでいた。午前十一時過ぎだった。ベッドの下には、プラスチック製の収納箱が三つ並んでいる。

多門は右端の収納箱を引き出した。

中には各種の名簿が入っている。一般の民間人が他人の個人情報を得ることはかなり難しくなった。多門は闇名簿屋から紳士録、大企業の社員名簿、国家公務員・地方公務員名簿、大学の同窓会名簿、アスリート、タレント、作家名簿、政治家リストなどを買い揃えていた。法律家や公認会計士の名簿もあった。

国税庁職員名簿を抜き取って、ページを繰《く》っていく。真下姓の男性職員はひとりしかいなかった。昨夜、尾行したのは真下信吾《しんご》にちがいない。生年月日で、満四十九歳と推定できる。

真下信吾は、東京国税局査察部に所属していた。通称マル査《さ》だ。役職は主任にすぎない。出世コースからは外れているのだろう。

卒業したのは都内の中堅私大の商学部だ。ノンキャリアの叩き上げのようだ。

査察部は、悪質な脱税者を次々に摘発している。査察を受けた納税者の約八割は追徴金《ついちょうきん》を取られている。そのうちの何割かは延滞税も加算されているはずだ。

大企業が摘発されるケースはそれほど多くないが、中小企業のオーナー社長やベンチャービジネスの成功者などは査察の対象になりやすい。架空取引や必要経費の水増しなどで、利益を圧縮する事例が目立つからだろう。

公務員名簿に入念に目を通しても、投資詐欺で服役した久住潤や元総合格闘家の田端秀明との接点はわからなかった。

国税査察官に鼻薬をきかせたいと思う大口脱税常習者はいそうだ。なんらかの理由で、真下は査察に手心を加えたのか。

多門は、最初にそう推測した。

しかし、査察官が単独で手入れをすることはない。必ず複数人の同僚職員たちと行動を共にしている。納税者に金を握らされたとは考えられないだろう。

真下査察官はマークされている大口脱税者に手入れの情報を流して、対策を講じるよう指南しているのだろうか。

だが、いずれ金品を受け取ったことは発覚する可能性が高い。そうなったら、懲戒免職になる。人生を棒に振るような真似はしないのではないだろうか。リスクが大きすぎる。

とはいえ、人間は欲に惑《まど》わされることもある。去年、国税庁の若手キャリア官僚が政府の持続化給付金を詐取《さしゅ》して逮捕された。にわかには信じられないような不正だが、それは事実だった。

真下はどうしても金が必要になって、その種の給付金を騙《だま》し取ったのだろうか。そのことを投資詐欺の犯歴のある久住に知られ、査察調査対象者のリストを渡さざるを得なくなったのか。

多門は、さらに推測を重ねた。

久住はブラックリストに載った納税者の不正を告発すると脅して、元総合格闘家の田端に口止め料を集金させているのではないか。そう筋を読めば、久住が田端や真下と源三郎丸という屋形船でしばしば落ち合っていたことの説明はつく。

多門はそう思いながら、国家公務員・地方公務員名簿を収納箱に戻し、ベッドの下に押し込んだ。

ベッドカバーの上にどっかりと腰かけ、ロングピースをくわえる。煙草を喫い終わって数分後、相棒の杉浦から電話があった。

多門は前夜のことをつぶさに語った。

「真下というマル査は、何か悪さをしてやがるんだろうな。出世する見込みがないんで、腐っちまったんじゃねえか。公務員の多くは役職でマウンティングしてるようだからさ」

「仕事に対するモチベーションは下がりっ放しで、俸給《ほうきゅう》も高くない。安い家賃で官舎に住めるんだろうが、遊びや趣味に金はかけられないと思うよ」

「だろうな。クマ、真下は親兄弟の借金の肩代わりをさせられてるのかもしれねえぞ。あるいは親友の連帯保証人になったんで、でっかい負債を抱えてしまったか」

「それで、真下信吾は仲間に引きずり込まれて悪事に加担してる？」

「金に困ってるとしたら、そうなんだろうよ。けど、真下は久住や田端と接点はなさそうだ。投資詐欺で服役した久住は、どこで田端や真下と知り合ったのか。見当もつかねえな」

杉浦が言って、長く唸った。

「もしかすると、久住、田端、真下の三人はギャンブル好きなのかもしれないぜ。そうだとしたら、競馬場かオートレース場で知り合ったか」

「そうなのかもしれねえな。公務員じゃないが、地道に生きてた中学校教諭が失恋をきっかけにオートレースにハマって、住宅ローンが払えなくなったというケースも知ってる。真面目な人間ほど何かあると、捨て鉢になったりするよな」

「そういう傾向はあるみたいだね。杉さん、入管の審議官殺しに関する情報は何か得られた？」

「おっと、そのことを話さねえとな。品川署に出張《でば》ってる奴の話によると、射殺された矢部審議官は官舎住まいをしてるんだが、新築の分譲マンションとマセラティを購入したらしいんだよ」

「官舎は家賃が安いから、せっせと貯えに励んで分譲マンションと高級イタリア車を買ったんじゃないのかな」

「おれも、そう思ったんだよ。けどな、マイホームと外車のほかに山中湖に別荘まで買ってたんだ。それも、去年のうちにな。総額で二億一千万円近いらしい。公務員がそんな大胆な買物を短い間にするとは考えにくいんじゃねえか。な、クマ？」

「だね。矢部は難民申請者たちから金を貰って、便宜を図ってやってたんだろうか。自分の預貯金に収賄した銭をプラスして、分譲マンション、高級外車、別荘を次々に購入したのかな」

多門は呟いた。

「そんなふうに疑いたくなるよな」

「杉さん、品川署に設置された捜査本部は、そのあたりについてはどんな見方をしてるんだろう?」

「おれの知り合いの刑事は、射殺された矢部審議官は難民認定をしてもらいたがってる外国人男女を喰いものにして、分譲マンション、高級外車、別荘を手に入れた疑いもあると睨《にら》んでたな。だから、故人の家族たちに購入資金について訊いたそうだ」

「どう答えたのかな、家族は?」

「奥さんは夫が宝くじで特賞の三億円を射止《いと》めたと答えたらしいんだが、それを裏付ける当たり券のコピーとか賞金の振り込みを証明できる銀行通帳のありかは故人だけしか知らないと言ったようだ」

「故人の預金通帳が見つかれば、殺された審議官が不動産会社や外車ディーラーに代金をいつ支払ったのかはっきりするんじゃない?」

「そうなんだが、宝くじを発行してる銀行、不動産会社、外車ディーラーも個人情報に関する問い合わせには協力できないと拒絶したんだってよ。そんなことで、矢部審議官が悪事に手を染めたかどうかはわからねえらしいんだ」

「そうか。入管の品川庁舎に押し入った三人組の主犯格の男は、二階の案内係に矢部と名指しして、すぐに呼べと命令したんだったよね」

「ああ、そうだったな。そうしたことを考えると、矢部が金品と引き換えに難民認定に便宜を図ってた疑いは拭えねえか。故人が本当に三億円の特賞を摑んだことが立証されれば、すぐ疑念は消えるだろうがな」

「そうだね」

「おれは故人とつき合いのあった人たちに会って、それとなく探りを入れてみらあ。クマは築地五丁目にある東京国税局に行って、真下査察官の行動確認《コウカク》するんだろ？」

「昼間はおかしな行動はしないだろうから、築地《つきじ》に行く前に元総合格闘家の田端の居所を調べ上げて、動きを追ってみるよ」

「わかった。クマも強《つえ》えけど、田端は無敵と称されてきた男だ。油断してたら、やっつけられるかもしれねえぞ。クマ、田端を侮《あなど》っちゃいけねえよ」

杉浦がそう忠告し、先に電話を切った。

多門は旧知の情報屋に連絡して、田端の居所を教えてもらった。あまり期待していなかったが、苦もなく田端の塒《ねぐら》はわかった。

田端は長いこと住んでいた港区内の賃貸マンションを引き払い、数カ月前からJR大崎《おおさき》駅のそばにある『大崎レジデンシャルコート』というマンスリーマンションで寝起きしているという。

多門は身支度に取りかかった。

といっても、すぐには部屋を出なかった。場合によっては、田端と殴り合いになるかもしれない。栄養ドリンクを飲み、体を休める。

多門は午後一時過ぎに部屋を出た。

地下駐車場にエレベーターで下り、マイカーの運転席に乗り込む。エンジンの調子は悪くない。燃料もフルに近い。

多門はボルボXC40で、品川区大崎に向かった。

目当てのマンスリーマンションを探し当てたのは、およそ四十分後だった。八階建てで、外壁は淡い水色だった。ボルボを降りる。

出入口はオートロック・システムだった。多門はメールボックスで、田端が五〇五号室を借りていることを確認してから、自分の車に戻った。

ボルボを二十メートルほどバックさせ、表玄関に視線を向ける。人の出入りは見渡せた。田端が自室にいるかはわからない。外出しているなら、いずれ帰宅するだろう。

「気長に待つか」

多門は声に出して呟き、カーラジオの電源を入れた。チューナーをFENに合わせる。ラムゼイ・ルイス・トリオのジャズロックが流れてきた。その次はR《リズム》＆B《ブルース》に引き継《つ》がれた。サム＆デイブの昔のヒットナンバーだった。子供のころに聴いた記憶がある。

多門は音楽を聴きながら、時間を遣り過ごした。

ジョギングウェアに身を包んだ元総合格闘家がマンスリーマンションから姿を見せたのは、午後二時過ぎだった。

軽い準備体操をしてから、田端はゆっくりと走りはじめた。

多門は少し迷ったが、車を低速で前進させた。時々、路肩にボルボを寄せながら、田端を追う。

元総合格闘家は同じスピードを保《たも》ちながら、ＪＲ浜松町《はままつちょう》駅前で折り返し、大崎方面に戻りはじめた。多門はボルボをＵターンさせ、往路と同じようにスピードを調整しつつ追尾をつづけた。時には田端を追い抜き、何分か待ったりもした。

田端は前方を見ながら、復路を楽々と走り通した。

一度も休まなかった。ほとんど肩を弾ませていない。もう現役の格闘家ではないが、スタミナは少しも落ちていないのだろう。

やがて、田端はマンスリーマンションの中に消えた。

多門は『大崎レジデンシャルコート』の斜め前の路上にボルボを駐め、また張り込みはじめた。

マークした田端が外出するかどうかはわからない。特殊万能鍵を使って五〇五号室に侵入し、田端をぶちのめしたい衝動を覚える。だが、多門は逸《はや》る自分を戒《いまし》めた。まだ田端を追い込むだけの材料が揃っていない。

徒労《とろう》に終わることを覚悟しながら、辛抱強く張り込みを続行する。

マンスリーマンションの地下駐車場から黒いレンジローバーが走り出てきたのは午後五時ごろだった。四輪駆動車は幹線道路をたどって、西新宿にある『オリエンタル・エンタープライゼス』の本社ビルの脇道に停まった。

同社は首都圏で回転寿司店、中華飯店、ステーキハウス、お好み焼き店など飲食チェーンを百数十店も運営している会社だ。コロナ禍だが、休業に追い込まれた系列店舗は数少ない。リーズナブルな価格がファミリー層に喜ばれているのではないか。

田端は四輪駆動車に乗ったまま、スマートフォンでどこかに電話をかけた。通話は短かった。

およそ十分後、『オリエンタル・エンタープライゼス』の社員通用口から台車が出てきた。台車の上には、大きなキャリーケースが載っている。台車を押しているのは五十歳前後の男だった。社員と思われる。

田端がレンジローバーの運転席から出て、無言で台車に近づいた。台車を押していた男も黙したまま、レンジローバーの車内にキャリーケースを積み入れた。

田端が小さくうなずき、レンジローバーに乗り込んだ。台車を押していた男も本社ビルの中に戻った。

中身は札束なのではないか。そうならば、『オリエンタル・エンタープライゼス』には何か弱みがあって、大金を脅し取られたのかもしれない。その弱みは悪質な脱税とは考えられないだろうか。

推測が正しいとしたら、田端は脅迫と集金を担《にな》っていると考えられる。

多門はそう推測しつつ、走りはじめたレンジローバーを追いはじめた。田端の車は西新宿の高層ビル街を走り抜け、新宿通りに出た。四谷方向に進み、有名なシティホテルの手前で裏通りに入った。

それから間もなく、レンジローバーは清水谷《しみずだに》公園の際《きわ》で停止した。多門は数十メートル後方にボルボを停めた。

あたりは薄暗くなりはじめていた。園内の人影は疎《まば》らだった。

さきほどと同じように、田端はレンジローバーから降りない。

数分後、四輪駆動車の真後ろに白いアルファードが停まった。多門はナンバーを読み、運輸支局で働いている彦根《ひこね》という男に電話をした。彦根は『紫乃』の常連客だ。

「彦さん、またナンバー照会を頼みたいんだよ」

「ナンバーをゆっくり言ってくれる？」

彦根が言った。多門はアルファードのナンバーを教え、そのまま数十秒待った。

「お待たせ！　その車は、消費者金融の『ハッピーファイナンス』の社用車だね」

「そう」

「その車と接触事故でもやっちゃった？」

「彦さん、ありがとう。おれ、ちょっと急いでるんだ。そのうち、『紫乃』で会おう。そのとき、酒を奢《おご》らせてよ」

「そんな気を遣わないでくれないか。それじゃ、近々……」

彦根が通話を切り上げた。多門はスマートフォンを懐に戻した。

神田に本社を構える消費者金融会社はテレビのCMをよく流し、イメージは悪くない。コロナで収入が減った客たちが多くなって、年商がアップしたと思われる。

法定年利は二十パーセントが上限になっているが、高金利を払ってでも借金したがる客が増えたのかもしれない。『ハッピーファイナンス』は高利で貸し付けた分を税務申告しなかったので、東京国税局に脱税を見破られたのか。考えられないことではなさそうだ。

アルファードの車内から、二人の男が現われた。どちらも三十代前半で、地味な色の背広を着込んでいた。

助手席に坐っていた男がアルファードの後部座席からジュラルミンケースを取り出した。だいぶ重そうだ。運転席にいた男が車を回り込み、ジュラルミンケースの底を両手で支《ささ》えた。

男たちは二人がかりで、ジュラルミンケースをレンジローバーに運び入れた。

例によって、田端は二人と言葉を交わさなかった。『ハッピーファイナンス』の社員らしき男がアルファードに乗り込み、先に発進させる。ほどなく車は走り去った。

レンジローバーが動きだした。

多門は田端の車を追尾しはじめた。四輪駆動車は赤坂見附経由で、広尾に入った。予想通り田端の車は『広尾ロイヤルガーデン』の地下駐車場のそばに停まった。

田端が車内から、どこかに電話をした。おそらく久住に連絡したのだろう。

地下駐車場のオートシャッターがゆっくりと巻き上げられた。田端が鮮やかなハンドル捌《さば》きで、レンジローバーを地下駐車場に入れた。すぐにオートシャッターが下がる。

しばらく田端は、大崎のマンスリーマンションには戻らないのではないか。多門は、元総合格闘家の部屋に忍び込む気になった。ボルボのシフトレバーをD《ドライブ》レンジに入れる。

目的地に到着したのは三十五、六分後だった。いつの間か、夜になっていた。好都合だ。

多門はグローブボックスの中から、速乾性の透明なマニキュア液の小壜《こびん》を取り出した。キャップの下部は刷毛《はけ》になっている。多門は両手の指と掌《てのひら》にマニキュア液を塗りつけた。

犯歴のある者は、警察庁の指紋自動識別システムに登録されている。

多門は両手を何度か振った。早くもマニキュア液は半ば乾いていた。他人の家や事務所に無断で侵入するときは、両手に布手袋を嵌《は》めたりする。

しかし、集合住宅の場合は入居者に怪しまれやすい。そのことを考慮して、透明なマニキュア液で指紋と掌紋を隠すことにしたのだ。

多門は路上に駐めたボルボから、努《つと》めて自然に降りた。

入居者のような顔をして、『大崎レジデンシャルコート』の敷地に足を踏み入れる。多門は背を屈《かが》め、左手にある非常階段の昇降口に急いだ。

あたりを見回す。人の姿は目に留《と》まらない。

多門は巨体を大きく折り、獣のような恰好《かっこう》で階段を上がりはじめた。

五階まで、やけに遠く感じられた。不自然な姿勢でステップを上がっているからだろう。

やっと五階の踊り場に達した。

当然ながら、非常口の扉は閉まっていた。多門は特殊万能鍵を用《もち》いて、ロックを外した。アラームは鳴らなかった。多門はひと安心して、マンスリーマンションの中に入った。

歩廊は無人だった。

多門は五〇五号室に近づき、ドアのロックを解錠した。室内に忍び入り、土足で上がり込む。

多門はスマートフォンのライトで足許を照らしながら、奥に進んだ。

間取りは1LDKだった。LDKは十五畳ほどの広さで、右手にある寝室は十畳あまりだろうか。ベッドのほかに簡易な机が置かれ、椅子もコンパクトだった。田端が腰かけたら、椅子は壊れるかもしれない。

卓上にはスポーツ新聞が堆《うずたか》く積まれているが、書籍は一冊も見当たらない。

多門はざっとリビングキッチンを眺め回し、ベッドルームに移った。

サイドテーブルの引き出しを開ける。上段にはマスクの袋しか入っていない。中段にはカラースキンの箱が三箱収まっていた。

最下段には、ビニール袋に入った細く切断された紙がびっしり詰まっている。極秘文書めいた書類がシュレッダーに掛けられたようだ。

多門は切り刻まれた紙片の印字を読んだ。

断片的な文字を繋《つな》ぎ合わせると、原紙は国税査察調査対象者リストとわかった。法人が約八割で、個人が二割だった。

真下信吾が職場で機密文書をコピーし、源三郎丸という屋形船の中で久住潤に渡したのではないか。そのリストに載っている企業や個人を久住が脅迫し、田端が口止め料を集め回っているのか。

公務員の真下が自ら悪事に手を染めたとは思えない。東京国税局査察部職員の真下は、致命的な弱みを久住に知られて悪事の片棒を担がされているのか。

多門は上着を脱ぎ、切り刻まれた紙片の詰まったビニール袋をくるみ込んだ。

ヘッドボードと仕切り壁の間を何気なく覗くと、大型スポーツバッグが置かれていた。ところどころ角張っている。トレーニングウェアやスポーツタオルが詰まっているだけではなさそうだ。

多門は大型スポーツバッグを手前に引きずり出し、ファスナーを勢いよく開けた。

危《あや》うく声を発しそうになった。帯封の掛かった百万円の束《たば》が無造作に突っ込んである。五束《ごたば》や十束ではない。優《ゆう》に二十五束はあるのではないか。念のため、札束を数えてみた。

三十一束、つまり三千百万円の現金が入っていた。

汚れた金を集め回ったことに対する謝礼なのかもしれない。田端がこれだけ儲けているのなら、真下も職場から査察調査対象者リストを盗み出したことで、分け前を手に入れたのではないか。残りの金は久住がそっくり得たのではないだろうか。

そのあたりのことは、まだ断定できない。ただ、久住たち三人が共謀して悪事に走ったことは間違いないだろう。公務員の真下信吾は、どこか気弱そうに見えた。揺さぶれば、たやすく口を割るかもしれない。

多門は大型スポーツバッグのファスナーを閉め、元の場所に戻した。

抜き足で五〇五号室を出て、特殊万能鍵でドアをロックする。シュレッダーに掛けた機密文書がなくなったことに田端が気づいても、すぐ自分にはたどり着けないだろう。

多門はほくそ笑《え》んで非常扉を開け、ロックしてからステップを下りはじめた。

3

自宅マンションに戻って間もない。

多門は帰宅途中に買い求めた紙袋をダイニングテーブルの端に置いた。中身は台紙、ピンセット、液状糊《のり》だった。これから、ある作業をするつもりだ。そのため、大崎のマンスリーマンションから、わざわざ自分の塒《ねぐら》に戻ったのである。

多門は元総合格闘家の部屋から持ち出した細く切り刻まれた文書の紙片をダイニングテーブルの上に撒《ま》き散らし、卓上の右端に台紙を拡《ひろ》げた。

「さて、取りかかるか」

多門は気合を入れ、椅子に腰かけた。

ピンセットを握り、シュレッダーに掛けられた書類の断片の印字を読む。文章の繋《つな》がっているる紙切れをピックアップして、一つずつ台紙に糊で貼りつけていく。

ジグソーパズルのピースを埋めるよりも、はるかに手間がかかる作業だ。多門は溜息《ためいき》をつきながらも、根気よく手を動かした。細く切断された紙片にいちいち糊付けするのは面倒だ。

多門は台紙一面に液状糊を塗り拡げ、ピンセットで切れ端を抓《つま》み上げて台紙に貼付《ちょうふ》しはじめた。能率は上がったが、根気がいることに変わりはない。

多門は黙々と作業にいそしんだ。目が霞《かす》んだら、小休止を取るようにした。一服しながら、粘《ねば》り抜いた。

少しずつだが、確実に断裁された紙片が減っていく。それに力づけられ、多門はひたすら作業に没頭した。

それでも、貼付し終えたのは一時間数十分後だった。

多門は台紙に貼った紙切れをゆっくり目で追った。やはり、大口脱税者のリストだった。予想した通り、法人が多い。といっても、名の知れた会社はほとんどなかった。

査察対象になった会社は、おおむね中小企業だった。プライム上場企業は一社もない。大企業も節税しているはずだ。しかし、脱税と判断されないように巧みに策を講じているのだろう。

中小企業や個人事業主の大半は、節税に無頓着《むとんちやく》なのではないか。そのせいで、脱税容疑を持たれてしまうのだろう。

多門は他人名義のスマートフォンを使って、真下信吾の自宅の固定電話を鳴らした。

ややあって、男が受話器を取った。声から察すると、中年だろう。

「東京国税局査察部職員の真下さんかな?」

多門は故意に高い声を出した。

「そうだが、おたくは?」

「名乗るわけにはいかない事情があるんだよ」

「いったい何者なんだっ」

「正体は明かせないと言ったはずだぜ。あんた、投資詐欺で三年ちょっと服役した久住潤に何か弱みを握られて、コピーした査察調査対象者リストを盗み出し、源三郎丸という屋形船の中で渡したんじゃないのか？」

「久住なんて人間は知らない。身に覚えのないことを言われても、答えようがないな」

「空とぼける気か。こっちは、査察調査対象者リストを手に入れたんだよ。シュレッダーに掛けられたリストの切れ端は、元総合格闘家の田端秀明が借りてる大崎のマンスリーマンションの五〇五号室にあった。ベッドサイドテーブルの最下段の引き出しに入ってたんだ、ビニール袋に入れられてな」

「その田端という人間もまったく知らない。久住某《なにがし》とも一面識もないね。本当だよ」

「とことんシラを切る気なら、あんたは破滅することになるぞ。上司にそっちの不正を教えてやるか。それとも、東京地検にリークするかな。人生、終わってもいいのかい？」

「おたくは、ブラックジャーナリストみたいだな。要するに、恐喝で喰ってるんだろう。そんなことはどうでもいい。わたしは、どんな脅迫にも屈しないぞ」

真下が声を張った。幾分、声が震えていた。揺さぶりをかけられ、動揺したようだ。

「ずいぶん強気だな。こっちの狙いは久住潤なんだよ。あの男を追い込むには、犯罪の証拠が必要なんだ。あんたが協力してくれたら、職場から写しを取った機密文書を盗み出して、久住にコピーを渡したことには目をつぶってやろう。もちろん、あんたから口止め料をせびったりしないよ」

「なんの話をしてるんだ!? さっぱりわからない。電話、切るぞ」

「待て、待てよ」

多門は叫んだ。

だが、早くも電話は切られてしまった。リダイヤルしても、真下はおそらく電話口には出ないだろう。どう査察官を追い込むか。多門はロングピースを吹かしながら、考えはじめた。しかし、これといった妙案は閃《ひらめ》かなかった。

煙草の火を揉み消しているとき、あることを思いついた。うまくいくかもしれない。

多門は台紙を二つに折り畳み、ふたたび外出した。

エレベーターで地下駐車場に降り、ボルボXC40に乗り込む。多門はすぐエンジンを始動させ、真下の住む東京国税局職員住宅に急いだ。

目的の官舎に着いたのは、およそ四十分後だった。

多門はボルボを官舎から五、六十メートル離れた路上に駐め、公務員住宅に向かった。あたかも入居者のような顔をして敷地に足を踏み入れ、左端の建物に近づく。

どの窓も明るい。真下が住んでいる二〇一号室には電灯が煌々《こうこう》と点《つ》いていた。確か集合郵便受けの近くに火災報知機があった。

多門は階段の昇り口に片足を掛け、首を長く伸ばした。火災報知機は一階と二階の間の踊り場の壁面に備《そな》え付けられている。

多門はそっとステップを踏み、円球の非常ボタンを拳《こぶし》で叩いた。次の瞬間、けたたましくアラームが鳴り響きはじめた。

多門は急いで階段を下り、近くの植え込みの中に身を潜《ひそ》めた。

各戸のドアが次々に開けられ、入居者たちが焦《あせ》った表情で官舎から出てくる。家族単位でまとまっているようだ。

真下は家族と思《おぼ》しき三人を先に歩かせ、最後に外に出た。

入居者はひとしきりざわついていたが、ほどなく火災報知機が誤作動したと察したようだ。おのおのが三々五々、自分の部屋に戻っていく。

多門は目で真下の姿を探した。

真下は三十代後半に見える男と立ち話をしていた。相手は部下なのかもしれない。

やがて、二人は右と左に分かれた。真下より若い男は、同じ棟の右端で暮らしているようだ。

真下がアプローチの上を歩いてくる。

多門は真下が背を見せる直前に植え込みから躍《おど》り出て、太くて長い腕を相手の首に回した。

そのまま喉を強く圧迫する。裸絞めだ。真下は呆気《あっけ》なく気を失った。

多門はぐったりとした真下を肩に担《かつ》ぎ上げ、どこからも死角になる暗がりまで運んだ。数分経《た》ってから真下の上半身を摑み起こし、強烈な膝蹴りを見舞った。

真下が唸って、意識を取り戻した。

「わたしを殺すつもりだったのかっ」

「早合点するな。あんたに騒がれたくなかったんで、気絶させただけだ」

「あっ、その声は……」

「そうだよ。少し前に電話をしたのは、このおれだ」

「それじゃ、火災報知機を鳴らしたのはおたくだったんじゃないのか？」

「その通りだよ。あんたを表に誘い出したかったんでな」

多門は言って、腰の後ろに手を回した。ベルトに挟んだ二つ折りにした台紙を引き抜き、スマートフォンのライトで照らす。

「それは何なんだ？」

「あんたが職場から盗み出した査察調査対象者リストのコピーだよ」

「おたく、大崎のマンスリーマンションの五〇五号室に無断侵入したのか」

真下が言ってから、悔やむ表情になった。

「ついにボロを出したな。あんたは電話で、田端も久住も知らないと言ってた」

「…………」

「だんまり戦術を使っても、意味ないぜ」

多門は真下の前に回り込み、グローブのような両手で頰を強く挟みつけた。少し経つと、真下の顎《あご》の関節が外れた。

真下が喉の奥で呻きながら、横倒しに転がった。それから体を縮めて、のたうち回った。口から涎《よだれ》を垂らしている。

ややあってから、多門は真下のかたわらに屈み込んだ。台紙を開いて、スマートフォンの光を当てる。

「これを見ても、思い当たることはないか。え？」

「…………」

真下が返事の代わりに小さくうなずく。

多門は立ち上がって、真下を蹴りまくった。場所は選ばなかった。真下はくぐもった声をあげつづけ、間もなくぐったりとなった。ほとんど動かなくなったが、呼吸はしている。

多門はしゃがんで、真下の顎の関節を元の位置に戻した。真下が肺に溜まっていた空気を吐き出してから、涙声で訴えた。

「わ、わたしを殺さないでくれーっ。お願いだ」

「こっちの質問にちゃんと答えたら、もう荒っぽいことはしねえよ」

「本当だな？」

「ああ。あんたは久住に何か弱みを握られて、脱税の疑いのある法人や個人事業主のリストをこっそりコピーして、その極秘資料を久住潤に渡したんだな？」

「それは……」

「まだ粘る気なら、そっちを殺《や》っちまうぞ」

「やめろ！　頼むから、殺さないでくれーっ」

「早く質問に答えな」

「わたしはストレスが溜まると、若い女性のアカウントを乗っ取って、その女性の振りをし……」

「先をつづけろ！」

「卑猥《ひわい》な書き込みをしてたんだよ。女のデリケートゾーンを早く舐《な》めてほしいとか、反り返ったペニスで突きまくってくれとかね」

「いい大人がやることじゃねえな。アカウントを乗っ取ったのは、ひとりだけなのか？」

「いや、そうじゃない。二十六、七人のアカウントを乗っ取って、エロいことを書き込んだ。

相手が恥ずかしがったり、困惑する姿を想像すると、憂《う》さが吹っ飛ぶんだよ。査察部に長くいられたことには感謝してるんだが、ノンキャリアのわたしは年下のキャリア官僚に小ばかにされたりしてる。そんなことで、仕事のストレスが溜まりやすいんだ。だから、何かでストレス解消したくてね」

「身勝手な奴だ。メンタルがおかしいな。しかし、その程度のことは致命的な弱みとは言えないだろうが？」

「いや、致命的だね。わたしは公務員なんだ。世間の評判は気になるよ。妻や娘に卑劣《ひれつ》なことをしてると知られたら、とても生きてはいけない。そうなったときは、おそらく自ら命を絶つことになるだろう」

「そういう弱みを知られたんで、久住の言いなりになってたのか」

「情けない話だが、開き直ることができなかったんだよ。久住は前科者だし、元総合格闘家の田端を専属のボディーガードとして雇ってるし、ダーティー・ビジネスの共犯者でもあるんだ。だから、二人には逆《さか》らうことなんてできなかったんだよ」

「コピーした極秘資料は一回だけじゃなく、何十回も久住に提出したんだろう？」

「二十数回は機密資料のコピーを渡した」

「そのつど、数十万の小遣いを貰ってたんじゃないのか？」

「金は受け取りたくなかったんだが、コピー文書を持っていくたびに三十万円を上着のポケットに捩《ね》じ込まれた。貰わなかったら、わたしが女性のアカウントを乗っ取ってることをネットで拡散されそうなんで……」

「結局、毎回三十万円ずつ受け取ってたわけだな」

多門は確認を怠《おこた》らなかった。

「仕方がなかったんだ」

「トータルで、六百万円以上は懐に入れたわけか。公務員のくせに、大胆だな」

「久住を怒らせたら、ボディーガードの田端に半殺しにされそうなんで、受け取らないわけにはいかなかったんだ。当然、後ろめたさは感じてるよ」

「久住は査察調査対象になってる法人や個人事業主に国税庁の動きを教えて、早く対策を講じろと助言し、指南料を要求してたんじゃないのか。それに応じなかった企業や個人事業主は田端に威《おど》させて、力ずくで法外な指南料を……」

「そうなんだろうな、おそらく。わたしはよく知らないんだよ。久住は大手の損保会社名に酷似《こくじ》した架空の社名を使ってサイバー保険詐欺を働く気だったみたいだが、それはうまくいかなかったようだ」

「サイバー保険？　知らないな」

「二〇一一年ごろに新しく生まれた損害保険なんだ。サイバー攻撃なんかで、企業や個人のシステムに障害が発生した場合、コンピューターの修理代、社員の給与保障などをカバーしてくれる損害保険なんだよ。まだ一般的にはあまり知られてないんで、サイバー保険詐欺では巨額は騙し取れなかったんだろうな」

「そうか。話を戻すが、あんたが女性のアカウントを乗っ取ったことをどうやって久住は知ったんだい？」

「久住は複数のハッカーを使って、政官財界の機密や不正を探らせ、ダーティー・ビジネスに結びつけてるみたいだな。わたしのスキャンダルも、ブラックハッカーが嗅《か》ぎ当てたんだろうね」

「そうかもしれないな」

「いろんな詐欺ができると豪語してたよ。最近は休眠中の宗教法人に興味があるようだな」

「宗教法人？」

「そう。休眠中の宗教法人を買い取って、久住はカルト教団でもこしらえて、信者から金や不動産を吸い上げる気なのかもしれないな」

真下が独《ひと》りごちた。

「まさか久住が教祖になる気なんじゃねえだろうな。あんた、どう思う？」

「それは考えられないな。悪党の大半が誰かダミーを使って、非合法ビジネスで荒稼ぎしてる。自分が表に出たら、警察に目をつけられるからね。悪人たちは、どいつも地下に潜って捨て駒たちに指示を出してるんじゃないのかな」

「そうなんだろう。こっちのことを田端や久住に喋ったら、あんたの悪事を暴《あば》くことになるぞ」

「あの二人に余計なことは言わないよ。約束する」

「そうしてくれ」

多門は言って、真下から離れた。

4

翌日の正午過ぎだ。

多門は自宅マンションで、二人前のパエリアを掻《か》き込んでいた。デリバリーだった。

前夜、東京国税局の真下から聞いた話を鵜《う》呑《の》みにする気はなかった。元総合格闘家の田端に迫って裏取りをしてから、首謀者の久住潤を締め上げるつもりだ。

元投資詐欺師の新たな悪事の証拠を握ったことをちらつかせれば、米倉弁護士に殺害予告を送りつけたかどうかはっきりするだろう。

その前に田端の口を割らせる必要がある。宅配便の配達人に化けて、大崎のマンスリーマンションの五〇五号室のドアを開けさせるか。それとも特殊万能鍵を使って部屋に忍び込んで、田端の顔面に催涙スプレーを噴射するか。後者なら、無敵を誇った田端をぶちのめすことはたやすい。

元総合格闘家を徹底的に痛めつければ、口も軽くなるだろう。それでも暴れるようだったら、ナイフで片方のアキレス腱を切断してもいい。

多門は昼食を摂《と》り終えると、ロングピースを喫ってからダイニングテーブルの上を片づけた。

寝室に移って、特大のベッドに腰かける。テレビの電源を入れると、画面に六本木交差点が映し出されていた。

「きょう午前一時半ごろ、元総合格闘家の田端秀明、三十七歳が殺人及び傷害罪で緊急逮捕されました」

男性アナウンサーが、いったん言葉を切った。画像が変わり、外苑東《がいえんひがし》通りに面した飲食店ビルがアップになった。

多門は驚き、空耳ではないかと思った。

「加害者は行きつけのシガーバーで、居合わせた二人の男性に八百長試合のことでからかわれ、ウイスキーのボトルで頭部を強打した後、割れたボトルの先端を二人連れの顔面と首に執拗《しつよう》に突き刺したようです。被害者たちはただちに救急病院に搬送されましたが、ひとりは死亡しました。連れの方は重傷ですが、一命は取り留める模様です」

アナウンサーはそう前置きして、被害者の氏名、年齢、現住所を明らかにした。

二人の被害者の顔写真も映し出された。どちらも三十一歳で、どこか荒《すさ》んだ感じだ。暴力団関係者か、半グレかもしれない。

「犯行に及んだ田端は格闘技界の人気選手でしたが、八百長試合をした疑いを持たれたことで引退しました。その後、スポーツクラブの経営に乗り出しましたが、一年半ほどで廃業に追い込まれたようです。それからは個人の身辺警護を請け負《お》っていたとかつての格闘家仲間たちは証言しています」

またもやアナウンサーが言葉を切って、言い重ねた。

「田端は犯行後、まったく逃げる素振りを見せませんでした。犯行現場に留《とど》まり、駆けつけた警察署員に黙って両手を差し出したそうです。昔の傷に触れられ、衝動的に被害者たちに暴力を振るったのでしょう。それにしても、大変な凶行です」

アナウンサーの顔が消え、ガス爆発の現場が映った。

多門はテレビの電源を切り、ネットニュースをチェックしてみた。だが、新たな情報は得られなかった。

多門は予想もしなかった事件が発生し、戸惑いを覚えた。

田端は所轄の赤坂署に留置され、起訴後は身柄を東京拘置所に移されるだろう。判決が下ったら、服役することになるはずだ。

これで、田端を直《じか》に追及することはできなくなってしまった。大崎のマンスリーマンションにふたたび忍び込んで、田端の裏ビジネスの証拠集めもできなくなった。

久住に鎌をかけて、ダーティー・ビジネスのことを探ってみるほかなさそうだ。

多門は他人名義のスマートフォンで、『フォーエバー交易』に電話をかけた。ホームページに代表電話番号が載っている。代表取締役は、久住潤になっている。

少し待つと、男の低い声で応答があった。

「お電話、ありがとうございます。こちら、『フォーエバー交易』です」

「社長の久住さんでしょ？」

「そうです。失礼ですが、どちらさまでしょうか？」

「野中《のなか》という者だが、こっちも傷害で服役したことがあるんだ。だから、社長が投資詐欺で刑に服したことがあることを知ってるんですよ」

「用件を言え！」

「急に言葉が荒くなったな。そう警戒しないでくださいよ。こっちはずっと裏街道を歩いてきたんで、警察とは相性が悪いんだ。社長が危《ヤバ》いことをしてても、密告《チク》ったりしません」

「やくざ者か？」

「いや、一匹狼なんだ。おれ、群れるのが嫌いなんですよ。だから、いつも単独でいろんな犯罪《ヤマ》を踏んできた。裏のネットワークで、久住社長がうまいことをやってるって情報を得たんですよ」

多門は、はったり《ブラフ》を口にした。

「わたしが何をやってるって？」

「東京国税局査察部職員の弱みにつけ込んで、査察対象者のリストのコピーを持ち出させたでしょ？　一回じゃなくて、二十数回もね。そのたびに、職員に三十万を握らせてた」

「でたらめを言うな。わたしは、そんなことはしてないっ」

「そう言い切っちゃってもいいのかな。こっちは社長が屋形船の中で、東京国税局査察部の真下信吾や元総合格闘家の田端秀明と密談を重ねてきたことも知ってるんですよ。源三郎丸の船長が陸《おか》に上がった隙に座卓の下に高性能マイクを仕掛けてたんだ」

「なんだって!?」

久住が絶句した。

「三人が顔を揃えても、あまり言葉は交わさなかったよね。社長は真下と田端に指示書を渡してたんでしょ」

「その二人とは会ったこともない」

「往生際が悪いな。こっちは密談の音声と盗み撮りした写真データも押さえてあるんですよ」

「なんだって!?」

「あんたは査察調査対象になった法人や個人事業主に手入れの情報を流して、対策方法を伝授し、多額の指南料をせしめてた」

「わたしは無実だよ。後ろ暗いことは何もしてない」

「まだ粘る気か。こっちは脱税を疑われてる法人や個人事業主に裏取りしてるんですよ」

多門は、もっともらしく言った。

「濡衣《ぬれぎぬ》を着せられたら、たまらない」

「呆《あき》れるほどしぶといな。ある中小企業のオーナー社長は一億円も指南料を払わされてたとぼやいてたよ。追徴金を払ったほうがよかったとも口にしてた」

「嘘だ。指南料は五千万円から八千万円の間しか貰ってない。あっ、いけない!」

久住が狼狽《ろうばい》し、黙り込んだ。まんまと引っかかってくれた。

「田端は単なるボディーガードじゃなく、社長の代わりに指南料という名目の口止め料を集金してたんだなっ」

「そ、それは……」

「素直に答えないと、社長を警察《サツ》に売ることになるぞ」

「警察とは相性が悪いと言ってたじゃないか」

「そうなんだが、社長がなかなか犯行《ヤマ》を認めようとしないから苛立《いらだ》ってきたんだよ」

「おたくの狙いは何なんだ？　指南料の何割かを寄越《よこ》せってことか」

「査察調査対象者リストに載ってる企業や個人事業主から総額で、いくら毟《むし》ったんだい？」

「約二百億だ。そのうち五、六億をおたくにくれてやろう」

「ケチ臭いな」

「わかった。おたくに二十億を払うよ。それで、手を打ってくれないか」

「口止め料はいらない。こっちは強請屋《ゆすりや》じゃないんでね」

「なら、どうしろって言うんだ？」

「あんたは、休眠中の宗教法人を買い漁《あさ》ってるなっ」

多門は声を張った。

「うん、まあ。新興宗教、特にカルト教団は世間に疎《うと》まれてるから、支部をなかなか設置できないんだ」

「読めたぜ。転売ビジネスで稼ぐ気になったんだろうが、もっと儲かる方法がある」

「それはどんな商売《ビジネス》なんだ？」

久住が関心を示した。

「社長、こっちと組んで新しいカルト教団を立ち上げない？　信者たちを上手に洗脳すれば、献金や寄付が集まる。宗教法人にしておけば、ほとんど税金はかからない。丸儲けだよ」

「少し前からマスコミで騒がれてる宗教団体は矛盾だらけの教義を掲《かか》げてるが、信者から巨額を吸い上げた。うまく新しい宗教団体を運営していけば、巨万の富が得られるだろうな」

「興味がありそうだね。こっちには、いいプランがあるんだよ。社長にお目にかかりたいな。知恵を出し合いませんか？」

「そうしよう」

「これから、『広尾ロイヤルガーデン』に伺ってもいいが……」

「そうしてくれないか」

「社長のボディーガードを務めてた田端が六本木の行きつけのシガーバーで居合わせた二人の男性客をボトルで殴り倒して、さらに暴行を加えた。ひとりは死亡して、もう片方は重傷を負った」

「その事件を知って、腰を抜かしそうになったよ。田端君は短気だったが、わたしには忠実だったんだ」

「社長、元総合格闘家の自宅に不都合な極秘資料とか音声データはないでしょうね。久住社長が手錠《ワッパ》打たれたら、せっかくの事業計画がポシャっちゃうからね」

「わたしと田端君を結びつける物はマンスリーマンションにはないはずだ」

「そう。一応、言っておくかな。こっちを罠《わな》に嵌めたりしたら、社長を事故に見せかけて殺《や》ることになるよ」

「あんたは野中さんだったな」

「そう。フルネームは野中哲《さとし》なんだ」

「どうせ偽名だろうが、そんなことはどうでもいいんだ。きみと組んだら、楽して巨額を得られるかもしれない。そんなビジネス・パートナーに罠を仕掛けるわけないじゃないか」

「わかったよ。それなら、後で！」

多門は電話を切った。サイドテーブルの最下段の引き出しから、グロック17を取り出した。オーストリア製の高性能拳銃だ。弾倉《マガジン》を銃把から引き抜く。九ミリ弾がマガジンに六発詰まっていた。

多門は外出着を身にまとい、グロック17をベルトの下に差し入れた。ジャケットの前ボタンを掛け、部屋を出る。

マンションの地下駐車場に降り、ボルボXC40に乗り込む。多門は広尾に向かった。

目的のマンションに着いたのは二十数分後だった。

多門はボルボを脇道に駐め、『広尾ロイヤルガーデン』に回り込んだ。集合インターフォンに歩み寄り、久住の部屋の号数をテンキーに打ち込む。

十数秒後、スピーカーから久住の声が流れてきた。

「早かったね。いま、エントランスのロックを外すよ」

「よろしく！」

多門はエントランスホールに入り、エレベーターで八階に上がった。部屋のチャイムを鳴らす。

八〇一号室のドア・ロックは掛かっていなかった。多門はドアを開けた。

と、洋弓銃《クロスボウ》の矢が正面から飛んできた。多門はとっさにスチール製のドアを閉めた。ドアの内側が音をたてた。クロスボウの矢が当たったのだろう。

多門は勢いよくドアを開けた。リビングの手前の廊下に、洋弓銃《クロスボウ》を持った口髭《ひげ》を生やした男が立っていた。二の矢を番《つが》えかけている。三十代の前半に見えた。

多門は靴を履《は》いたまま、玄関ホールに上がった。

前に進んで、クロスボウを手にしている男に体当たりをくれた。洋弓銃が落ちる。

多門は相手の喉笛を蹴り、さらに靴の踵《かかと》で顔面を強く踏みつけた。男の前歯が折れた。一本ではなさそうだ。

相手が横向きになって、血塗れの前歯を三本吐き出した。

多門は相手の頭髪を引っ掴んで、広いリビングルームまで引きずった。久住の姿は見当たらない。

間取りは3LDKだろう。しかし、専有面積は二百平米はありそうだ。

「久住に雇われたんだな?」

多門は、口髭の男に訊いた。

「そうだよ。派遣の仕事だけじゃ喰えないんで、裏便利屋みたいなことをやってるんだ」

「久住は、どこに隠れてる?」

「寝室の中にあるウォークイン・クローゼットの中にいる」

男が言って、手の甲で口許の血を拭った。

多門は男を摑み起こした。ベルトの下からグロック17を引き抜き、銃口を相手のこめかみに突きつける。

「そっちは弾除《たまよ》けだ。暴れなけりゃ、撃たない。寝室に案内しろ！」

「わ、わかった」

口髭の男が一歩前を歩きだした。多門も進んだ。

寝室は居間の右手にあった。左側にセミダブルのベッドが置かれ、反対側にウォークイン・クローゼットがある。

多門は足で中折れ扉を押し開け、大声を発した。

「自称野中だ。久住、すぐに出てこないと撃ち殺すぞ」

「ピ、ピストルを持ってるのか!?」

久住が両手を高く挙げながら、クローゼットの奥から現われた。

「この髭《ひげ》の男におれを始末させようとしたのかっ」

「洋弓銃《クロスボウ》の矢をおたくの腿《もも》に射ち込んでくれって頼んだんだよ。殺させる気はなかったんだ。おたくの正体を知りたかったんだよ。信じてくれないか。それより、何者なんだ？」

「その質問には答えられない。もっと前に出てくるんだ」

多門は命じて、グロック17のスライドを引いた。初弾が薬室《チャンバー》に送り込まれた。後は引き金を絞るだけで、銃弾が放たれる。

久住がウォークイン・クローゼットから姿を見せた。多門は銃口を久住の額に突きつけた。

「わたしを撃つ気なのか!?」

「おれの質問に正直に答えれば、撃たない」

「本当に本当だな」

「ああ」

「何が知りたいんだ？」

「あんたは投資詐欺で起訴されたとき、人権派の米倉弁護士に弁護を依頼したが、きっぱりと断られたんだよな」

「数億円出しても、なんとか執行猶予にしてほしかったんだ。だが、はっきりと弁護はできないと言われてしまった」

「そのことで、米倉弁護士を逆恨みして厭《いや》がらせを繰り返し、恐怖心を与えたんじゃないのか。どうなんだっ」

「そのことは否定しないよ」

「極右の男を使って、米倉弁護士を日本刀で斬れと命じたことは？」

「そんなことはしてない。何を根拠にそんなことを言うんだっ」

久住が口を尖《とが》らせた。

「米倉弁護士の事務所に殺人予告を送りつけたことはないか？」

「ないよ。米倉が味方になってくれなかったことをずっと恨んでたが、厭がらせを重ねたことで……」

「次第に恨みが薄れた？」

「ああ、そうなんだ。だから、あの弁護士に恐怖や不安を与えるようなことはやめたんだよ。嘘じゃないって」

「わかった。ダーティーな非合法ビジネスをすぐにやめないと、あんたはまた服役することになるぞ」

「刑務所暮らしは、もう懲り懲りだよ」

「だったら、足も洗うんだな」

「そうするよ」

「改心してないとわかったときは、あんたを警察に売るぞ」

多門は言い放ち、寝室を出た。久住は殺人予告には関わっていないだろう。多門は確信を深めながら、八〇一号室から離れた。

第三章　魔手の影

1

今後はどう動くべきか。

多門はフォークで目玉焼きを掬《すく》いながら、我知らずに唸ってしまった。自宅で遅めの朝食を摂《と》っていた。

久住潤を締め上げた翌日だ。間もなく午前十一時になる。

東京国税局の真下査察官は米倉弁護士を脅《おび》やかしてはいないという心証を得た。殺人予告とも関わりはないだろう。

投資詐欺罪で服役した久住も、逆恨みで人権派弁護士を苦しめたとは考えにくい。殺人及び殺人未遂罪で逮捕された元総合格闘家の田端に迫ることはできなかったが、久住に指示されて米倉弁護士に恐怖と不安を与えたという証拠は得られていない。心証では田端もシロと考えてもよさそうだ。

ならば、人権派弁護士に魔手を放って殺人予告をしたのは誰なのか。

調査は振り出しに戻ってしまった感じだ。回り道をしたことをぼやいても、仕方がないだろう。いったん頭の中を空っぽにして、改めて疑惑点を探す。それしかない。無駄を積み重ねて、粘り強く事件の真相に迫っていくべきだろう。素人探偵の自分がすぐに音《ね》を上げたら、お笑い種《ぐさ》ではないか。

ピンチはチャンスと背中合わせだ。

多門は自分に言い聞かせ、ツナとチーズを載せたピザトーストを三枚胃袋に収めた。マグカップのブラックコーヒーを飲み干し、ロングピースをくわえる。

いつもながら、食後の一服は格別にうまい。情事の後《あと》の煙草も癖になっている。

多門は喫いさしのロングピースの火を消すと、ダイニングテーブルの上のマグカップやパン皿をシンクに運んだ。手早く食器を洗い、寝室に移る。

多門は特注のベッドに腰かけ、リモート・コントローラーを使ってテレビの電源スイッチを入れた。田端が引き起こした事件が報じられている。

多門は画面を直視し、耳を澄ませた。殺人事件にまで発展した暴力沙汰の詳細が繰り返し報道された。

それだけで、元総合格闘家の他の犯罪については言及されなかった。ネットニュースも同じだった。やはり、心証では田端もシロだろう。

前夜のことは、まだ相棒の杉浦に伝えていない。多門は片腕を伸ばして、ナイトテーブルの上に置いたスマートフォンを摑み上げた。

ちょうどそのとき、部屋のインターフォンが鳴った。何かの勧誘だろうか。

多門はスマートフォンを握ったまま、玄関ホールに向かった。ドア・スコープに片目を当てると、来訪者は杉浦だった。

多門はすぐに相棒を部屋に招き入れ、ダイニングテーブルに向かわせた。コーヒーを客用カップに注いで、杉浦と向き合う椅子に腰かける。

「クマ、元総合格闘家の田端秀明が馴染みのシガーバーで大暴れして、喧嘩相手のひとりを殺しちまったな。もう片方の男は全治三カ月の重傷だったみたいだ。田端が緊急逮捕されたんで、予定が狂ったんじゃねえか」

「そうなんだ」

多門は昨夜のことを詳しく語った。

「東京国税局の真下と詐欺師の久住の二人を追い込んで、どっちもシロだという印象を持ったんだな？」

「そうなんだが、田端を追及することはできなかったんだ。あの男はおれが迫る前に事件を起こして、手錠《ワッパ》打たれたんでね」

「そいつは残念だったな。多分、田端の心証もシロだろう。元総合格闘家が久住の忠実な用心棒だったとしても、雇い主の言いなりになるとは思えねえ。それに、久住が米倉先生に弁護を断られたのは、だいぶ昔のことだからな」

「そうだね。その当時は、久住も米倉さんを恨んでたんだろう。それだから、四、五回厭《いや》がらせをしやがったんだと思うよ」

「クマ、久住は先生に殺意を抱くほど憎んでなかったんじゃねえか」

「そうかもしれないが、おれは田端が人権派弁護士を怯《おび》えさせたりしてないことを確かめたかったんだよ。けど、田端は警察に捕まってしまった」

「クマの悔しさはわからあ。でも、状況証拠で田端が怪しいと思ってたわけじゃねえんだから、そう残念がることはないよ。いただくぜ」

　杉浦がそう言い、コーヒーカップを持ち上げた。

「田端をシロだと判断すれば、真下、久住を含めて三人は米倉弁護士に魔手を放ってもないし、殺人予告とも無関係なんだろうな。杉さん、そう思ってもいいんだろうか」

「別に問題はねえんじゃないか。おれも、その三人はシロと見てる」

「杉さんがそういうなら、おれの判断に間違いはなさそうだな。それにしても、ずいぶん回り道をした」

「おい、おい！　ベテランの刑事みてえなことを言うじゃねえか。五十代の捜査員だって、真相の核心に迫るまで、さんざん遠回りをさせられるんだ。殺人事件は数十年経《た》っても、容疑者の絞り込みさえできないケースもある。迷宮《オミヤ》入りした殺人事件も少なくねえ」

「そうだね」

「いまはデジタル時代で防犯カメラがあちらこちらに設置されて、ドライブレコーダーも普及してる。スマホで動画撮影もできるから、物証集めもぐっと楽になった。こっちが刑事になったころは、それほど科学捜査は進んでなかった」

「そのことは、おれもわかってるよ。捜査員たちは無駄骨を折りながら、地道に真相解明に励んでた」

「ああ、そうだったな。だから、少し遠回りさせられたからって、腐《くさ》っちゃいけねえよ」

「そうだよね。でも、米倉弁護士の命を狙ってる奴を捜し出す手がかりがないんで……」

「小さな手がかりを得たんだ」

「えっ、本当かい？」

思わず多門は身を乗り出した。

「先日、三人組の武装グループに射殺された東京入管の矢部和樹審議官には、裏の顔があったのかもしれねえんだ」

「裏の顔って、審議官の矢部は何か危《ヤバ》いことをやってたわけ？」

「その疑いはありそうなんだよ」

杉浦がそう言い、ハイライトに火を点けた。多門は釣られる形でロングピースをくわえた。ダイニングテーブルと寝室のナイトテーブルの上には常時、煙草と灰皿を置いてあった。

「矢部は一年半ほど前から金回りがよくなって官舎住まいをつづけてたが、新築の分譲マンション、イタリア車、山中湖畔の別荘を手に入れてた」

「杉さん、矢部の家族によると、三億円の宝くじの特賞を射止《いと》めたってことだったよね」

「その事実確認はできなかったんだ。おそらく殺害された審議官は悪事に手を染めて、汚れた金で分譲マンション、高級外車、別荘を購入したんだろう」

「それを裏付けるようなことは？」

「あるんだ。現職刑事に協力してもらって、矢部の海外渡航記録を調べたら、この一年四カ月の間に八回もベトナムに出かけてた」

「ほぼ二カ月置きだな」

「観光目的で入国し、ハノイ市内に数日滞在して帰国してる。ほぼ同じパターンだったな。クマ、どう推測する？」

「矢部は難民申請してるベトナム人の家族、友人、知人に会って、申請内容の真偽《しんぎ》を確認しに出かけてるのかな。日本政府は難民の受け入れに慎重だからね」

「法務省はそこまでチェックに経費をかけてねえと思うよ」

杉浦が言った。

「そうだろうか。矢部審議官は急に金回りがよくなった。そのことを考えると、難民認定申請者の家族に裏取引を持ちかけてたのかもしれないな」

「おれも、そう睨《にら》んだんだ。申請者に便宜を図ってやるから、家族で謝礼を用意してほしいと言ってたんじゃねえか」

「で、先に謝礼を指定する銀行口座に振り込めと言ったのかな。もちろん、矢部自身の口座じゃなく、他人名義の口座にね。日本円にして、百万か二百万の謝礼を要求したのか」

「クマ、もっと謝礼額は高いんじゃねえのか。たとえば、三百万とか四百万とかさ」

「そんな高額を要求するかなあ」

「大事な家族がベトナムにいたら、投獄される恐れがあるとか、殺されそうだったら、金を工面する気になるんじゃねえのか」

「うん、それは考えられるな。それだけの額の謝礼を大勢の人たちから受け取ってたら、分譲マンション、高級イタリア車、別荘なんかも買えるだろう」

多門は言いながら、短くなった煙草の火を灰皿の底で揉み消した。杉浦が多門に倣《なら》う。ハイライトは、フィルターの際《きわ》まで灰になっていた。

「まだ推測の裏取りはできてねえんだが、米倉先生の一番弟子の山岸直人弁護士にさっき電話で探りを入れてみたんだよ」

「杉さん、収穫はあったの？」

「ああ、ちょっとな。山岸さんの話によると、米倉先生は法務省、東京出入国在留管理局の難民申請の認定基準があいまいだし、公平さが担保されてないと嘆《なげ》いたことがあるらしいんだ。先生が難民支援活動もしてることは、クマも知ってるよな？」

「知ってるよ。ただでさえ米倉弁護士は多忙なはずなのに、手弁当でボランティア活動もしてる。頭が下がるね」

「睡眠時間を削って活動してるが、恩着せがましいことは一言も口にしない。先生ほどの人格者はそういないんじゃねえか」

「そうだろうね。杉さん、米倉弁護士は矢部が不正を働いていると気づいたとは考えられないかな？」

「遠回しに山岸さんにそれとなく探りを入れてみたんだが、そういうことはなさそうだったよ」

「そう。品川庁舎に押し入った武装グループのリーダー格の男は、二階の相談窓口係に矢部審議官を名指しでこのフロアに呼べと命じたんだったよね」

「それはマスコミで報じられたから、その通りなんだろう」

「審議官を撃ち殺したリーダー格の男は、矢部の裏の顔を知ってたんじゃねえのかな」

「矢部が一部のベトナム人から金を渡されて優先的に難民認定させてたことを？」

「そう考えれば、リーダー格の男が矢部を名指しで二階に呼びつけたことも腑《ふ》に落ちるんじゃない？」

「クマ。そうなのかもしれねえぞ。ぼんくら刑事より、ずっと推理力があるよ」

「あんまりおだてないでよ」

多門は照れ臭かった。

日本の場合、難民申請をしたい外国人は本人が地方出入国在留管理局に出頭し、申請書を窓口に提出しなければならない。通常三カ月から六カ月の間に審査の結果が出る。

入国審査官（難民調査官）が審査に当たるのだが、難民認定されるアジア人はあまり多くない。ベトナム人で認定されたのは、これまでに約二千四百人だ。この数年は年に七十人前後と少ない。

島国ということで他国からの流入を嫌う傾向もあるが、年ごとに偽装難民が増えているからだ。申請が棄却《ききやく》されたら、その大半は強制的に日本から退去させられる。

首尾よく難民認定されると、まず五年の在留が認められる。その後、要件を満たせば、日本に永住も可能だ。

しかし、その要件は緩《ゆる》くない。日本語を正しく話せて、定職に就いて住所を定めていることが問われる。日本の法律を破ったら、在留資格を失うケースが多い。

世界のどこかで、常に戦争、民族紛争、宗教弾圧、少数民族差別が起こっている。母国を追われる人々は決して少なくない。

カナダ、ドイツ、ポーランドなどは避難民や難民希望者を温かく迎え入れているが、さまざまな理由で消極的にならざるを得ない国々が大半だ。日本も後者に入っている。

「日本でベトナム人が多く住んでるのは、愛知県だったな。確か県内には約四万八千六百人暮らしてる。次は大阪で、およそ四万五千三百人だったか」

杉浦が言った。

「首都圏には、どのくらいの在留ベトナム人がいるのかな。杉さん、わかる?」

「ああ、おおよそな。東京に三万七千人前後、埼玉に約三万三千人、神奈川に二万九千人は

「東京だと、豊島区と新宿区におよそ三千七百人ずつ住んでるらしいね」

「正確な数字はわからねえが、そんなもんだろう。それから、千葉の松戸にも在留ベトナム人がたくさんいるはずだ」

「そうなのか。それは知らなかったな」

「松戸市内にベトナム人向けの日本語学校があるよ。コミュニティーもあるみてえだな」

「詳しいね」

「いまのおれは調べ屋なんだ。知らないことは、すぐ調べることにしてるんだよ。それはそうと、クマ、在留ベトナム人が多く集まってる社交クラブ、料理店、食品店の従業員や客に会ってみな、フリージャーナリストにでも化けてな。難民について取材してると嘘をつけば、入管関係者の中に不正を働いてる奴がいるかどうかわかるかもしれねえぜ」

「そうだな。少し経《た》ったら、まず新大久保のベトナム料理店に行ってみるよ」

「おれは品川署の捜査本部《チョウバ》にいる知り合いにもっと探りを入れてみらあ。ひょっとしたら、矢部審議官は金が欲しくて、難民申請者に便宜を図ってたと洩らすかもしれねえからさ」

「杉さん、そんなにうまくいかないいんじゃない？」

多門は言った。

「半分、冗談だよ」

「だろうね」

「クマ、この近くに町中華《まちちゅうか》は？」

「かなり離れた所にラーメン屋があるな」

「急に冷し中華を喰いたくなったんだ。まだ五月だから、冷し中華はメニューに入れてないか」

「その店に電話してみようか。確か屋号は、『万珍軒《まんちんけん》』だったな」

「エロい店名だな」

「言われてみれば、そうだね。杉さん、少し女遊びをしなよ。感情の伴わないセックスだったら、入院中の奥さんも勘弁してくれるんじゃないか？」

「女房は眠った状態だから、おれが女遊びをしてもわかりゃしねえよ。けどな、女房の意識が戻るまでは……」

「ほかの女を抱く気はない？」

「うん、まあ」

「まだ男盛りじゃないか。杉さん、割り切って遊びなって」

「けしかけるんじゃねえや。寝た子がむっくり起きるかもしれねえだろうが！」

杉浦が残りのコーヒーを飲み干し、椅子から立ち上がった。多門は笑いを堪《こら》えて、腰を上げた。

「冷し中華、一緒に喰ってもいいよ」

「それは今度にしよう。コーヒー、うまかったよ。ご馳走さま！」

杉浦がせっかちに靴を履《は》き、部屋から出ていった。多門は客用のコーヒーカップを洗ってから、身支度に取りかかった。

エレベーターで地下駐車場に降りる。多門はボルボに乗り込み、新大久保に向かった。一度入ったことのあるベトナム料理店は駅の近くに店を構えていた。

目的の店に着いたのは四十数分後だった。

多門は車を裏通りに駐め、店内に入った。アオザイに身を包んだホール係のベトナム人女性が笑顔で迎えてくれる。客席は半分ほどしか埋まっていない。

多門は空いているテーブル席に落ち着いた。

女性従業員がオーダーを取りにきて、滑《なめ》らかな日本語を操《あやつ》った。

「ご注文をうかがいます」

「以前ここに来たとき、チキンライスと牛頬肉のシチューを頼んだんだ。それから、フォーを追加注文したっけな。どれもうまかったよ」

「ありがとうございます。きょうは、どうされますか？」

「同じ三品を頼むよ。飲みものはノンアルコールのビールにするか」

多門は女性従業員に顔を向け、笑いかけた。相手は小さくほほえんだが、顔面は引き攣《つ》っていた。柄のよくない大男にナンパされるとでも思ったのか。

多門はさりげなく店内を眺め回した。客は日本人ばかりのようだ。二人のコックはベトナム人と思われるが、どちらも忙しそうだった。偽取材を申し入れても無駄だろう。

少し待つと、先にノンアルコールビールがテーブルに運ばれてきた。

多門はグラスに口をつけたが、うまくなかった。だからといって、アルコールを体に入れたら、フリージャーナリストを装うことが難しくなる。酒気を帯びるわけにはいかない。

フォーが運ばれてきた。多門は米粉《こめこ》を練った麺《めん》を啜《すす》り、チキンライスと牛頰肉のシチューも平らげた。

しばらく店内の様子をうかがっていたが、やはり偽の取材をするチャンスはなさそうだ。

そう判断して、多門は勘定を払った。

裏通りに入り、マイカーの運転席に乗り込む。多門はボルボを発進させ、池袋をめざした。

二十数分で、目的地に達した。

多門は池袋駅周辺で偽の取材を試《こころ》みた。ベトナム人と思われる男女に街頭で次々に声をかけてみたが、怪しまれて偽インタビューに答えてくれる者はいなかった。

多門はボルボに戻り、豊島区内の外れにある賃貸高層団地に向かった。築年数は四十年ほどだろうが、民間マンションより家賃はだいぶ安いようだ。

ベトナム人が多く住んでいることは知っていた。多門はマイカーを二十分ほど走らせ、団地の外周路の端に路上駐車した。違反は承知だったが、大股で団地内に足を踏み入れる。

高層団地が何棟も並び、ところどころに樹木が植えられている。団地の中に商店街があった。住民交流の場らしきカフェでは日本人とベトナム人の女性たちが談笑していた。

多門は商店街を訪れたベトナム人と思われる男女にフリージャーナリストと偽って、取材をする真似をした。しかし、警戒心を持たれたらしく、おおむね協力的ではなかった。

多門は少し休むことにした。

広場のベンチに腰かけて間もなく、五十代半《なか》ばに見える男が近づいてきた。顔立ちから察して、アジア系の外国人だろう。

「もしかしたら、ベトナムの方ですか？」

多門は腰を浮かせて、話しかけた。すると、相手が流暢《りゅうちょう》な日本語で応じた。

「ええ、そうです。わたし、ファム・ミン・ソンといいます。団地の中で移民問題の取材をされているのは、あなたなのですか？」

「はい、わたしです。フリージャーナリストの結城稔《みのる》と申します。ご迷惑でなければ、少し話を聞かせていただけませんか」

「いいですよ。わたし、子供のころに家族で小さな船に乗って、日本に逃げてきました。もう五十年以上も昔のことですけどね」

「ファムさんは、いわゆるボートピープルだったのか。少し驚きました。坐りましょう」

多門は言って、ベンチの端を手で示した。

ファムがうなずいて、ベンチの端に腰かける。多門は目礼し、反対側の隅に腰を下ろした。

「亡くなった父は当時、政府軍の軍人でした。北ベトナムの息のかかったベトコンたちを何人も捕虜にして、拷問にかけたようです。ですので、米軍が撤退《てったい》してからは、仕返しされると怯《おび》えていました。アメリカに亡命したかったようですが、それは叶《かな》いませんでした。自分はともかく、妻と二人の子供を含めて一家全員が北の兵士に処刑されるのは耐えがたいと……」

「それで命からがらベトナムから脱出したんですね。何度も台風に見舞われ、時化《しけ》に苦しめられたんじゃありませんか？」

「ええ。二つ違いの姉とわたしはひどい船酔いで、いっそ死んで楽になりたいと何度も父母に泣いて訴えました」

「それほど過酷だったんでしょうね」

「まさに地獄でした。大きく傾く船から投げ出されて暗い海の底に沈んでいったベトナム人が大勢いましたよ。何もできなかったことで大人たちは自分を責め、幼児のように泣き叫びました」

「そうでしょうね」

「わたしたち一家は、幸運にも海上保安庁の警備艇に発見されて保護されました。神奈川県内にある難民センターにお世話になって、日本語も教えていただきました」

「その後、ご家族は全員、難民として正式に認定されたんでしょ？」

「はい、おかげさまで。わたしたち一家にとって、日本は救いの神です。親切な日本の方はすべて恩人ですね。感謝しかありません」

ファムは涙ぐんでいた。多門はさりげなく目を逸《そ》らした。

「いまは永住できるようになったんでしょう？」

「はい。父は数年前に病死しましたが、母は健在です。姉夫婦と同居して、つつがなく暮らしております。ありがたいことです」

「それはよかった。あなたご自身の家族は？」

「いまは妻と二人暮らしですが、嫁《とつ》いだ娘たちが千葉と埼玉にいます。わたしは鉄工所で長いこと溶接工として働いて、いまは再雇用された身です。週に三日は仕事をしています」

「そうなんですか。ちょっと取材させてもらいますね。ベトナム出身の方たちが四十五万人近く日本で生活されていますが、そのうちの中には難民申請している方が二千人以上はいるようですね」

「ええ、そう聞いています。しかし、難民認定していただけるのは毎年七十人前後のようですよ」

「審査が厳しいとは思いませんか？」

「いいえ、わたしはそうは感じていません。偽装難民が紛《まぎ》れ込んでいる疑いが濃いんですよ。そういった連中はベトナムの悪徳移住コーディネーターの甘い話を真《ま》に受けて、入管関係者に袖《そで》の下を使えば、認定審査を甘くしてもらえると信じてるみたいですね」

「そうした悪徳移住コーディネーターは日本の入管幹部職員に金品を渡してるんだろうか」

「ベトナム人の間でそういう噂が広まっていますが、真偽はわかりません。わたし個人は事実無根だと思いたいですね」

ファムが言葉に力を込めて言った。

「噂を信じるわけではありませんが、そこまでやって難民認定を得られたとしても、それほどメリットはないでしょ？」

多門は首を傾《かし》げた。

「メリットはありますよ。偽装したことが発覚しなければ、まず五年の在留カードを発行してもらえます。その後も真面目に働いていれば、日本に永住できるかもしれないんです。ある時期、ドル高円安になりましたが、ベトナムの通貨ドンよりもずっと価値がありますよ。ええ、円はね」

「そうなんでしょうが……」

「難民認定されて日本で働けたら、生涯所得はベトナムよりずっと多くなります。それだから、悪徳移住コーディネーターに騙《だま》される者がいても不思議ではありません。噂が事実ならばね」

ファムが強調した。

ベトナムに悪徳移住コーディネーターが実在するなら、射殺された矢部和樹はダイレクトに謝礼を受け取って、自分の秘密口座に入金していたのかもしれない。

多門は偽取材を重ねながら、そう推測していた。

2

千葉県の松戸市内に入った。

多門は豊島区内の高層団地で偽の取材をしてから、この地にやってきたのだ。午後六時を回っていた。残照は弱々しいが、まだ暗くはなっていなかった。

多門は松戸駅前に向かった。

数十分で、目的地に達した。多門はボルボを駅前通りの脇道に駐め、商店街を歩きはじめた。商店主や通行人に声をかけ、ベトナム人が多く暮らすエリアを教えてもらう。

数キロ離れた地区にあるらしい。日本語学校は駅前通りに面した雑居ビルの二階にあるという。

多門は先に日本語学校を訪ねることにした。駅前通りを歩いていると、行き交う通行人がきまって舗道の端に寄る。別に肩をそびやかしているわけではないが、巨身が他人に威圧感を与えるのだろう。

多門は苦笑して、足を速めた。

めざす雑居ビルは苦もなく見つかった。古ぼけた建物だが、六階建てだった。当然、エレベーターは設置されていた。だが、多門は階段を使って二階に上がった。

日本語学校はワンフロアを借りているようだ。エレベーターホール寄りに受付窓口があり、その横に三つの教室が並んでいる。

多門は受付のブザーを押した。

ややあって、窓口の小さなガラス戸が開けられた。応対に現われたのは六十代前半に見える女性だった。

「受付の方でしょうか？」

多門は確かめた。

「この学校の校長です、一応ね。でも、赤字経営なんで、受付係は雇えないの。校長とは名ばかりで、雑役ね。それで、ご用件は？」

「わたし、フリージャーナリストの結城稔です。アポなしで失礼ですが、取材させてもらえないでしょうか。在留外国人の避難民や移民に関する考えを知りたいんですよ」

「強引な方ね。まとめた原稿は新聞か総合誌に寄稿されるの？」

「『言論ジャーナル』の来月号に載る予定なんですよ」

「ちゃんとした月刊総合誌ね。いいわ、取材を受けましょう。わたし、脇坂房子《わきざかふさこ》といいます」

日本語学校の校長が横に移動して、ドアを開けた。十畳ほどの広さで、二卓の事務机と応接ソファセットが据《す》えてある。

「ここは校長室兼事務室、講師休憩室なのよ」

校長の房子が自嘲し、和紙の名刺を差し出した。多門は偽名刺を房子に渡し、貰った名刺を押しいただいた。

「何かお飲みになる？」

「どうかお気遣いなく……」

「それじゃ、坐りましょうか」

房子がソファセットに目をやった。多門は目礼し、ソファに腰を下ろした。女校長が正面のソファに着坐《ちやくざ》する。

「生徒数を教えてもらえます？」

「いまは六十人ちょっとね。コロナ前には二百人近くいたんですよ、生徒さんが」

「アジア出身の方が多いんですか？」

「ええ、そうね。国籍は中国、韓国、台湾、ベトナム、タイ、ミャンマー、インド、パキスタン、インドネシアとさまざまなの。スリランカの生徒もいます」

「生徒さんの多くは日本語をマスターして、こっちで就職したいんでしょうね」

「ほとんどの生徒がそう願ってると思うわ。昔は建築業、介護サービスと就職先は肉体労働が多かったんですよ。いまはＩＴ関係やベンチャー企業の求人が増えたの。パンデミックが本当に終息すれば、生徒数がぐっと増えるでしょうね。それを期待して、この三年間は耐えてきたのよ。貯えで赤字をカバーしてきたんだけど、もう余力はありません。でも、ここを閉鎖したら、いまの生徒さんを裏切るようで……」

「いろいろ大変でしょうが、廃校にはしないでください。ところで、こちらの学校に難民の方は？」

多門は訊いた。

「ずっと前はシリア、アフガニスタン、イラク、バングラデシュの難民の方たちもここに通ってたの。でも、いまはゼロです。難民を装って五年の在留資格を得ようとしてる外国人が増加したようだから、法務省は少し慎重になってるのよ。偽装難民に騙《だま》されて、協力したのではないかと疑われたくないの」

「偽装難民はどのくらい増えたんだろうか」

「正確な数字はわからないけど、数百人はいるんじゃないかな。ううん、千人はいるかもしれないわね。だから、東京出入国在留管理局は難民認定審査を厳しくしたんでしょう」

「得体の知れない外国人が日本に大勢入ってくることは困るが、日本は難民の受け入れに厳しすぎるんじゃないかな」

「そうしないと、偽装難民を減らせないんじゃないですか」

女校長が言って、脚を組んだ。

「裏付けを取ってはいないんですが、難民調査官や入管の幹部職員に少しまとまった金を握らせて、認定審査を甘くしてもらってる外国人もいるんじゃないですか？」

「そんな背徳的なことをする職員は皆無と思いたいけど……」

「そうした不正はないとは言い切れない？」

「ええ、まあ。同業者から、入管関係者の中に賄賂《わいろ》を受け取ってる人がいるようだという話は聞いたことがあるんですよ。確たる証拠があるわけじゃないんで、その話をそのまま信じてはいませんけどね」

「金に弱い人間は多いでしょう。公務員だからといって、法を破る者がいないとは言えませんね」

「ええ、そうね。公務員だって、金銭欲に負けてしまうかもしれない。ええ、そうよね。だから、いっこうに偽装難民がいなくならないのかしら？」

「そうなんですかね。ここから数キロ離れた所にベトナム出身の方たちが多く暮らしている地域があるとか……」

「ええ、そこにはベトナムの少数民族の男性難民も住んでるはずよ。クエ・マク・ホーさんという名前で、四十二、三歳です」

「その方にも会ってみたいな」

「行ってごらんなさいよ」

「ええ、そうします」

多門はさらに偽の取材を重ね、日本語学校の女性校長と別れた。自分の車に戻り、ベトナム人がたくさん生活している地域に急ぐ。

俗にベトナムタウンと呼ばれるエリアを歩いていると、ほうぼうから香辛料の匂いが漂《ただよ》ってきた。パイナップルの甘い香りもする。パクチーらしき香草の匂いもした。

あたりには公営住宅、民間アパート、低層マンション、民家が混然と建ち並んでいる。多門は通りかかった男女を呼び止め、クエ・マク・ホーの住まいを訊いた。四人目に声をかけた中年のベトナム人女性が親切にも目的の木造アパートまで案内してくれた。

多門は相手に礼を言ってから、クエ・マク・ホーの部屋の前に立った。一〇四号室だ。ドアをノックする。

ややあって、ドアが押し開けられた。

「急に訪ねてきて、驚かれたと思います。クエさんでしょう？」

「はい、そうね」

クエ・マク・ホーが幾分、たどたどしい日本語で答えた。

どう見ても、四十代には映らない。五十二、三歳に見える。老《ふ》けて見えるのはそれだけ苦労したからなのか。

多門は偽名を使い、フリージャーナリストに成りすました。

「日本で難民認定された外国人の方にお目にかかって、取材に協力してもらってるんですよ」

「わたし、協力できません。マスコミに出たくないんです。なるべくひっそりと日本で暮らしたいんですよ」

「失礼な言い方になりますが、母国で何か問題を起こしたんですか？」

「うん、ちょっとね」

「何をやったんです？」

「言えない、言えません。ごめんなさい」

「何を聞いても、その話は決して記事にしませんよ。約束します。それでも、話したくないのかな」

「記事にしないというのは本当ですか。あなたを信じてもいい？　どちらなのかな」

「もちろん、言ったことには責任を持ちますよ」

「それなら、喋る。わたし、ベトナムで生まれましたけど、キン族じゃありません」

クエが言った。

「キン族？」

「はい。ベトナム人の八十六パーセントはキン族です。残りの十四パーセントが五十三の少数民族たちなんです」

「そうなのか。勉強不足でした」

「多数派の越人《えつじん》は大きな顔をして、少数民族に辛く当たったり、いじめたりします。いじめられっ放しじゃ、情《なさ》けないでしょ。だから、わたし、多数派ベトナム人の悪党《あくとう》どもを何人も痛めつけました。私刑《リンチ》ね」

「漢《おとこ》だな。泣き寝入りすることはありませんよ。仕返しするのは当然でしょう」

「わたしも、そう思う。でも、ハノイだけで怪我を負わせた奴らは二十人はいます。そいつらは血眼《ちまなこ》になって、このわたしを捜し回ってる。ずっとベトナムにいたら、いつか殺されるかもしれません。わたしが逃げ回ってたら、親兄弟に迷惑がかかるでしょう」

「考えられるね。それで、最初は技能実習生という形で来日して、その後、難民申請をしたわけか」

「そう、そうです。わたし、ベトナムの悪い奴らに命を狙われてると審査官に何度も訴えました。それで、難民として認定されたわけだと思いますね」

「多分、そうなんでしょう。しかし、入管の職員の中には難民申請者から金を貰って、審査を甘くしてる奴がいるようだね」

「わたし、そういう話をベトナムで聞いたことがある。ええ、ありますよ。だけど、少数民族はたいがい貧しいんです。だから、わたしは正規の申請をして……」

「難民認定を得たんだね」

「はい、そうです」

「ベトナムにそういう悪徳移住コーディネーターがいて、日本の入管職員に賄賂《わいろ》を使い、難民認定審査を甘くしてもらってるんだろうか」

「そういう話は聞いたことありません。でも、どの国にも金の魔力に克《か》てない人間はいるね。あなたが喋ったことには、リアリティーがあるんじゃないですか」

「そうかな。アポなし取材で申し訳ありませんでした。ありがとうございました」

多門はクエ・マク・ホーに謝意を表し、自分の車に戻った。

紫煙をくゆらせてから、相棒の杉浦に電話をかける。ツーコールで、通話可能になった。

「たったいま、クマに電話しようと思ってたんだよ」

杉浦が早口で言った。

「なんか慌《あわ》てた様子だな。杉さん、何かあったんじゃないの？」

「また、米倉先生が高裁（高等裁判所）の小法廷を出たとき、待ち伏せしていた男に襲われたんだよ」

「いつごろ？」

「きょうの午後四時前だ」

「先日の暴漢が人権派弁護士に暴行を加える気だったのか。杉さん、同一人物と思われるの？」

「それがはっきりしねえんだ。襲撃者は黒い目出し帽を被ってて、先生に日本にいる外国人難民の支援をつづける気なら、ぶっ殺すと喚《わめ》きながら、隠し持ってた日本刀を大上段に構えたらしいんだ」

「それで、どうなったんだい？」

「先生に同行してた若い居候弁護士《イソッベン》がとっさに加害者に体当たりしたそうだ。その彼はパワー空手の有段者なんだよ。騒ぎを聞きつけた職員たちが次々に通路に飛び出してきたんで、加害者は日本刀を事件現場に遺《のこ》したまま逃走したそうだ」

「米倉弁護士は、逃げた奴の目許はしっかり見てたんじゃないの？」

「気が動転してしまったんで、先生は犯人の目をよく見てないみたいなんだ。だから、前回と同じ人間の犯行《ヤマ》かどうかわからねえんだよ」

「そうなのか。逃げた奴は、どんな身なり《ナリ》をしてたのかな？」

多門は質問した。

「戦闘服を着てジャングルブーツを履《は》いてたというから、先日の暴漢臭いんだよ。ただな、遺留品《リュウ》の日本刀《ポントウ》は真剣じゃなかったんだ。精巧な模造刀だったんだよ」

「ということは、そいつは米倉さんを威《おど》したかっただけで、殺意はなかったと考えてもいいんじゃねえかな」

「ああ、おそらくな」

「右翼と思われる逃走犯は人権派弁護士をビビらせたかっただけで、例の殺害予告とは無関係なんだろうな」

「そう考えるのは早計かもしれねえぞ。逃げた戦闘服の野郎は先生をとことん怯《おび》えさせて、ボランティア活動から手を引かせたいんじゃねえか」

「そうだとしたら、殺害予告を米倉法律事務所に送りつけた可能性はゼロじゃないわけか」

「そういうことになるな」

「杉さん、逃げた男は素手で模造刀の柄《つか》を握ってたの？」

「いや、薄いゴム手袋を両手に嵌《は》めてたようだ」

「なら、刀身や柄から加害者の指掌紋《しじょうもん》は検出されないだろうな。犯人の汗や脂《あぶら》からDNAが出れば、身許は割れそうだけどね」

「そうだとしても、犯人の特定は難しそうだな。おそらく逃げた奴は、どこかの右翼団体に所属してるんだろう。そっちの線で、正体がわかるかもしれねえな。本庁の公安にいる知り合いにそれとなく探りを入れてみらあ」

「そうしてくれる？」

「わかった。そっちは何か収穫があったのかい？」

杉浦が問いかけてきた。多門は偽の取材で知り得たことを喋った。

「偽装難民が入管職員に銭《ぜに》を握らせて、審査に便宜《べんぎ》を図ってもらってる疑いがあるという噂があるのか。火のない所に煙は立たないというから、単なるデマじゃなさそうだな」

「杉さん、射殺された矢部審議官はちょくちょくベトナムを訪ねてる。ハノイあたりで、現地の悪徳移住コーディネーターと落ち合い、袖の下を使って難民希望者リストを手に入れてるとは考えられない？」

「その話と関連のありそうな情報も、品川署の捜査本部にいる知り合いの刑事から得たんだ。殺された矢部の高校時代の一つ後輩の高村敬介《たかむらけいすけ》って男が、ベトナムのハノイに十数年前から住んでるらしいよ。そいつはそれまで中堅商社に勤めてたんだが、早期退職してパイナップル、マンゴー、衣料品、養殖海老なんかを現地で買い付けて日本の中小卸問屋に納めてたみたいだな」
「バイヤーの代行ビジネスをしてるわけか。儲かってるのかね」

「コロナ前は羽振りがよかったみたいだな。高村は早期退職する前に女房と離婚して、しばらく東南アジアを回ってから、ベトナムで現地バイヤーになったという話だったよ」

「そう」

「高村はベトナム女性と同棲してたらしいが、パンデミックが起こると、その相手に逃げられたみたいだな。収入が大きくダウンしたからじゃないか」

「そうかもしれないな」

「その高村はちょくちょく帰国して、ラグビー部の先輩の矢部と会ってたらしいんだ。二人はグルになって、日本に来たがってるベトナムの技能実習生や偽装難民たちに便宜を図ってやって、謝礼を受け取ってたとは考えられねえか」

「そう疑えなくはないよね。矢部は短い間に新築の分譲マンション、マセラティ、別荘を手に入れた。家族には宝くじの特賞を射止めたと言ったようだが、その証拠はないんだよね？」

「そう。矢部審議官は高校時代の後輩の高村とつるんで、偽装難民たちに裏取引を持ちかけてダーティー・マネーを手に入れてたんじゃねえかな」

「杉さん、そう思ってもよさそうだね。捜査本部は高村と矢部が共謀して悪事を働いてるのではないかと読んでるの？」

「そこまでは疑ってないみたいだが、高村の存在が気になってる様子だったな。先輩と後輩が何かで対立して……」

「高村という奴が三人組の武装グループを雇って、先輩の矢部を始末させたと筋を読んでるのかな？　それは見当外れだろうね」

「そういう筋読みは考えられねえな。高村が日本に戻ってきたら、締め上げてみようや。矢部の裏の顔がわかりゃ、米倉先生に恐怖を与えた奴にたどり着けるだろう」

「多分ね」

「クマ、この後《あと》の予定は？」

杉浦が訊いた。

「東日本入国管理センターに行ってみるよ。矢部審議官を撃ち殺した三人組のリーダー格の男は、牛久にあるセンターに収容されてる健康な二、三十代の男性外国人をすぐに放免しろと要求したよね」

「そうだな」

「強制送還される予定の収容者をなぜ放免させる気になったのか。それがずっと気になってたんだ。不法滞在してた外国人を収容所から逃がしてやって、何かをやらせるつもりだったんだろうか」

「武装グループのリーダー格の男は、組員や不法滞在して収容された外国人たちを手下にする気なんだろう。それで、空洞化した日本の裏社会の新支配者になる気なんじゃねえかな」

「こっちもそう推測してたんだが、果たしてそうなのかね。もっと別の企《たくら》みがあるのかもしれないぜ。そのあたりのことを探りたいんだ」

「なるほど、そういう筋読みもできるな。何を企んでるかまだ読めねえが、たくさん兵隊が欲しいんじゃねえのか」

「と思うね。正体不明の武装グループは牛久の収容所から使える外国人を脱走させて、手下にする気でいるのかもしれないよ」

「考えられねえことじゃないな。行方のわからねえ三人組が入国管理センターの様子をうかがってたら、クマの推測は当たりかもな。茨城の牛久まで車を飛ばしてみろや」

「そうするよ」

多門は電話を切って、ボルボのエンジンを始動させた。近道を選びながら、牛久市に向かう。

東日本入国管理センターを探し当てたのは一時間数十分後だった。

多門は収容所から少し離れた暗がりにボルボを駐めて、周辺を歩き回った。だが、不審な人物はまったく目に留《と》まらなかった。自分の推測は間違っていたのか。

そう思ったとき、管理センターに三機の大型ドローンが相前後して突っ込んだ。

ドローンには軍用炸薬《さくやく》が搭載されていたようで、すぐに大きな爆発音が轟《とどろ》いた。火柱が上がり、すべての建物が巨大な炎に包まれた。樹木も塀も燃えている。

多門は駆け回りながら、目で怪しい人影を探した。

しかし、動く影はない。夜空が明るんだ。収容所の職員がひと塊《かたまり》になって、庭や道路に出てくる。誰もが戦《おのの》いている様子で、消火作業に取りかかる者はいなかった。

多門は、ふたたび目を凝《こ》らした。

どこにも気になる人の姿はない。ドローンは予《あらかじ》めプログラミングしておけば、自動操縦ができる。パイロットは目標地点の近くにいる必要はない。自爆ドローンは便利な兵器として、世界の戦場や紛争地でよく使われている。

少し経つと、収容されていた外国人たちが続々と表に出てきた。それを見ても、収容所職員は誰ひとりとして制止しなかった。自分のことで精一杯なのだろう。

収容所を脱走した男性外国人は七、八十人はいそうだ。いずれも二、三十代に見える。彼らは一定方向に走っていた。

ボルボを駐めた場所に引き返す余裕はなかった。多門は駆け足で、脱走者たちを追った。
五、六百メートル先の市道に二台の大型コンテナ車が縦列《じゅうれつ》に並んでいた。どちらも荷台の扉は開いていた。短い梯子《はしご》段が見える。
フェイスマスクを被った二人の男が、脱走者たちをコンテナの中に押し上げている。ナンバープレートは外してあった。おそらく盗難車だろう。

多門は走りながら、姿勢を低くした。フェイスマスクで顔面を隠した男の一方を生け捕りにするつもりだった。

だが、それはできなくなった。闇から何かが投げられた。果実のように見えた物は、草色の手榴弾《しゅりゅうだん》だった。

多門は反射的に市道の向こうにある畑にダイブした。ほぼ真横だった。

畑に落ちたとき、手榴弾の炸裂音が耳を撲《う》った。

赤みを帯びたオレンジ色の閃光《せんこう》が走った。多門は泥の上を転がった。無傷だった。

多門は起き上がって、市道に出た。

いつの間にか、二台のコンテナ車は消えていた。パトカーが来る前に事件現場から離れたかった。

多門は泥を払わずに全速力で疾駆《しっく》した。

収容所の職員たちに姿を見られたくない。大きく迂回して、ボルボＸＣ40に急いで乗り込んだ。前方から、消防車、レスキュー車、救急車、パトカーが走ってくる。サイレンが幾重《いくえ》にも重なった。

多門は敬礼する真似をして、車を脇道に入れた。

3

テレビの画面から目を離せなかった。

多門は自宅の寝室で、早朝からニュースを観《み》ていた。前夜の爆破事件の情報を多く得たかったからだ。

事件直後に茨城県内に非常線が張られた。多門は検問を回避しながら、なんとか帰宅できた。東京に戻る途中、相棒の杉浦には事件のことを電話で伝えてあった。

間もなく午前十時になる。ＮＨＫを含めて全テレビ局は午前五時には昨夜の爆破事件を報じはじめ、現在も続報を伝えている。各局とも、放送内容はほぼ同じだった。

あらましは次の通りだ。

前夜十時半ごろ、軍用炸薬《さくやく》を積んだ大型ドローンが茨城県牛久市にある東日本入国管理センターの職員棟に突っ込んだ。すぐに建物は爆破されて、巨大な炎に包まれた。

隣接する収容施設には、なぜか自爆ドローンは落とされなかった。収容棟には不法滞在や密入国で摘発された外国人約二百人がいたが、数人が軽い火傷《やけど》を負っただけだった。収容所職員のうち警備官十二名が爆死し、九名が重傷で県内の公立病院に入院中だ。

収容棟のセキュリティーは、犯行前に何者かが解除した。収容されていた男性外国人七十一人が脱走し、少し離れた所で待機していた二台のコンテナトラックに分乗して、すぐさま逃げ去った。

脱走を手助けした者は最低四人はいそうだが、正確な人数はまだ警察も把握していない。

二台のコンテナトラックは高速道路や幹線道路を避けて、栃木県方面に向かった。車のナンバーを読み取るNシステムには怪しいトラックは映っていなかった。

ただ、逃走車は宇都宮郊外で複数人に目撃されている。しかし、そこで逃走ルートはわからなくなった。狭い市道か、林道を抜けたのか。

二台のコンテナトラックが那須《なす》高原北麓《ほくろく》の林道で発見されたのは、きょうの明け方だった。どちらの荷台にも脱走した者は乗っていなかった。収容所で貸与されたサンダルは庫内に打ち捨てられていた。

脱走を手助けした正体不明の男たちが林道で、七十一名の男性外国人に別の車輛に乗り換えさせたのだろう。予《あらかじ》め盗んでおいたワンボックスカー、マイクロバス、セダンなどが使われたのだろうか。

脱走者の半分近くはベトナム人で、次《つ》いで中国人、フィリピン人、マレーシア人の順だ。ほかにアフリカ出身者、バングラデシュ人、パキスタン人が数名ずつ混じっていた。

新たな情報が得られるかもしれない。

多門はそう考え、ネットニュースをチェックしてみた。だが、期待は外れた。これまでに報道されたニュースが載っているだけだった。ラジオのニュースからも、手がかりは得られなかった。

テレビの画面が変わった。

事件現場の画像が消え、男性アナウンサーの顔が映し出された。三十代の後半だろうか。

「昨夜の爆破事件に関する速報です。『天誅《てんちゅう》クラブ』と称する未知の団体が、主要マスコミに犯行声明を寄せ、七十一人の収容者を脱走させたことを認めました」

アナウンサーが間《ま》を置いて、言い継《つ》いだ。

「犯行声明の内容を要約します。去年、被害に遭《あ》った収容施設で東ガーナ人の男性が担当職員に体調の急変を何度も訴えたにもかかわらず放置されたままで、数時間後に亡くなった。名古屋の収容施設ではスリランカ人女性も具合が悪いことを職員たちに伝えたが、まったく相手にされずに命を落とした。不法滞在者であっても、人権は尊重すべきだ。それが人の道だろう。冷酷な入管関係者は、血も涙もないクズだ。生きている価値はない。そうした激《げき》した文言《もんごん》が記されていました」

またもやアナウンサーが言葉を切った。画面は東京出入国在留管理局品川庁舎の全景に変わった。

「『天誅クラブ』は先日、品川庁舎に押し入って審議官の矢部和樹さん、五十一歳を同志が射殺したことを認めました。その動機については、被害者が日本に移民したがっているアジア系外国人に金を貰って、認定審査を甘くしている証拠を押さえたからだと記しています。私腹を肥やす政治家や公務員はひとりずつ処刑するつもりだと追記されていました」

アナウンサーの顔が消え、前夜の事件現場が映し出された。無残な焼け跡が痛ましい。

多門はテレビの電源を切り、ロングピースに火を点けた。

犯人側の犯行声明通りなら、矢部審議官を撃ち殺した武装グループのリーダーは『天誅クラブ』のメンバーなのだろう。やくざっぽい二人の共犯者は、金で雇われた助っ人なのではないか。

謎のアナーキーな集団は、迫害や差別に対して強い義憤《ぎふん》を覚えているようだ。さらに社会的弱者を喰いものにしている悪人を憎んでいるらしい。

『天誅クラブ』の面々が本気でそう考えているとしたら、シンパシーを覚える。卑劣《ひれつ》な犯罪者は抹殺すべきだろう。

共鳴できる部分はあるが、正体不明の集団はもっともらしい理由を挙げて、私欲を満たそうと企んでいるのかもしれない。犯行声明を信じてしまうのは危険だろう。

多門は一服すると、特大ベッドから腰を上げた。

ダイニングキッチンに移り、ミックスサンドイッチを手早く作る。具はレタス、トマト、オニオン、ハム、ツナ、アンチョビにした。三個の卵をスクランブルし、コーヒーを淹《い》れる。

多門はダイニングテーブルに向かって、朝食兼昼食を口に運びはじめた。

ありきたりの献立《こんだて》だが、味は悪くない。コーヒーで喉を湿らせながら、サンドイッチを次々に口の中に放り込む。

多門は煙草を吹かしてから、汚れた食器を洗った。

それから、洗濯機を回す。乾燥機付きだった。安くなかったが、楽でいい。

洗った衣類をハンガースタンドに掛け終えたとき、寝室でスマートフォンが着信音を発した。

多門はベッドルームに急ぎ、スマートフォンを摑み上げた。電話をかけてきたのは杉浦だった。

「クマ、茨城県警にいる知り合いにさりげなく探りを入れてみたよ。そっちを収容所付近で目撃した牛久市民はいたと思うが、それを警察関係者に話した者はいなかったようだ」

「そいつはありがてえ。こっちは爆破事件には関わってないんだが、事情聴取なんか受けたくないからね」

「そうだよな」

「杉さん、収容所から逃げた七十一人の男性外国人はいまも誰も捕まってないようなんだが……」

「現在、逮捕者はゼロだってよ。それから、七十一人を脱走させた奴らもな。クマ、『天誅クラブ』と名乗った団体が主なマスコミに犯行声明を寄せたことは知ってるか？」

「ああ、知ってるよ。朝からテレビのニュースをずっと観てたんだ」

「本庁の公安部にいる知人の話だと、『天誅クラブ』は過去一度も捜査対象になったことはねえってさ。捜査資料もねえらしいよ」

「そう。新規の世直し隊なんだろう」

「なるほど、そうなのかもしれねえな。不法滞在して収容所に入れられたアジア人やアフリカ人は人権を無視され、軽く扱われてるみてえだ。一部の職員は収容者をからかったり、いじめたりしてるようだな。牛久の収容所では東ガーナ人の男が死んでる。名古屋の収容施設ではスリランカ出身の女性が亡くなった」

「そうだったね。その彼女の遺族たちが身内の不審死に納得できなくて、ビデオ映像の公開を要求した。しかし、入管はなかなか遺族に録画を観せようとしなかった。それで、故人の妹が告訴したんだったな。いまも係争中のはずだ」

「だな。敏腕弁護士たちが遺族の支援に乗り出したんだが、勝訴を得られるかどうかな。米倉先生も死んだスリランカ女性を気の毒がって、弁護団に加わりたがってたんだ」

「へえ、そうだったのか。米倉さんはどうして弁護団に加わらなかったんだい？」

「先生は刑事裁判の弁護依頼が多くて、スケジュールは一年先まで埋まってるんだ。予定がタイトすぎて、とても弁護団には加われなかったんだよ。先生はすごく残念がってたな。一番弟子の山岸さんが代役を務めさせてほしいと申し出たそうだが……」

「米倉弁護士は、一番弟子でも力不足だと判断したんだろうな」

多門は呟いた。

「多分、そうなんだろう。若くして亡くなったスリランカ女性の遺族は法務省、日本政府と争うことになったわけだから、豊富な弁護実績のある遣り手《やりて》の大物弁護士クラスでないと、とても太刀討ちできないんじゃねえか」

「だろうね。話は飛ぶが、杉さんは『天誅クラブ』の犯行声明をどう思った？」

「正義を振り翳《かざ》して綺麗事を並べてるが、どうも胡散《うさん》臭いな。クマはどう感じた？」

杉浦が問いかけてきた。

「おれは単純な人間だから、犯行声明の内容をほぼストレートに受け取ったよ。やったことは荒っぽいが、一本筋が通ってるんじゃねえかな。弱者を庇《かば》う姿勢には賛同できるしさ」

「クマが女たちに無防備なのは仕方ねえが、もう少し慎重になったほうがいいぜ」

「稚《おさな》いか、ちょっと」

「世の中にドン・キホーテみたいな直情型の熱血漢がまったくいないとは断言できねえけど、心から悪い人間は紳士面《づら》したり、正義漢ぶるもんだ」

「言われてみれば、その通りだね。けどさ、『天誅クラブ』は、例の審議官を射殺したことも認めてる。しかも、被害者が日本に移民したがってる外国人から金を貰って……」

「難民認定審査を甘くして私服を肥やしてる証拠を押さえてるとか記してるようだが……」

「犯行グループは義賊っぽいじゃないか。おれは、ちょっとシンパシーを感じたよ」

「綺麗事はいくらでも言えらあ。善人ぶってる人間は要注意だぜ」

「杉さんは、ひねくれてるな」

「悪いか？」

「別に悪かないけど、時には物事をストレートに受け取ってもいいんじゃないの？」

「うるせえ！　余計なお世話だ」

「杉さん、おれに喧嘩売ってるの？」

「ただの冗談だよ。『天誅クラブ』は世直しのための犯罪《ヤマ》をやむなく踏んだみたいなことを言いつつ、とんでもないことを企んでるんじゃねえのかな。おれは悪い予感がしてるんだ」

「どんなことをする気なのか」

多門は呟いた。

「具体的なことはわからねえけど、アナーキーな集団はきっと何かやらかすよ」

「そうかな。杉さん、高裁の小法廷の前で模造刀を振り被った戦闘服の男の正体はまだ不明なのかい？」

「そうなんだ。本庁公安部に探りを入れてみたんだが、すべての右翼団体の名簿に逃走中の男は見当たらないらしい。一匹狼の極右《きよくう》なのかもしれねえな。ああ、おそらくね」

「そうだとしたら、模造刀で米倉さんをビビらせるかな。刃物で体ごと標的にぶつかって、心臓をひと突きすると思うんだが……」

「そうだろうな。逃亡した奴は行動右翼に憧《あこが》れてるだけで、リベラルな先生に忠告したつもりなのか」

「殺害予告も単なる威嚇《いかく》と思えなくもないね。杉さん、米倉弁護士にはもう魔手なんか迫らないんじゃないか」

「そうなら、いいがな。一応、大事を取って、もう少し……」

「わかった。別におれはかまわないよ」

「そうか。いけねえ、肝心なことが後回しになった。品川署の捜査本部は二人の刑事をハノイに向かわせ、矢部審議官の高校時代の後輩の高村敬介から事情聴取するそうだぜ」

「高村って男が先輩の矢部とつるんで、難民認定を望んでるベトナム人たちを喰いものにしてることが明らかになれば、『天誅クラブ』の犯行声明が裏付けられるな。なんで、犯行グループはそのことを知ってたのか」

「状況証拠で矢部と高村がグルってると怪しんだだけで、確証を握ったというのははったり《ブラフ》なんじゃねえのかな。何か新たな情報が入ったら、すぐ教えるよ」

杉浦が先に電話を切った。

多門はスマートフォンをナイトテーブルの上に置き、ロングピースをくわえた。杉浦はまだ恩人に恐怖と不安を与える輩《やから》がいると考えているようだ。慎重すぎる気もするが、もちろん協力を惜《お》しむつもりはない。

多門は煙草に火を点け、肺まで深く喫いつけた。

4

三日後の正午過ぎだ。

多門は虎ノ門にある〝士《サムライ》ビル〟の斜め前に駐《と》めたボルボの中で、ハンバーガーを頬張っていた。俗に〝士ビル〟と呼ばれる貸ビルの借り手は、弁護士、公認会計士、税理士が圧倒的に多い。

そんなことから、〝士ビル〟と呼ばれるようになったという。米倉法律事務所は六階にある。

きのうの夕方、米倉弁護士の事務所にクール宅配便が届けられた。品名は黒鮪《くろまぐろ》のさくと記入されていたが、中身は仔牛《こうし》の生首だった。添付《てんぷ》された一筆箋には『近々、不法滞在の外国人たちを庇《かば》っている米倉を殺す』と予告されていた。送り主は架空の人物だった。

杉浦の話によると、クール便を受け取った女性事務員は中身を知って泣き叫びはじめたらしい。居合わせた所属弁護士たちは所長室に駆け込んだそうだ。

若手弁護士たちは揃って所長の米倉に一一〇番通報すべきだと進言した。だが、なぜだか米倉は同意しなかったという。

多門は杉浦に頼まれて、人権派弁護士の身辺警護に当たりはじめたのだ。できれば、六階の米倉法律事務所の近くで不審者の有無《うむ》を確かめたかった。しかし、各階のエレベーターには防犯カメラが設置されていた。やむなく貸ビルの外で監視しているわけだ。

本気で人権派弁護士の命を狙っているのは何者なのか。高等裁判所で模造刀を振り被った者ではないだろう。

多門は毎日、マスコミ報道をチェックした。

だが、牛久の収容所から脱走した七十一人の外国人の居所はわかっていない。茨城県警は栃木県警に協力を仰《あお》いだだけではなく、福島、宮城、岩手、山形、秋田、群馬、新潟の各県警の力も借りた。

それでも、爆破事件の実行犯と脱走した七十一人の足取りは摑めていない。山深い廃村か倒産したホテルにでも身を潜めているのか。あるいは、すでに国外に密航したのだろうか。

多門はハンバーガーを三つ食べ、コーラで喉を潤《うるお》した。

煙草を喫おうとしたとき、杉浦から電話がかかってきた。

「クマ、怪しい人物は？」

「ひとりも見かけないな」

「そうか。仔牛の生首と殺害予告を米倉法律事務所に送りつけたのは、外国人排斥を声高《こわだか》に叫びつづけてる『殉国同志党《じゅんこくどうしとう》』の梶山仁之進《かじやまじんのしん》党首なのかもしれねえぞ。党首は八十五だが、極右も極右だからな。いまでも街宣車《がいせんしゃ》に乗り込んで、歪《ゆが》んだ愛国心を煽《あお》ってる」

「公安警察は『殉国同志党』が日本にいる外国人労働者たちを敵視して、国外追放したがってることは当然わかってるよね？」

「もちろん、そのことは把握してるさ。でもな、日本で働いてる外国人は百八十二万人ほどいるんだ。梶山党首が民族主義に拘《こだわ》ってても、何もできねえだろう」

「そうだろうね」

「ただ、外国人労働者の人権を守るべきだと主張してる法律家や言論人を目の仇《かたき》にしてるよな。だから、『殉国同志党』が米倉先生を葬《ほうむ》る気になって殺害予告をした疑いは拭えないんじゃねえか」

杉浦が言った。

「そうだね」

「こっちは、ちょっと梶山党首の行動確認《コウカク》してみるよ。それから、ハノイに飛んだ二人の刑事は高村敬介を厳しく追及したらしいぜ」

「で、どうなったんだい？」

「高村は高校時代の先輩の矢部和樹とハノイや東京でよく会ってたことはすぐに認めたようなんだが、捜査員が交互に問い詰めたら、ついに……」

「自白《ゲロ》したんだね？」

「そうだってさ。高村は先輩の矢部に頼まれて、日本で難民認定申請したベトナム人の親族の経済力を調べたと吐いたそうだ。身内に金の余裕があったら、矢部が先方に日本円で二百五十万円ほどあれば、難民認定は下《お》りると裏取引を持ちかけてたと供述したらしいよ」

「どんな方法で、金の受け渡しをしてたんだろう？」

「ベトナムの通貨で日本円にして二百五十万円を高村の会社に入金させ、その賄賂の二割を手数料として受け取ってたそうだ。残金は矢部の秘密口座に振り込んでたという話だったな」

「射殺された矢部は賄賂で得た金で、新築の分譲マンション、マセラティ、別荘を手に入れたわけだ。公僕なのに、腐り切ってる。だから、武装グループの主犯格の男に職場で撃ち殺されたんだろう。同情の余地はねえな。ね、杉さん？」

「ああ、そうだな」

「それで、高村はどうなるのかな。矢部の収賄に協力したわけだから、何らかの罰を受けることになるんだろうね」

「高村は口を割る前に、司法取引を持ちかけたというんだ。自分が受け取った分け前は難民認定が下りたベトナム人の親族にそっくり返すから、見逃してくれと泣きついたらしいよ」

「で、警察は？」

「おそらく高村は無罪放免ってことで、チャンチャンになるだろう。捜査本部は矢部を射殺した加害者を特定して、一日も早く逮捕することが主たる職務だから」

「警察もだらしないな」

「そう思うよ」

「何か動きがあったら、連絡するね」

多門は通話を切り上げた。〝士ビル〟の表玄関は見通せる。出入りする人々を見逃すことはないだろう。

一時間が過ぎ、二時間が流れた。

米倉弁護士が外出する様子はうかがえない。きょうはオフィスにずっと留《とど》まり、公判記録に目を通す予定なのか。

仮にそうだとしても、この場を離れることはできなかった。多門は欠伸《あくび》を嚙み殺しながら、監視を続行した。

陽《ひ》が傾くと、眠気が襲ってきた。

多門はスマートフォンで、ネットニュースをチェックしはじめた。すぐに重かった瞼《まぶた》が大きく開いた。

入院中の東日本入国管理センターの九人の職員が医療関係者に成りすました男たちに顔面に生ゴムシートを被せられ、窒息死させられたというニュースが掲《かか》げられていた。実行犯は最低三、四人はいたのではないか。

さらに驚いたことに、名古屋の収容施設の警備官三人も猛毒クラーレを塗ったアイスピックで背後から刺され、相前後して死亡した。その被害者たちは、過去に収容所で不幸な死を遂《と》げたスリランカ女性の担当職員だった。

『天誅クラブ』は裁判が長引いていることに焦《じ》れて、制裁を加える気になったのかもしれない。牛久の収容所職員は外国人収容者を人間扱いしなかったことで、命を奪われることになったのではないか。

多門はそう推測しながら、杉浦のスマートフォンを鳴らした。ツーコールで、電話は繋がった。

「もう知ってると思うけど、牛久の収容所職員九人と名古屋の収容施設の警備官三人が殺《や》られたね」

「なんだって!?」

「まだ知らなかったか」

「クマ、そのまま少し待っててくれ。いまネットニュースをチェックしてみらあ」

杉浦の声が途切《とぎ》れた。一分ほど待ってから、多門は口を開いた。

「まだネットニュースを観《み》てるのかな？」

「いや、記事を読み終えたところだ。こんな事件《ヤマ》が発生するとは思ってもみなかった。びっくりしたよ。まさに予想外だ」

「こっちも驚いたよ。どちらも『天誅クラブ』の仕業《しわざ》なんじゃないか」

「そう疑ってもいいだろうな。収容所の職員たちにはアジア人やアフリカ人に対する差別意識が根強くあるんじゃねえか。少なくとも、日本人よりもランクが下だと思ってやがるんだろう。それは思い上がりだな」

「そうだね。日本人の多くは白人には弱いから、温かく接してる。けど、欧米人のほうが有色人種よりも知性や人格が優《すぐ》れてるわけじゃない」

「クマの言った通りだな。個人によって差があるだけで、ひと括《くく》りに優劣は判定できねえ。白人は容姿がよく映るんだろうが、美の基準は国や民族でそれぞれ異なるんじゃねえか」

「そうだね。だから、白人に対するコンプレックスなんか感じることはない。東洋人だからって、卑屈になっちゃいけねえんだ」

「そうだよ。なんか話が脱線しちまったな。話を元に戻そう。『天誅クラブ』は一両日中に犯行声明をマスコミに送りつけそうだな」

「ああ、多分ね。杉さん、『殉国同志党』の本部は九段下にあったんじゃなかった？」

「そうだよ。靖国《やすくに》神社のそばに梶山党首の自宅を兼ねた三階建ての党事務所がある。一階が事務所になってて、二階で若い党員たちが寝起きしてるんだ。党首の梶山夫婦は三階を使ってる」

「党員はあまり多くなかったよね？」

「五十人前後だが、外国人嫌いで荒っぽいのがほとんどだ。梶山はビル解体会社、リフォーム会社、運送会社、ラーメン屋など事業を手広くやってるんで、独身の党員たちを喰わせてやってるようだな。古株の党員は自分の稼ぎで家族を養ってる」

杉浦が言った。

「党首の梶山は党事務所にいるのかな？」

「三階の居住スペースにいることは確認済みなんだ。一階の党事務所には若い奴が三人いるが、誰も外出しないいな」

「外を警戒してるような様子は？」

「そういう気配はうかがえねえ」

「なら、別の集団が『殉国同志党』の犯行に見せかけて、米倉法律事務所にクール便を送りつけたとも考えられるな」

「そうなんだろうか。それにしても、仔牛の首を切断するなんて残忍だな。送り主がまだわからねえけど、そいつはろくな死に方しないんじゃないか」

「だろうね。杉さん、もうしばらく張り込んでみるんだね？」

「そうするつもりだよ」

「わかった。何か動きがあったら、連絡し合おう」

多門は通話終了ボタンをタップし、またロングピースに火を点けた。換気をしながら、煙草を喫う。

〝士ビル〟から米倉弁護士が現われたのは午後七時数分前だった。連れはいなかった。

米倉は車道に寄り、タクシーを拾った。帰宅するのか。そうではなく、人と会う約束があるのだろうか。

タクシーが穏《おだ》やかに走りはじめた。多門は数十秒過ぎてから、ボルボを発進させた。タクシーの間に三台のセダンを挟みながら、尾行しつづける。

タクシーは十数分走って、四谷《よつや》三丁目交差点の近くの脇道に入って、六階建ての雑居ビルの前で停まった。

雑居ビルの一階には、非営利団体『地球の民《たみ》たち』という名称の難民支援組織の事務局があった。米倉弁護士は同会の副会長だった。

会長は哲学者で、大学の名誉教授だ。言論界や著名な音楽家、洋画家なども『地球の民たち』に所属し、ボランティア活動に励んでいる。イデオロギーに偏《かたよ》りがなく、ヒューマニズムを尊重する組織として知られていた。

会の活動は何度もマスコミに取り上げられた。米倉弁護士も、よくテレビにゲスト出演している。ダンディーで、背が高い。

米倉が馴《な》れた足取りで、事務局の中に入っていった。それを見届け、多門は車を数十メートル先の路上に駐めた。ライトを消し、エンジンを切る。

多門はシートベルトを外し、ロングピースをくわえた。喉が少しいがらっぽい。煙草の喫いすぎだろう。

事務局の近くに街宣車が停まったのは午後八時半過ぎだった。

多門はそっとボルボから出て、物陰に隠れた。

それから間もなく、街宣車から丸刈りの男が出てきた。中肉中背で、二十代の後半に見えた。運転席の男は動かない。

丸刈りの男は野戦服に似た上着を羽織っていた。下は草色のカーゴパンツだ。

多門は通行人を装って、街宣車の横を通り抜けた。

歩きながら、車体に目をやる。『殉国同志党』の文字が見えた。多門は十数メートル進んでから、踵《きびす》を返した。

丸刈りの男は、右手に火炎瓶《かえんびん》を握っていた。『地球の民たち』の事務局に火炎瓶を投げ込む気なのだろう。点火する前に不審者を取り押さえなければならない。

多門は忍び足で、相手との間合いを詰めた。

「てめえら、何を考えてるんだっ。日本人がたくさん生活に困ってるんだぞ。外国人難民の支援よりも先にやることがあるだろうがよ！」

丸刈りの男が事務局に向かって言った。あまり大きな声ではなかった。事務局からは誰も姿を見せない。声が聞こえなかったのか。

丸刈りの男が火炎瓶の先端の布にライターの炎を近づけた。多門はとっさに路面を蹴った。男に飛び蹴りを放つ。

相手は突風を喰《く》らったように体をふらつかせ、路面に転がった。火炎瓶の先端の布にはまだ火は点けられていない。多門は落下した火炎瓶を道端まで蹴りつけた。

「あんた、誰だよ!?」

丸刈りの男が言って、半身を起こす。

多門は無言で相手の脇腹をキックした。丸刈りの男が長く唸《うな》って、前屈みになった。多門は相手の後ろ襟《えり》を摑んで、事務局の数十メートル先にある児童公園の際《きわ》まで引きずっていった。

「おまえ、『殉国同志党』の党員みたいだな」

「そ、そうだよ」

「党首の梶山に命じられて、『地球の民たち』に火炎瓶を投げつけようとしたんだなっ」

「ノーコメントだ」

「ふざけんじゃねえ」

「また蹴る気なのかよ？」

相手が訊く。多門は黙したまま相手の頭を鷲摑《わしづか》みにするなり、顔面をアスファルトの路面に叩きつけた。

丸刈りの男が呻いて、顔を上げた。額が血で赤い。鼻血も垂《た》らしている。頰骨にヒビが入ったかもしれない。

街宣車がバックしはじめ、大通りの一本手前の裏通りに折れた。

「ドライバー役の仲間はおまえを置き去りにして、街宣車で逃《フ》げ《ケ》たぜ」

「裏切り者め！」

「運転免許証か身分証を出しな」

「…………」

「若いくせに、早くも耳が遠くなったか。え？」

多門は言いざま、相手の顎《あご》を椰子《やし》の実《み》大の膝で蹴り上げた。

丸刈りの男が両腕を高く掲げ、そのまま後ろに倒れた。頭部が鈍《にぶ》く鳴った。相手が体をくの字に縮めつつ、カーゴパンツのサイドポケットから運転免許証を抓《つま》み出した。

多門は運転免許証を引ったくり、スマートフォンのライトで印字を読んだ。貼付された顔写真と本人は一致する。

男の名前は前沢当馬《まえざわとうま》で、満二十八歳だった。

「街宣車を運転してた奴の名は？」

「遠山《とおやま》と自称してたけど、本名は違うと思うよ」

「おまえら、『殉国同志党』のメンバーじゃないのか？」

「…………」

「もう少し痛めつけてほしいみたいだな」

「荒っぽいことはしないでくれ。おれは闇バイトのサイトにメッセージが自動消滅する通信アプリを使って、日当の高い裏バイトを探したんだよ。自称遠山も同じなんだ。おれはネット右翼と呼ばれてたりするけど、どの右翼団体にも所属してない」

「おれをうまく言いくるめる気になったんだろうが、街宣車のボディーには『殉国同志党』とでっかく横書きされてた。それをどう説明する？」

「街宣車は依頼人が先月の中旬に、別の右翼団体の専用駐車場から盗《ギ》ったとか言ってた。その話が本当かどうかわからないけどさ」

「その依頼人は『殉国同志党』の党員の振りして、『地球の民たち』の事務局に火炎瓶を投げつけてくれって言ったわけか」

「そうなんだ。依頼人は盗んだ街宣車の中におれと自称遠山の分の報酬計八十万円を四十万円ずつ封筒に入れるというメッセージを送ってきたんでさ、一度も会ってはいないんだ」

「車はどこに置かれてたんだ？」

「飯田橋駅のそばだよ。二つの封筒のほかに、ちゃんと車のキーも入ってた」

「『テレグラム』とかいう通信アプリを使って、依頼人を特定することはできないのか？」

「まず無理だろうね。おれは製パン工場の派遣従業員をやってるんだけど、すごく給料が安いんだ」

「で、闇バイトをする気になったのか」

多門は言った。

「そう。たまには贅沢《ぜいたく》したいじゃないか。うまいもんをたらふく喰って、高いシャンパンかワインを飲みたくなったんだ。それから、高級デリヘル嬢とも遊びたいよ。安月給でこき使われるだけの生活なんてクソだっ。遠山って名乗ってた奴も、おれと似たようなことを言ってた。あいつは小さな自動車整備工場で働いてるらしい。だから、ドライバーとして雇われたんだと思うよ」

「そうなんだろう」

「ところで、おたく、おれを警察に引き渡す気なの？　火炎瓶は投げ損なったから、たいした罪にはならないんじゃない？」

前沢が言った。

「雑魚《ざこ》をどうこうする気はねえよ」

「見逃してくれるのか。ありがたいな。闇バイトで稼いだ四十万の半分を上げようか」

「なめた口をきくと、ぶっ殺すぞ。火炎瓶を回収して、早く消え失《う》せろ！」

多門は言い放って、自分の車に向かって歩きだした。

ボルボに乗り込み、杉浦に電話する。経過を順序立てて話すと、相棒が声を発した。

「前沢って奴が嘘をついてるとは？」

「それは感じなかったな」

「なら、『殉国同志党』の梶山党首が依頼人じゃないんだろう。愛国主義者は頑固そうだから、敵が多いんじゃねえか。梶山の存在を快《こころよ》く思ってない人間が、前沢と遠山の雇い主なんだろう」

「うん、多分ね」

「梶山の犯歴を洗って、党首に恨みを持ってる者を割り出してみるか。少し時間がかかるかもしれねえが、こっちが調べてみてもいい」

杉浦が言った。

「いや、チコに協力してもらうよ。あいつはパソコンに精《くわ》しいし、裏技を使って個人情報を苦もなく得られるようだからさ」

「そのほうが早《はえ》えだろう。おれたちはアナログ人間に近いからな。いや、アナログ人間か」

「梶山の弱点がわかったら、ちょいと揺さぶりをかけてみろや」

「そうするよ。杉さん、適当なところで切り上げて、寝酒でも飲んで体を休めたほうがいいぜ」

多門は電話を切り、エンジンを始動させた。

第四章　全都民軟禁

1

間もなく正午になる。

『地球の民たち』に火炎瓶を投げ込もうとした前沢という男を痛めつけた翌日である。多門はいつものようにニュースを観《み》ることにした。

テレビの電源スイッチを入れると、鬼怒川《きぬがわ》温泉街が画面に映し出された。川の畔《ほとり》に半《なか》ば朽《く》ちかけた和風旅館が建っている。だいぶ前に廃業したようだ。

土地の所有権を巡って裁判中で、解体することもできないのか。あるいは、土地と建物のオーナーは自己破産して、解体費用を工面《くめん》することができないのだろうか。

テレビクルーを乗せた車が観光ホテル街を走り抜け、奥地の山に向かった。数キロ先に古びた校舎があった。山の中腹だった。

「この廃校に牛久の管理センターから脱走した七十一人の外国人収容者が、四日前から今朝《けさ》未明まで潜伏していたことは地元の方々の目撃証言で明らかになりました」

テレビ局の車が停止し、三十歳前後の男性記者が映し出された。俳優のようにマスクが整っている。長身だ。

報道記者が車の外に出て、廃校になった小学校に近づいていく。門扉《もんぴ》は開けられた状態だ。鉄の門は錆《さび》だらけだった。

男性記者が校庭を横切り、校舎の中に足を踏み入れた。カメラクルーが記者を追う。

表玄関の近くの廊下には、食料、ペットボトル入りの飲料水、衣服の入った段ボール箱、トイレットペーパーなどが壁際に並んでいた。

記者が職員室に入った。

そこには五台の発電機、無数の大型懐中電灯、ランタン、非常用簡易トイレ、タオル、寝袋、マットレス、枕などがびっしりと置かれている。床の半分は見えなかった。

「収容所から脱走した者たちがどういう経路をたどって、この廃校に身を隠したのかはわかっていません」

記者が言いながら、各教室を回りはじめた。

机が長方形に並べられ、その上にマットレスが敷かれて寝袋が載っている。一つの教室に即席のベッドがちょうど十台あった。一隅には椅子が長く並べられ、食料、ペットボトル、紙皿、プラスチック製のナイフ、フォークが見える。

「ほかの教室も同じように即席のベッドが並んでいると思われます。脱走したアジア系やアフリカ系収容者の同胞たちか日本人支援グループが廃校に一時、寝泊まりできるよう準備したのでしょうか」

記者が別の教室に移った。隣の教室同様に即席のベッドが据え置かれている。やはり、十台だった。

「おそらく脱走者たちはここで息を殺して隠れていたのでしょうが、夜になったら、ランタンや懐中電灯を使わざるを得なかったでしょう。そんなことで地元の方たちが不審に思って、何人かが廃校の様子をうかがいに来たと思われます。そのことを察知《さっち》した脱走者たちは、夜が明ける前に全員が別の場所に移動した模様です」

記者が言って、隣接している教室に移った。すぐにカメラクルーが記者を追いかける。

「それぞれの同胞が移動に力を貸したのでしょうか。それとも日本人支援グループと力を合わせて、七十一人を分散させ、別の地に誘導させたのでしょうか。茨城県警と栃木県警は合同で、夜が明けると同時に山狩りを開始しました。現在、脱走者の身柄は確保できていません」

記者が廊下に出て、カメラの前に立った。

「入管関係者が収容外国人を不当に扱ったことが、先日の審議官殺害、牛久や名古屋の入管職員に対する報復を招いたとも考えられます」

記者がいったん言葉を切って、すぐ言い重ねた。

「入管関係者に問題があったことは事実だとしても、私的な裁《さば》きは法治国家では許されません。脱走に力を貸した者が判明したわけではありませんが、民主主義の根幹を揺るがすような凶行は断じて看過《かんか》できません。脱走者はもちろん、彼らを手助けした人たちはどうか冷静になって自身の行動を見つめ直していただきたいですね。以上、現場からの報告でした」

画面から男性記者が消え、山狩りの模様が映し出された。

駆り出された警官は数百人にのぼるのではないか。警察犬の数も多い。

脱走した外国人の同胞と日本人支援者たちが協力し合って、七十一人のアジア系、アフリカ系の男たちを別の場所に匿《かくま》っている可能性はゼロではないだろう。もしかすると、プロの逃がし屋が指揮を執《と》っているのかもしれない。

いずれも類《るい》を見ない脱走事件だろう。

多門は特大ベッドから立ち上がった。まだ昼食を摂《と》っていなかった。

午後一時過ぎにチコが訪ねてくることになっていた。多門は午前十時半ごろ、チコに電話をしてノートパソコン持参で来訪するよう頼んであった。

多門は寝室を出て、ダイニングキッチンに移った。

冷蔵庫の冷凍室から海鮮ピラフとマカロニグラタンを取り出し、レンジで温めた。インスタントのオニオンスープを用意して、昼食を済ませる。

多門は一服してから、手早く後片づけをした。その数分後、ベッドのある居室でスマートフォンの着信音が響いた。

多門は蟹股《がにまた》で寝室に入り、スマートフォンをナイトテーブルの上から摑み上げた。発信者は相棒の杉浦だった。

「昨夜《ゆうべ》、梶山はまったく外出しなかったよ」

「そう。杉さん、牛久の東日本入国管理センターから逃げた七十一人の外国人収容者が栃木の廃校に潜伏してたというニュースは知ってるよね？」

「ああ、もちろん！　それで、クマに電話したんだよ。そっちは、どう筋を読んだ？」

「脱走した奴らの同胞と日本人支援団体が予《あらかじ》め潜伏先を用意しといて、牛久の東日本入国管理センターを爆破したんじゃねえのかな。潜伏先が知れたんで、脱走者を数人ずつに分けて全国にたくさんある空き家に隠す気なんじゃないのか」

「首都圏にも、ほとんど人が寄りつかない空き家が数千軒もあるみたいだから、クマの読みは外れてないのかもしれねえ。けど、東北地方や関越地方に移っても、また潜伏先がバレそうだな」

「灯台下《もと》暗しじゃないが、案外、次の隠れ家は都内にあるのかもしれないな。奥多摩の山地には何軒も空き家があるって話だからさ」

「クマ、それは考えられるな。近隣の住民が少ない地区なら、無断で空き家に住んでても見つかる確率は低いんじゃねえか」

「そうだろうね。ただ、鬼怒川から奥多摩に移動が可能かな。日本中、防犯カメラだらけだから」

多門は素朴な疑問を口にした。

「脱走者を三、四人ずつ分散させてトラックの荷台に乗せ、裏道伝いに進めば、怪しまれることなく奥多摩に移れるんじゃねえか」

「なるほどね。大勢の収容者がまとまって消えたんだから、犯罪のプロが先導したんじゃないの？　逃げ方が鮮やかすぎるよ」

「確かにな。もしかしたら、軍事訓練を受けた奴が現場で指揮を執《と》ってたのかもしれねえぞ」

「矢部審議官を撃ち殺した男は、動作がきびきびとしてたらしい。その射殺犯が脱走事件に関与してたんだろうか」

「矢部を殺《や》った男は傭兵《ようへい》崩れで、昔の仲間を誘って殺人や脱走の手助けを請《う》け負《お》ってるんじゃねえか」

「杉さんの筋読み通りだとするか。としたら、元傭兵たちを雇ったのは収容者の親族や友人たちなんじゃないかな。そういう連中が金を出し合って……」

「集まったカンパ金で傭兵崩れを雇って、難民申請者から賄賂を受け取ってた審議官を殺してもらったり、不法滞在者たちに非人道的なことをしてた入管関係者を始末させてたのかもしれないか。クマ、考えられるよ」

「そいつらは『天誅クラブ』と無縁じゃないんだろうな」

「そんなふうに思えるが、『天誅クラブ』の正体がはっきりしてねえから……」

「そうだね。アジア人やアフリカ人の不法滞在者の支援をしてる日本の支援団体が代理殺人を依頼するとは考えにくいだろうな」

「それはねえだろうが、断言することはまだ……」

「もしかすると、『天誅クラブ』は本気で外国人労働者の味方をしてる振りをしてるだけで、収容されたアジア人やアフリカ人を脱走させて、戦士というか、闘犬として育て上げるつもりなのかもしれないな」

「それで、空洞化した日本の裏社会の新支配者になることを企《たくら》んでる?」

「推理に飛躍がありすぎだろうね」

「矢部を撃ち殺した野郎は、牛久の東日本入国管理センターに収容されてる二、三十代の健康な外国人をすべて無罪放免にしろと命じた」

杉浦が言った。

「新聞やテレビでは、そう報じられてたね。そういうことを考えると、杉さんの推測は説得力があるな」

「『天誅クラブ』は正義感にあふれる人間で構成されてると見せかけてるだけで、真の狙いは日本の闇社会を牛耳《ぎゅうじ》ることなんじゃねえか」

「そんなふうに疑えるが、結論を急ぐことはないだろう。もう少し成り行きを見てから、結論を出してもいいんじゃない?」

「そうするか。ところで、チコはもう『殉国同志党』の梶山の犯歴や個人情報を調べてくれたのか?」

「いや、まだなんだ。チコは午後一時ごろにここに来ることになってる」

「クマの塒《ねぐら》で裏技を使ってもらうわけか」

「そうなんだ。梶山党首の犯歴や個人情報がわかったら、杉さんに連絡するよ」

「了解！　そのとき、梶山にどう迫るか作戦を練るか」

「そうしよう」

多門は通話を切り上げた。

ドリップ式でコーヒーを淹《い》れ、ダイニングテーブルに向かう。多門はロングピースを吹かしながら、ゆったりとブラックコーヒーを口に運んだ。

チコがやってきたのは、午後一時数分前だった。極彩色《ごくさいしき》のワンピースに身を包んでいる。首には黒いチョーカーを飾っていた。尖《とが》った喉仏を隠すためだ。

「相変わらず派手な恰好《かっこう》してやがるな。まるで孔雀《くじゃく》じゃねえか」

多門は茶化した。

「クマさん、うまい！　ご存じのように、あたしは『孔雀』のナンバーワンだから」

「チコは能天気でいいな」

「そう見えるかもしれないけどさ、歌舞伎町一帯が戦場跡みたいになってから、常連客の足が遠のいてね。店の売上が大きくダウンして、あたしたちの給料も半分ぐらいになっちゃったの。元歌舞伎役者のママも苦しいみたい」

「元女形《オヤマ》のおっさん、いや、ママも大変だな」

「あたしもよ。でも、まだ貯えが少しあるから、クマさんに借金を申し込んだりしないわ。これ、手土産よ」

チコがそう言い、紙袋をダイニングテーブルの上に置いた。

「喰い物かい？」

「名店の助六《すけろく》寿司よ。お昼御飯はもう食べたでしょうから、おやつに食べて」

「悪いな。後でご馳走になるよ」

多門はチコをダイニングテーブルに向かわせ、手早くコーヒーを淹れた。

椅子に坐ったチコがトートバッグから、ノートパソコンとＷｉＦｉルーターを取り出した。

多門は卓上に客用のコーヒーカップを置き、寝室に足を向けた。

ナイトテーブルの最下段の引き出しには、いつも三、四百万円の現金を入れてある。多門は帯封の掛かった百万円の札束を掴み上げ、ダイニングキッチンに戻った。

「コーヒー、いただくわ」

「忘れねえうちに、これを渡しておくよ」

「あら、一束《ひとたば》じゃないの」

「おれ、ヤングケアラーに五、六十万匿名で寄付すると言ったよな。チコの分も含めて、ちゃんと寄付してくれ」

「クマさん、あたし、自分の寄付はもう用意してあるのよ。だから、四、五十万円多いわ」

「給料がダウンしたんだから、自分の貯えは大事に遣《つか》えや。それで生活が苦しくなったら、見栄を張らずにおれを頼りな。いつでも出世払いで、五百でも六百でも貸してやらあ。仮に倒されても文句は言わねえよ」

「クマさん……」

チコは、いまにも泣きそうだった。

「そんな顔してねえで、早く金をしまえ」

「チコには裏仕事を頼んでるから、これぐれえのことはしねえとな」

「甘えてもいいの？」

「けど、悪いわ」

「いいんだよ」

多門はチコの背後に回り、万札の束をトートバッグに突っ込んだ。

「クマさんは無頼派だけど、女に優しすぎるわ」

「チコは性転換したが、おれはチコを女として見たことはねえぞ」

「嫌いよ、クマさんなんて！　ううん、大好き！」

「冗談のキャッチボールはこれぐらいにして、裏技を見せてくれねえか」

「わかったわ」

チコが明るく言って、ノートパソコンを開いた。

驚くほどの速さで、検索ワードを打ち込みはじめた。チコは知り合いのハッカーに各種のテクニックを伝授され、たいがいのシステムに潜り込めるらしい。

多門はチコの指の動きとディスプレイを交互に見た。『殉国同志党』の梶山党首の犯歴を調べていることはわかるが、どんなハッキングテクニックを駆使しているかはまったく理解できなかった。

多門は分厚い肩を竦《すく》め、自嘲した。

「梶山は前科三犯ね」

「できるだけ詳しく犯歴を教えてくれや」

「オーケー」

チコがスクロールしながら、ゆっくりと喋った。多門は耳をそばだてた。

梶山は七年前に右翼の論客として知られる秋津弘和《あきつひろかず》、当時六十一歳を拉致監禁した。エセ右翼呼ばわりされたことに腹を立て、暴挙に走ったのだ。

秋津はロープで縛り上げられ、ほぼ全身を千枚通しの先で突かれ、さらにターボライターの炎で両手の甲を焼かれた。

梶山は秋津に土下座することを求めた。しかし、秋津は事実を総合誌に書いただけだと反論しつづけ、謝罪を拒否した。

怒り狂った梶山は秋津の舌を引っ張り出し、鋏《はさみ》で先端を二センチほど切った。夥《おびただ》しい量の出血があった。秋津は失神してしまった。

梶山は慌《あわ》てふためき、党員たちに指示して秋津を救急病院に運び込ませた。

そのことで事件が発覚し、『殉国同志党』の党首は二年三カ月ほど服役した。出所して半年後、梶山は自らが経営する建物解体会社の下請け業者に代金を半額にしなければ、今後は仕事を回さないと脅した。下請け業者は理不尽だと反撃し、南部鉄の灰皿を梶山に投げつけた。といっても、故意に的《まと》を狙ったわけではなかった。

梶山は無傷だったが、逆上して下請け会社社長の白石周《しらいしあまね》、当時五十二歳を木刀でめった打ちにして、全治三カ月の大怪我を負わせた。三年の有罪判決が下ったのだが、執行猶予が付いた。刑務所には行かずに済んだわけだ。

四年前、梶山は企業恐喝で逮捕された。せしめたのは三千万円だが、実刑判決が下されて一年数カ月刑に服した。

「梶山が秋津にエセ右翼呼ばわりされても、仕方ないわよ。やってることは利権右翼っぽいもの」

チコが言った。

「そう言ってもいいだろうな。チコ、梶山に愛人はいるのか？」

「現在はいないわね。昔は何人も彼女がいたけど、もう勃起しなくなったんじゃない？」

「そうなんだろうな。チコ、梶山に何か弱みは？」

「子宝に恵まれなかったせいか、若いときから秋田犬をずっと飼ってるわ。いまのムサシって犬は四頭目なんだけど、溺愛してるみたいよ」

「梶山は、そのムサシを毎日散歩させてるんだろうな」

「夕方、ムサシと一緒に散歩してるようね」

「若い党員に身辺警護させてるのか？」

多門は訊いた。

「ううん、ボディーガードは伴ってないみたいよ。クマさん、『殉国同志党』の党首が何か悪事を働いたんで、懲《こ》らしめる気なの？」

「その逆なんだ。エセ右翼に濡れ衣を着せた人間がいるかもしれねえんで、梶山を恨んでる者がいるんじゃないかと思ったんだよ。で、チコに裏技を使ってもらったわけさ」

「そういうことだったの。右翼の論客の秋津と白石は梶山のことをいまでも恨んでるんじゃない？　三千万を強請《ゆす》られた中堅ゼネコンはいろいろ企業不正があるんで、梶山を陥《おとしい》れようとは考えなかったかもしれないけど」

「そうなんだろうな。その二人が梶山に罠を嵌《は》めたかどうか調べてみるよ」

「いま、秋津と白石の連絡先をメモするわ」

チコがバッグの中からメモ帳を摑み出し、必要なことを書き留めた。多門は短く礼を言って、メモを受け取った。

「あたし、ちょっと寄りたいとこがあるの」

「まだいいじゃねえか」

「クマさんはやらなきゃならないことがあるんでしょ？」

チコはノートパソコンをトートバッグに収めると、椅子から腰を浮かせた。

多門はまた引き留《と》めたが、チコは片手をひらひらさせて玄関に向かった。急ぎ足だった。

多門は客用のコーヒーカップを洗うと、杉浦に電話をかけた。

スリーコールで、通話可能になった。多門はチコが調べてくれたことを伝えた。

「その秋津と白石のどっちかが梶山を陥れようとしたのか」

「杉さん、本業の調査があるんだろ？」

「まあな。けど、クマを助ける時間《ス》は作れるよ」

「無理しないでくれよ。おれ、秋津と白石に電話で鎌をかけてみるからさ。それで、夕方に梶山の自宅兼党本部に行って、探りを入れてみる」

「クマ、遠慮するなって」

「おれひとりでも大丈夫だよ」

「そうか。手が足りなくなったら、声をかけてくれ」

杉浦が言って、通話を終わらせた。

多門はチコに渡されたメモを見ながら、先に右翼の論客のスマートフォンを鳴らした。使ったのは、闇マーケットで手に入れた他人名義の携帯電話だった。ガラケーだ。

「はい、どちらさま？」

「名乗るほどの者じゃないんだ。おたく、梶山に拉致されて、ひどい目に遭《あ》ったよな。昔の恨みが消えないんで、梶山に仕返しをする気になったんだろうな」

「仕返しだって⁉」

秋津が声を裏返らせた。空とぼけて、とっさに芝居をしたとは思えなかった。声の調子で、それはわかる。

多門は無言で電話を切り、次に白石のスマートフォンを鳴らした。

「白石だが、どなた？」

「事情があって、名乗れないんだ。あんたは梶山から下請け仕事の代金を値切られて、腹を立てた。で、わざと的《まと》を外して、南部鉄の灰皿を投げつけた」

「なぜ知ってるんだ、そんなことまで!? わかったぞ。おたく、『殉国同志党』の元党員なんじゃないか。そうなんだろっ」

「外れだ。話を戻すぞ。梶山は灰皿を投げつけられたんで逆上し、あんたに全治三カ月の大怪我を負わせた。そのときの怒りが燃えくすぶってたんで、梶山に濡れ衣を着せる気になったんじゃないのか」

「なんの話をしてるんだ。いちゃもんつけて、金を脅し取るつもりなんだろうが、通話音声はちゃんと録音中だぞ。すぐ一一〇番するからなっ」

白石が怒鳴《どな》って、乱暴に電話を切った。

多門は苦笑し、通話終了ボタンをタップした。白石も梶山を陥れてはいないだろう。そういう心証を得た。

夕方まで、だいぶ間《ま》がある。

多門は特大ベッドに腰かけてリモート・コントローラーを使い、テレビの電源スイッチを入れた。ワイドショーが放映されていた。

画面には、品川区内にある駐日ミャンマー大使館の全景が映っている。閉ざされた門扉《もんぴ》の前にはミャンマー人と思われる多数の男女が集まり、抗議の声を挙げている。

二〇二一年二月一日にミャンマーでクーデターが起こり、国軍が実権を握った。ミン・アウン・フライン最高司令官は全権を掌握すると、市民を弾圧しはじめた。

各地で武装した市民がゲリラ戦を展開するようになった。国軍の弾圧の犠牲者が三千人近くになったからだ。

多くのミャンマー人は、国軍の非民主的な統治に強く反発している。各地で抗議デモやストライキがつづくと、国軍はもっともらしい理由をつけて、市民を萎縮《いしゅく》させた。

国軍の武力弾圧に絶望したミャンマー人はタイ国境近くに逃れた。その地帯には国軍の力が及ばない。力のない市民は政治と距離を置き、沈黙せざるを得なくなった。クーデターが起きて二年が過ぎたが、いまだに国軍と武装グループの衝突は収まる気配がない。

カメラが抗議デモに参加している人々の横顔を捉《とら》えはじめた。デモ参加者の中に、知った人間がいた。

ベトナムの少数民族のクエ・マク・ホーだ。彼はベトナムで差別された過去があるので、ミャンマーが民主化されることを願っているのだろう。

「どんな弾圧や差別もよくねえよな」

多門は画面のクエ・マク・ホーに語りかけ、ロングピースをくわえた。

2

助六寿司の蓋《ふた》を開ける。

稲荷《いなり》寿司と太巻きがバランスよく詰まっていた。チコの手土産だ。

多門はボルボの運転席で、差し入れをダイナミックに頰張りはじめた。

車は『殉国同志党』の党事務所の近くの路肩に寄せてある。午後四時半を回っていた。そのうち党首の梶山は愛犬とともに表に出てくるだろう。

多門はわずか数分で、助六寿司を食べ終えた。

おやつとしては物足りないが、張り込み時の非常食のビーフジャーキーを齧《かじ》る気にはならなかった。ペットボトル入りの緑茶を喉に流し込み、紫煙をくゆらせる。

多門は煙草を喫い終えると、ボルボから出た。通行人の振りをして、梶山の自宅兼事務所の前を行きつ戻りつした。

数往復したとき、三階建ての屋上で犬が吼《ほ》えた。秋田犬のムサシが飼い主に散歩をせがんだのだろう。どうやら屋上にムサシの犬小屋があるようだ。

犬はなかなか鳴き熄《や》まない。焦《じ》れているのだろう。散歩コースは予測できない。多門は物陰に隠れ、梶山の自宅兼事務所に視線を向けた。

五分ほど待つと、『殉国同志党』の党事務所から秋田犬の引き綱《リード》を握った梶山が姿を見せた。

多門は何回か、街頭演説をしている梶山を見かけたことがある。ほとんど老けていない。血色も悪くなかった。

梶山は飼い犬に歩調を合わせながら、こちらに歩いてくる。

多門は体の向きを変え、梶山の行く手の七、八十メートル先まで進んだ。その少し先には月極駐車場がある。

多門は体を反転させ、ゆっくりと前進した。

次第に梶山と秋田犬が近づいてくる。多門は足を速め、梶山の前で立ち止まった。

「いい秋田犬ですね。茶色の体毛が艶《つや》やかで光ってる。毎日、入念にブラッシングしてあげてるんでしょうね」

「あんたも秋田犬を飼ってるの？」

梶山が柔和《にゅうわ》な顔つきで訊いた。

「ええ、三頭ほど……」

「秋田犬が好きなんだな」

「日本犬の中では、秋田犬が最高なんじゃないですか」

「わたしもそう思ってるよ」

「体つきから察すると、オスですね？」

「そうなんだ。三歳なんだが、やんちゃ坊主なんだよ」

「元気でいいじゃないですか」

多門は笑顔で応じた。

そのとき、梶山の飼い犬が身構えて低く唸った。

「こら、ムサシ！　秋田犬の好きな方もわからないのか。駄目だな」

「相当、引きが強いんでしょうね？」

「ムサシに強く引っ張られて、何度も躓《つまず》きそうになったよ」

「頼もしいじゃないですか。どのくらい引きが強いのかな。二、三十メートル、あなたの愛犬を走らせてもかまいませんか？」

「うーん、それはちょっとな」

「駄目ですか」

「ムサシは動かないと思うが、いいだろう。試《ため》させてやるよ」

梶山はためらいながらも、リードを差し出した。

多門はリードの輪をしっかと握り、秋田犬を軽く引いた。だが、ムサシは四肢を突っ張らせ、まったく走りだそうとしない。

二度目は力を込めて引っ張る。ムサシは多門の怪力にたじろぎ、猛然と走りはじめた。多門も駆け足になった。

「すぐ引き返してくれよ」

後ろで梶山が言った。

多門は聞こえなかった振りをして、ムサシを月極駐車場に強引に引きずり込んだ。秋田犬は明らかに怯《おび》えている。

「ごめんな。少しの間、おとなしくしててくれねえか。頼むよ、ムサシ！」

多門は、駐めてある四輪駆動車のリア・バンパーにリードを巻きつけた。ムサシは少しも暴《あば》れなかった。

多門は月極駐車場の走路に立った。人の姿は見当たらない。少し待つと、梶山が月極駐車場に駆け込んできた。息が切れたようで、肩を上下に弾ませている。

「おまえ、犬泥棒じゃねえのかっ」

「外れだ」

多門は前に跳《と》んだ。

梶山に組みつき、大腰《おおごし》で跳《は》ね飛ばす。多門は通路に倒れた梶山の腰を膝頭で押さえ込んで、右肩の関節を外した。

梶山が痛みを訴える。いかにも辛そうだ。

「そっちに確認したいことがある。誰かを使って、四谷三丁目にある『地球の民たち』の事務局に火炎瓶を投げさせなかったか。え？」

「おれは、そんなことはさせてねえ」

「そうだとすれば、あんたを陥れようとした人間がいるんだろう。そっちに恨みを抱いてる者が濡れ衣を着せようと企んだようだな」

「もしかしたら、右翼の論客の秋津が昔のことを根に持って……」

「秋津はシロだ。それから解体の下請けをやってた白石も同じだろうな。ほかに思い当たる奴は？」

「いないよ。どこの誰がおれを犯罪者に仕立てようとしやがったんだっ」

「誰も思い当たらないか？」

「ああ。くどいぞ」

「わかった」

多門は梶山の肩の関節を元の位置に戻すと、月極駐車場を出た。

大股で歩き、ボルボの運転席に入る。多門は九段下から飯田橋方向に走った。

ＪＲ飯田橋駅の少し手前で、ボルボを脇道に入れた。

その直後、やくざ時代に舎弟だった箱崎満広《はこざきみつひろ》から電話がかかってきた。多門は車を道端に寄せた。

「箱崎、何かあったのか？」

「兄貴、いや、多門さんのお耳に入れたほうがいいと思ったんで、電話させてもらったんです」

「前置きはいいから、本題に入りな」

「は、はい。三月の連続爆破事件で命を拾った関東御三家の幹部たちが結束して、新たな組織を作る動きがあるようなんですよ」

「そうか。住川会《すみかわ》、稲森会《いなもり》、極友会《きよくゆう》が一つにまとまれば、首都圏の裏社会を死守できるかもしれないという読みなんだろうな」

「と思います。御三家を一本化したい連中から、関東義誠会も系列《スジ》に入らないかという誘いがあったようです。うちの直参《じきさん》の各組長は理事になってますでしょ？」

「だな。で、田上《たがみ》組の組長《オヤジ》も理事会に出席した。そうだな？」

「ええ、そうです。新しい組織の傘下に入ってもいいと言ったのは、たったのひとりだったそうです。ほかの理事たちは現状のままが望ましいと……」

「シノギがきつくなるだろうが、関東義誠会は独自路線を選ぶべきだろうな。御三家はそれぞれ所帯がでけえから、任侠道に外れた非合法ビジネスばっかりやってる」

「ええ。関東義誠会はできるだけ堅気《かたぎ》に迷惑をかけないことを心掛けてますんで、御三家とは馴染《なじ》まない部分がありますよね」

箱崎が誇らしげに言った。

「そうだな。幸い本部は破壊されなかったから、組員たちが踏ん張れば、なんとか持ち堪《こた》えられると思うぜ」

「でも、不安もあります。御三家が一つにまとまったら、関東義誠会を潰《つぶ》しにかかるかもしれませんので」

「それは考えられるな。御三家の連合組織が田上組を含めて関東義誠会を潰しにかかったら、おれは死を覚悟して助《ス》けるよ」

「多門さん、本気なんですか!?　もう田上組の人間じゃないのに」

「七年も世話になった恩義があるからな」

「多門さん、命を粗末にしちゃ駄目ですよ。命にスペアはないんです」

「わかってるよ。これまで好き勝手に生きてきたんで、我が人生に悔いはない」

「カッコつけすぎですよ。何があっても、しぶとく生き抜いてください。場合によっては、自分が鉄砲玉になりますので」

「箱崎、死に急ぐんじゃねえ。おまえはまだまだ若い。若造なんだから、命を大事にしろ。わかったな？」

「ですが、新しい組織が掟を破ったりしたら、黙ってられませんよ」

「いっぱしのことを言うんじゃない」

多門はかつての舎弟を叱ってから、話題を転じた。

「関東で四番目の勢力を誇ってる共進会《きょうしん》の動きはどうなんだ？」

「共進会は御三家が一つにまとまったら、太刀討ちできないと考えたんでしょう。荒っぽい犯行《ヤマ》を踏んでるようです」

「何をやってるんだ？」

「特殊詐欺グループや広域強盗団の首謀者の片腕を日本刀《ポントウ》で斬り落としたり、西洋剃刀で両耳を削り落として、高齢者たちからせしめた隠し金をそっくり横奪《ど》りしてるみたいなんですよ。おそらく強奪したのは百億円以上なんでしょう。しかし、被害者たちは犯罪を重ねてきたんで、警察には泣きつけません」

「だろうな。ずいぶん荒っぽいことをしてるが、それだけ共進会は御三家が一つにまとまることに脅威を感じてるんじゃないか。何か手を打たないと、いずれ自分らの縄張り《シマ》は奪《と》られるだろう。だから、いざというときに備えて……」

「手荒な手段で、犯罪絡みの隠し金を横奪りしてるんですかね」

「そうなんだろう。たっぷり軍資金があれば、世界の武器商人から重機関銃、短機関銃、拳銃、手榴弾、ロケット・ランチャー、化学兵器なんかも手に入る。戦闘ヘリや軍用ドローンも購入できる。その気になれば、民間軍事会社から戦争屋たちを回してもらえるはずだ」

「そうでしょうね。御三家の連合体は手強《てごわ》いと思いますが、共進会が強力な武器と助《すけ》っ人《と》を味方につけたら、無敵になるでしょう」

「共進会は御三家を母体にした新組織に組み込まれそうになったら、どこか他国の犯罪組織と手を結んで、首都圏を支配下に置く気でいるんじゃないか」

「あっ、もしかしたら……」

箱崎が高い声を発した。

「何か思い当たることがあるようだな」

「十年近く前に香港《ホンコン》の最大組織『14K』の流れを汲《く》む『白龍《パイロン》』が東京にアジトを構えたことがありましたでしょ？」

「ああ、憶《おぼ》えてるよ。そのころは、北京《ペキン》、上海《シャンハイ》、福建《フージエン》省出身の各マフィアが歌舞伎町に拠点を設けて小競《こぜ》り合いをしてた。それ以前は台湾《タイワン》マフィアがいたんだが、自国が経済的に豊かになったんで、大挙《たいきょ》して日本を去った」

「そうだったみたいですね。自分、その当時のことはよく知らないんですよ」

「だろうな。上海マフィアがだんだん力をつけて、反目してた福建マフィアを池袋や中野に追いやった。北京マフィアは気圧《けお》され、拠点を小さくしたんだよ。だいぶ前から歌舞伎町一帯で、上海マフィアがのさばるようになった」

「その通りなんですが、この春の連続爆破事件で上海マフィアもダメージを受けてます。息のかかった飲食店が焼失し、たまり場も被害を受けました」

「それで香港マフィアの『白龍《パイロン》』は共進会と手を結んで、空洞化した歌舞伎町に改めて自分らの拠点を設ける気なんじゃねえかな」

多門は言った。

香港が中国に返還されて、すでに二十五年が経った。中国共産党は二〇五〇年まで一国二制度を尊重すると言いつづけてきたが、かなり前から強制的に香港の中国化を押し進めてきた。

自由を奪われた富裕層や暗黒街の首領《ドン》たちは次々に海外に移住した。多くの香港人がそれを羨《うらや》ましがっているのではないか。だが、一般市民や貧しい無法者たちは他国に移住するほど財力がない。

「共進会の若頭《カシラ》の藤井《ふじい》力《つとむ》は、『白龍』の老板《ラオパン》（ボス）の郭福強《グオフーチャン》が来日するたびに投宿したホテルを訪ねて親しく会食してるという情報が自分の耳にも入っています」

「そうか。その郭のことは一度だけ見かけたことがあるよ。インテリ風で、マフィアの親分には見えなかったな」

「真偽はわかりませんが、郭は二十代のころに民主化運動に入れ込んで香港警察に検挙《アゲ》られたことがあるみたいですよ」

「そうだとすると、政府高官だけではなく警察まで中国政府に逆《さか》らえないことを知って、捨て鉢になったんだろうな。で、マフィアの一員になった。もともと頭《ペテン》が悪くなかったんで、老板にまで貫目《かんめ》が上がったんじゃないか」

「そうなんでしょうね。郭は共進会に協力して、日本で暗躍する気なのかな。多門さん、それだけなんでしょうか」

箱崎がそう問いかけてきた。

「郭は別の目的があって、共進会に協力してるのかもしれないぞ」

「別の目的というのは？」

「いまの段階では、まだわからねえな。共進会は特殊詐欺グループや広域連続強盗団の隠し金を横奪りしてるという話だったが、実行犯の中に中国人が混じってるのか？」

「そのあたりのことはわかっていません」

「そうか。箱崎、共進会の動きを少し探《さぐ》ってくれないか。郭《グオ》が来日したら、チェックインしたホテルを見つけてほしいんだ」

「はい、わかりました」

「悪いが、頼むな」

多門は通話を切り上げると、ロングピースに火を点けた。

香港マフィアは共進会に恩を売って、何を得ようとしているのか。その見返りは何なのだろうか。共進会に協力すれば、『白龍《パイロン》』の東京進出は可能だろう。しかし、共進会と香港マフィアが長く共存するのは難しい気がする。共進会にしても、香港マフィアの進出は目障《ざわ》りなはずだ。

双方は共通の利点があるうちだけ友好関係を保《たも》ち、どちらもいつかは相手の寝首を掻《か》く肚《はら》なのではないか。多門は推測の翼を閉じ、短くなった煙草を灰皿の中に突っ込んだ。

そのすぐ後、杉浦から電話があった。

「クマ、梶山に迫れたか？」

「ああ。梶山は第三者を使って、『地球の民たち』の事務局に火炎瓶を投げ込ませようとしてないね。そういう心証を得たんだ」

「梶山を嵌めようとした奴に心当たりは？」

「ないと明言してた。何かを糊塗《こと》しようとしてる表情じゃなかったな」

「そうなら、クマの言った通りなんだろう。いったい米倉先生に恐怖と不安を与えつづけてるのは、どこの誰なのかっ」

「杉さん、もう少し待ってよ。明日から、また米倉弁護士のガードに当たるつもりなんだ」

「クマ、よろしくな」

「実は昔の舎弟の箱崎から、ちょっと気になる情報が入ったんだ」

多門は詳しい話をした。

「共進会の藤井力なら、よく知ってるよ。あの男が香港マフィアの郭福強と手を結んでるみてえなのか」

「杉さんは郭とも面識があったのか」

「いや、面識はねえんだ。『白龍』が十年近く前に歌舞伎町に拠点《アジト》を作ったとき、捜査資料を見たんだよ」

「そういうことか。杉さん、本業の調査の合間に共進会の藤井の動きを探ってもらえるかい？」

「いいよ」

「箱崎にも電話で同じことを頼んだんだが、情報は多いほどいいからね」

「そうだな。それじゃ……」

杉浦が電話を切った。多門はスマートフォンを懐に入れ、ボルボを走らせはじめた。

3

静かなデモ行進だった。

日比谷公園に集合した人権保護団体、市民活動家、主婦、大学生たちがプラカードを高く掲げて無言で歩いている。共進会と香港マフィアが何か企んでいるようだという情報を得た翌日の午後二時過ぎだ。

多門は午前九時ごろから〝土ビル〟の斜め前で不審者のチェックを開始した。

怪しい人物は目に留《と》まらなかった。米倉弁護士が表に出てきたのは午後一時過ぎだった。同行者はいなかった。無防備にも人権派弁護士は日比谷公園まで歩いて、『地球の民たち』のメンバーと合流した。

いま米倉は、仲間たちとデモの最後尾にいる。メンバーたちが持つプラカードには、『世界の難民は地球に住む兄弟たちだ。温かく迎え入れよう！』と書かれている。

デモに参加した男女は、二百人前後と思われる。行列は少しも乱れていない。参加者は黙々と歩《ほ》を進めていた。

そのせいか、警護の制服警官の姿は少なかった。デモのコースは日比谷公園前から国会議事堂前と決まっていた。拡声器を持つ参加者は皆無だった。そんなことで、警察は何事も起こらないと判断したのだろう。

多門はデモの行列を車でゆっくりと追った。低速でずっと走行はできない。多門はしばしばボルボを路肩に寄せた。

デモ隊が遠のくと、車を短く走らせて、またガードレールの際《きわ》に寄った。そうしながら、列の最後尾にいる米倉弁護士から目を離さなかった。

やがて、デモ隊は千代田区永田町《ながたちょう》に差しかかった。

そのとき、竹刀《しない》を持った男が車道に飛び出した。あちこちでクラクションが鳴る。男は意に介さない。デモ隊に接近し、参加者の男女を竹刀で叩きはじめた。

次の瞬間、歩道から車道に発煙筒が投げ込まれた。デモの参加者が狼狽する。列が乱れた。悲鳴と怒声が交錯した。

特攻服姿の二人の男が米倉弁護士に接近した。どこに潜んでいたのか。多門はまったく二人組に気づかなかった。不覚だった。二人の男は人権派弁護士に危害を加える気なのではないだろうか。

多門はあたりを見回した。

警官たちは近くにいない。多門はボルボから出て、二人組に迫った。男たちは米倉の両腕を摑んでいた。どうやら人権派弁護士を拉致《らち》する気らしい。

多門は片手を高く挙げ、車道を強引に横切った。

二人組が多門に気づき、ぎょっとした表情になった。巨身を見て、竦《すく》んでしまったのだろう。

多門は二人の男に組みついた。

男たちの頭と頭を力まかせにぶつける。二人組は呻《うめ》いて、頽《くずお》れた。多門は二人組の顎《あご》を蹴り上げた。男たちは車道に仰向けに引っくり返った。

「こいつらは行動右翼かもしれません。二人はおたくを拉致するつもりだったんでしょう」

多門は米倉弁護士に話しかけた。

「そうみたいだね。助けてくれて、ありがとうございました。失礼ですが、お名前を教えていただけませんか」

「通りすがりの者です。名乗るほどの者じゃありません」

「ですが、改めてお礼に伺《うかが》いたいので……」

米倉が困惑顔になった。

多門の視界に、駆けてくる三人の制服警官の姿が映《えい》じた。事情聴取をされたくない。多門はまた片手を高く掲《かか》げて、急いで車道を渡った。

すぐに自分の車には戻れない。多門は脇道に走り入って、物陰から様子をうかがった。

四分ほど経過すると、パトカーと覆面パトカーが次々に事件現場に集まった。竹刀を振り回した男と米倉弁護士を拉致しかけた二人組の計三人は緊急逮捕され、警察車輌に乗せられた。

米倉はその場で、短く事情聴取された。弁護士であることを明かしたからだろう。デモは中止になるのかもしれない。多門はそう思ったが、デモ行進は続行された。

多門はデモ隊が見えなくなってから、ボルボに乗り込んだ。

煙草を喫っていると、箱崎から電話がかかってきた。かつての舎弟だ。

「共進会の連中はダーティー・ビジネスに励んでる会社や個人から、片っ端から多額の口止め料を脅し取ってますね。後ろめたいことをやってる企業や個人が無一文になるまで金を搾《しぼ》り取る気なんでしょう。推定総額は四、五百億になるんじゃないかな」

「強請《ゆすり》の実行犯は共進会の構成員だけなのか」

「主に武闘派の構成員が動いてるんですが、そいつらのガードを香港マフィアたちがやってるみたいなんですよ」

「その連中は『白龍《パイロン》』のメンバーなんだろう」

「自分も、郭福強《グオフーチャン》の子分どもだと睨んでます」

「箱崎、共進会の藤井力の家《ヤサ》は？」

「北新宿二丁目にある『ウエストレジデンス』の四〇五号室が自宅なんですが、四、五日前から家には戻っていません」

「藤井は独身なのか？」

「ええ、いまはね。共進会の若頭は三度も離婚してるんですよ。女好きなんでしょうが、飽きっぽいんじゃないんですか」

「そうなんだろうな。おれも女は嫌いじゃねえが、親密になった相手を棄《す》てたことはない」

「多門さんは心優しいから……」

「まだ藤井は枯れる年齢《とし》じゃねえよな、五十代なんだから。きっと愛人《レコ》がいるんだろう。その彼女のとこにいるんじゃねえか。強請が発覚したときのことを考えてな」

多門は言った。

「残念ながら、現在の彼女に関する情報がないんですよ」

「なんとか藤井の現在の彼女のことを調べてみます。少し時間をください」

「そうなのか」

「ああ、わかった。ところで、郭はいつ来日するんだい？」

「それもまだ摑めてないんです。すみません」

「おまえが謝ることはねえよ。頼みごとをしたのは、おれなんだから。藤井の居所がわかったら、教えてくれ」

「わかりました」

箱崎の声が途絶えた。

多門はスマートフォンを懐に収め、ボルボＸＣ40を走らせはじめた。少し進むと、デモ隊の列が見えてきた。

前方に国会議事堂がそびえている。中央部に高さ約六十五メートルの塔があり、左右対称の個性的な建物だ。大正九年に工事が着工されたのだが、完成したのは十六年後の昭和十一年だった。

正門から向かって右側に参議院、左側に衆議院の本会議場がある。

両議院とも見学できる。見学コースには本会議場だけではなく、天皇陛下の御休所や中央広間も含まれる。

デモ隊が地下鉄国会議事堂前駅の手前まで進んだときだった。

大きな気球が上空から急降下していた。熱気球とは形が異《こと》なる。白い円球だった。下部には六枚のプロペラが見える。偵察気球《スパイ》なのか。かなり大きい。

不気味な気球は衆議院本会議場のほぼ真上で爆《は》ぜた。爆発音が轟《とどろ》き、気球は飛び散った。

歴史のある建築物の一部が爆破された。

デモ隊の列が大きく崩れる。参加者の多くは怯《おび》え戦《おのの》いていた。地下鉄駅に逃げ込む人たちの姿も見える。

どんな目的があって、国会議事堂の一部を爆破したのだろうか。建物全体を吹き飛ばさなかったのは、おそらく威嚇《いかく》行為だったからだろう。

多門はそう考えながら、ボルボを降りた。

デモ参加者に負傷者はいないようだ。損壊した国会議事堂から爆煙と炎が上がっている。痛ましい光景だった。

多門は、目で人権派弁護士の姿を探した。

デモ参加者が右往左往していて、見通しが悪い。間もなく警察が事件現場に駆けつけ、非常線が張られるはずだ。多分、米倉弁護士は無事だろう。

多門は急いで車に乗り込み、事件現場から離れた。抜け道を選びながら、大田区の外れまでボルボを走らせた。

多門は多摩川の土手道で車を停めた。

カーラジオの電源スイッチを入れる。速報が報じられていた。

「ついさきほど謎の気球が国会議事堂の上空に飛来し、衆議院本会議場のほぼ真上に爆発物を落としました。気球には自爆装置が積み込まれていた可能性が高いと思われます。現在、鎮火中です」

女性アナウンサーが間《ま》を置いてから、抑揚《よくよう》のない声で言い継いだ。

「国会の警護・監視に当たっていた四人の衛視《えいし》と五人の国会議員が爆死しました。ほかに負傷者がいるようですが、詳しいことはわかっていません。たったいま、速報が入りました。マスコミ各社に『Xの会』と名乗る団体からフリーメールで犯行声明が寄せられました。内容を要約しますと、日本政府がもっと難民を受け入れなければ、社会を混乱させる。きょうのことは序章にすぎないことを警告しておく。警告を無視したら、死傷者は増える一方だろう——。犯行声明は単なる威嚇ではなさそうです。続報が入り次第、すぐお伝えします」

アナウンサーが別のニュースを報じはじめた。

多門はラジオの電源スイッチを切って、相棒の杉浦に電話をした。スリーコールで、通話可能になった。

「ちょうどクマに電話しようと思ってたんだ。山岸弁護士から聞いたんだが、米倉先生は特攻服姿の男たちにデモ行進中に拉致されそうになったんだってな。そいつらをやっつけたのはクマなんだろ？」

「そうだが、どうして杉さんが知ってるの⁉」

「先生は山岸さんに巨漢に救《たす》けられたとしか言わなかったそうだが、おれはクマだと直感したんだよ」

「そういうことか。米倉弁護士に顔を知られたから、こっそり護衛することはできなくなったな。これからは少し離れた場所から監視するよ。それはそうと、国会議事堂の一部が爆破されたことは知ってる？」

「さっきネットのニュースで知ったよ。びっくりしたぜ。フリーメールでマスコミに犯行声明を送った自称『Xの会』なんて聞いたことねえな」

杉浦が言った。

「こっちもだよ。なんの根拠もないんだが、『天誅クラブ』が捜査を混乱させたくて、新たな組織があると見せかけたんじゃないのかな」

「そうとも考えられるし、本当に『Xの会』というテロ組織があるのか。それを確かめたかったんで、公安刑事に電話で探りを入れてみたんだ。『Xの会』なんて組織は実在しないと言い切ってたが、それを鵜呑《うの》みにしてもいいのかどうかな」

「そうだね。『Xの会』は何を企んでるのか、まだ明かしてない。『天誅クラブ』は犯行声明を出したときに何が狙いなのか仄《ほの》めかしてた。そうしたことを考えると、『天誅クラブ』が正体不明の『Xの会』を騙《かた》ったんではない気がするね」

「そう言われると、そんな気もしてきたな。もう少し経ったら、『Xの会』のベールは剝《は》がれるんじゃねえか」

「そうかもしれないね。杉さん、共進会の藤井の愛人は割り出せた？」

「それがな、昔の彼女たちは楽にわかったんだが……」

「いまの情婦《おんな》は割り出せなかったんだ？」

「そうなんだよ。けど、執念で見つけらあ」

「杉さん、本業の調査を優先させてほしいな。昔の舎弟の箱崎にも、藤井の居所を調べさせてるからさ。おれは『Xの会』の動きを注視してみるよ」

多門は電話を切ると、最寄りのレンタカーの営業所に向かった。灰色のエルグランドを借り、虎ノ門をめざす。

特攻服をまとった男たちの仲間が米倉弁護士を拉致する可能性はゼロではないだろう。大事を取るべきではないか。

多門はレンタカーの速度を上げた。

だが、山手線の内側には非常線が張られ、身分証を検問の警官に呈示《ていじ》しなければならなかった。残念だが、〝士ビル〟には近づけない。

やむなくレンタカーの営業所に向かう。

その途中、箱崎から電話がかかってきた。多門はエルグランドをガードレールに寄せ、スマートフォンを手に取った。

「藤井の彼女がわかったのか？」

「ええ。新しい女は道又夏季《みちまたなつき》という名で、二十六歳です。バーレスクショーをやってる店でショーダンサーをやってたんですが、一年前ほど前に共進会の若頭に見初《そ》められて……」

「藤井の愛人《レコ》になったわけか」

「ええ。藤井はぞっこんみたいで、最近は夏季のマンションで寝泊まりしてるようです」

「その彼女のマンションはどこにあるんだ？」

「代々木上原駅のそばにある『上原ロイヤルコート』です。借りてるのは八〇一号室ですね。藤井は、入れ込んでる彼女のマンションにいるんじゃないのかな」

「かもしれねえな。箱崎、サンキューな。これから、道又夏季って娘《こ》の部屋に行ってみるよ」

「部屋に藤井がいたら、ちょっと危険ですね。おそらく拳銃《ドウグ》を持ってるでしょうから」

箱崎が言った。

「そうだろうな」

「兄貴、いえ、多門さん、自分もお供しますよ」

「おれは足を洗った人間だが、五十代のおっさんに取り押さえられやしねえよ。心配するなって」

「ですが、万が一のことがあったら、自分、悔やむことになりますんで……」

「大丈夫だって」

多門は通話を切り上げ、借りた車を代々木上原に向けた。

数十分で、目的地に着いた。『上原ロイヤルコート』は、小田急線代々木上原駅のそばにあった。

南欧風の外観で、八階建てだった。多門はエルグランドをマンションの際《きわ》に停めた。静かに車の外に出る。

マンションの表玄関はオートロック・システムになっていた。

多門は入居者を装って、敷地内に入り込んだ。建物の左側に非常階段があった。多門は両手に布手袋を嵌めてから、中腰で非常階段を上りはじめた。夜風が生暖かい。

八階に達する。

多門は特殊万能鍵を使って、ドアのロックを外した。警報音が鳴り響くかもしれないと思っていたが、アラームは作動しなかった。

多門は鉄扉《てっぴ》を半分ほど開けて、素早くマンションの中に忍び入った。

八〇一号室はエレベーターホールの近くにあった。多門は濃いサングラスをかけてから、道又夏季の部屋に向かった。防犯カメラに背を向けながら、特殊万能鍵で八〇一号室の内錠を解く。

多門は室内に身を滑り込ませた。

芳香剤の匂いが強い。三和土《たたき》には女物の靴があるだけだった。シューズボックスの中を覗く。男物の靴は見当たらない。

藤井は愛人宅にはいないのか。多門はそう思いながら、土足で上がった。

短い中廊下の先に広いＬＤＫがあった。その右手に二つの居室《きょしつ》がある。

手前の居室のドアは半分あまり開いていた。ダブルベッドが見える。人のいる気配はうかがえない。誰もいない居間に入って、ベランダ側の和室を見る。電灯は点いていない。やはり、無人だ。

多門は耳に神経を集めた。

左手にある浴室から、女のハミングがかすかに聴こえる。部屋の主が湯に浸りながら、低く口ずさんでいるようだ。

多門は浴室に足を向けた。

洗面所兼脱衣室の内錠は掛けられていない。多門は中に入り、浴室のガラス扉を一気に手《た》繰《ぐ》った。サングラスをかけたままだ。

湯船に沈んでいた女が驚きの声をあげ、反射的に両手で張りのある乳房を隠した。

「だ、誰なの!? 押し込み強盗なの?」

「びっくりさせて、ごめんな。きみは、藤井の世話になってる道又夏季さんだろう?」

「そうだけど、目的は何なの? お金なら、あるだけ渡すわ。だから、わたしに乱暴なことはしないで」

「女性に手荒なことはしないよ。藤井はいないようだな」

「きょうは、どこかホテルに泊まるんじゃないかな。夕方、出かけるときにそう言ってたのよ」

「そう。藤井がよく利用してるホテルは?」

「よくわからないの。三月の爆破事件があってから、反社会的な人たちは疑心暗鬼を深めてるとかで、藤井のパパは居所を教えたがらないのよ」

「それだけじゃないんだろうな」

多門は呟いた。

「えっ、どういう意味なの？」

「藤井は関東やくざの御三家が一つに団結することになったら、いずれ共進会は潰されると考えてるんじゃないか。パトロンから、そんな話を聞いたことは？」

「ないけど、多額の軍資金を調達しなければならないと洩《も》らしたことはあるわね」

「そう」

「藤井のパパは御三家と全面戦争して、戦国時代みたいになった裏社会の超大物になろうとしてるのかしら？　パパは野望家だから、共進会の若頭《カシラ》で終わりたくないんじゃないのかな」

「そうだとしても、藤井だけの力じゃ、裏社会の超大物にはなれないだろう」

「でしょうね。で、香港の黒社会のドンと手を組んだのかな」

夏季が誘導尋問に引っかかった。

「香港のドンというのは？」

「郭福強《グオフーチャン》という男性よ。『白龍《パイロン》』という香港マフィア組織のボスらしいけど、ジェントルマン風なの。商社マンと称しても、通用するんじゃないのかな。パパが一度、郭さんをここに連れてきたことがあるの」

「日本語はどうだった？」

「アクセントが少し変だったな。でも、話は通じた。パパはビジネスパートナーだから、郭さんは懸命に日本語をネットで学習したとか言ってたわ」

「そっちのパトロンは香港マフィアの大物と組んで、どんなビジネスをする気なんだろうか。その点について、何か藤井は言ってなかった？」

「具体的なことは何も言わなかったけど、軍資金の都合がつきそうだとは話してくれたわ」

「そう。『白龍』のボスは対立してる別の組織と死闘を繰り広げる気になって、軍資金を工面したいのかな」

多門は、また鎌をかけた。

「ううん、そうじゃないと思うわ。中国共産党の忠犬に成り下がった香港政府を非難してたから、子分を引き連れて台湾にでも亡命する気なんじゃない？」

「台湾の暗黒社会は四つの派閥が縄張りをきっちり分け合ってるから、『白龍』は弾《はじ》き出されるだろう」

「それじゃ、台湾に亡命はしないでしょうね。郭さんは中国人移民が多く住んでるカナダかオーストラリアに移って、組織を大きくしたいのかな。組織ごと香港を離れるとなったら、何かとお金がかかるんじゃない？」

「だろうな。郭は今度はいつごろ日本に来るんだろう？」

「そういうことはわからないわ。わたし、のぼせそうだわ。浴槽から出てもいい？」

夏季が訊《き》いた。

多門は大きくうなずいた。洗い場に移った夏季の柔肌はピンクに染まっている。ショーダンサーだけあって、全身の筋肉が発達していた。それでいて、官能的な肢体だ。

「あっ、そんなに見ないで」

夏季がそう言い、両手で恥丘を覆《おお》った。

飾り毛は剃《そ》り上げられている。合わせ目は、見えそうで見えない。

「藤井はノーヘアが好きなようだな」

「ううん、違うの。わたし、ショーダンサーになったときからシェイブドしてきたのよ。脚《あし》を高く上げたとき、下着からヘアがはみ出してたら、みっともないでしょ？」

「それで、下のヘアを処理するようになったわけか」

「そうなのよ。パパ、最初のころは何か物足りないなんて言ってたんだけど、いまは丸見えのほうが刺激的だと……」

「そうか」

「あら、やだ！　知らない男性《ひと》に部屋に押し入られて裸を見られた上に、スケベな話をしてる。わたし、どうかしてるわ。パパには内緒にしといてね」

「わかった。若い娘《こ》の体は芸術作品みたいだな。すごくセクシーで、美しいよ」

「もしかしたら、おたく、わたしを抱きたくなっちゃったのかな。だけど駄目よ。わたしは、パパに囲われてる女なんだから」

「この面《つら》だけど、女には不自由してないんだ。だから、きみにおかしなことはしないよ。ただ、藤井にはこっちに部屋に押し入られたことは話さないでほしいんだ」

「素っ裸を見られちゃったんだから、パパには何も言えないわ。正直に喋ったら、体を穢《けが》されたんじゃないかと疑われそうだもの」

「それもそうだな」

「あなた、どこかの組員なんじゃない？」

「元やくざだが、正体は明かせない。きみには迷惑をかけたな。勘弁してくれ」

多門は頭を深く下げ、浴室のガラス戸を閉めた。

洗面所兼脱衣室を出て、八〇一号室から離れて、非常口に向かう。レンタカーを返したら、帰宅するつもりだ。

多門は足音を殺しながら、非常階段を下りはじめた。

4

朝食を済ませた。

翌日の午前九時過ぎである。多門は食器を洗い終えると、箱崎に電話で前夜の経過を伝えた。

「藤井は彼女のマンションにいませんでしたか。多門さん、愛人が嘘をついてるとは考えられませんかね？」

「そうは感じられなかったな」

「自分、ホテルに電話しまくって、藤井が投宿してるかどうか問い合わせてみます」

「藤井がどこに泊まったかは見当もつかないが、おそらく偽名を使ったんだろう」

「ええ、そうするでしょうね。なら、裏のネットワークで藤井の所在を調べることにします」

箱崎が先に電話を切った。

多門はスマートフォンをナイトテーブルの上に置き、特大ベッドに腰かけた。遠隔操作器《リモコン》を使って、テレビの電源スイッチを入れる。チャンネルはＮＨＫになっていた。

国会議事堂が全面一杯に映っている。映像が変わり、男性キャスターがゲスト出演している軍事評論家に語りかけた。

「気球の残骸《ざんがい》から、球内にソーラーパネル、センサー、カメラ、それから軍用の自爆ドローンなどが積まれていたことが判明しました」

「ええ。警察と防衛省の調べで、気球本体は中国製、ソーラーパネルは日本製とわかりました。自爆ドローンはイラン製で、アンテナはイギリス製でしたか」

「そうですね。なぜ複数の国の物が使用されたのでしょう。田久保《たくぼ》さんはどう見てらっしゃいますか？」

「ベストな物を選んだら、複数の国の製品になってしまった。多分、そういうことなんでしょうね」

「事件に関わる物品を一つの国に絞ると、犯人が特定されやすくなるからとは考えられませんか？」

「それはないと思いますよ」

「そうですかね。わたし、気球に関する知識はゼロに等しいんですよ。基本的なことを教えていただけますか」

「わかりました」

「田久保さん、気球は気流に乗ることで空中を飛べるんですよね？」

「その通りです。飛ばしたい方向に誘導することは可能ですが、遠隔操作はできないんですよ。気圧や気流は微妙に変化しますので、軌道修正が難しいわけです。ですから、気球が目的地に到達できないこともあるんです」

「それなのに、きのうの気球は低空飛行して、なぜ国会議事堂のほぼ真上で爆破できたんです？　幼稚な質問でしょうが、お答え願えますか」

「それは気球内に収まってたドローンが予《あらかじ》めプログラミングされてたからでしょう。遠隔操作によって、飛行方向、目標地点に向かわせたのだと思います」

「いまのご説明で、わたしも理解できました。プログラミングされたドローンが気球をうまくコントロールしたんで、白い球体は国会議事堂のほぼ真上で狙い通りに……」

キャスターが語尾を濁《にご》した。不幸にも命を落とした国会議員や衛視のことが脳裏を掠《かす》めたのではないか。

「そうです。自爆ドローンの起爆装置が作動して、軍用炸薬が爆発したと考えられます」

「破損が衆議院本会議場だけで済んだのは、犯人が意図的《いとてき》に爆薬量を少なくしたからなんでしょうか？」

「ええ、そうなんでしょう。もっと火薬量を多くすれば、国会議事堂をそっくり爆破することもできたはずですから」

「でしょうね。犯人側はできるだけ犠牲者を少なくしたかったのかもしれません。田久保さん、犯行声明を出した『Xの会』の犯行目的はなんだと思われます？」

「残念ですが、まだ読めません。ただ、犯人グループの中に兵器に精通している者がいるのでしょうね」

「傭兵崩れが中核となったテロリスト集団が、何かとんでもない事件を引き起こそうと画策しているとは考えられませんか？」

「いまの段階では、断定的なことは申し上げられませんね。実在するかどうか不明ですが、『Xの会』が何かを国か東京都に要求すれば、犯行動機が透けてくると思います。正体がまったくわからないだけに、不安が募《つの》ります」

軍事評論家が言った。

「そうですね」

「すべての暴力は民主主義の敵です」

「田久保さん、事件発生直前に街頭デモ隊が犯行現場の近くにいましたが、『Xの会』がデモ参加者の命を狙った疑いは？」

「それはないでしょう。数百人のデモ隊は日比谷公園から、ゆっくりと行進してたんですよね？」

「ええ。もう少しでゴールに達するときに爆破事件が起きました」

「デモ参加者を狙ったテロ事件だとしたら、行進の途中でプラスチック爆弾を搭載した自爆ドローンを突っ込ませるでしょう」

「なるほど！　わざわざ日本の政治のシンボルである国会議事堂の一部を損壊することはないですものね」

「はい。『Xの会』は、そのうち国か東京都に何か要求すると思います」

「そうなんでしょうか。田久保さんのご出演はここまでです。ありがとうございました」

キャスターが軍事評論家に謝意を表した。

画面が変わって、国会議事堂が映し出された。議事堂を取り囲む形で、機動捜査隊員たちが立っている。

「きのうデモ隊に竹刀で暴力を振るった男と、人権派の米倉健一弁護士を拉致しようとした二人組の三人は所轄署で取り調べられましたが、揃って黙秘権を行使しています。従って所属団体や背後関係はわかっていません」

キャスターが少し間《ま》を置いて、言い重ねた。

「留置されている三人のうち二人は特攻服に似た衣服を身につけていましたが、警察や公安調査庁の右翼担当部署の捜査・調査対象リストには入っていません。偽装右翼なのでしょうか。それとも、未知の秘密結社と関わりがあるのでしょうか。どちらとも考えられますね。いま、速報が入りました」

ふたたびキャスターが言葉を切って、言い重ねた。

「『天誅クラブ』がインターネット経由でマスコミ各社にファクス送信し、きのうの国会議事堂損壊事件を起こした『Xの会』に対する憤《いきどお》りを表明しました。爆破事件の件で出頭する気がないと確認できたら、主犯格に死を与えることになると予告しています。そのほか詳細はわかっていません」

映像が切り替わり、多重交通事故の現場が映し出された。多門はロングピースに火を点けて、思考を巡らせはじめた。

いまも正体不明の『天誅クラブ』が『Xの会』の主犯格を殺害するという予告をマスコミ各社にインターネット経由でファクス送信したというニュース通りなら、双方は別々のグループなのだろう。

しかし、そう思い込むのは早計かもしれない。誰かが『天誅クラブ』の名を騙《かた》って、『Xの会』に殺害予告の警告をファクス送信したとも考えられる。

数カ月前にチコに教えられたことだが、ネット掲示板に寄せられる爆破予告や殺害予告のほとんどが匿名らしい。爆破予告の多くはメールで送られているようだが、正体を隠し通す裏技があるという。

匿名化システム『Tor（トーア）』を使えば、複数の国のサーバーを経由させて発信元をたどれなくすることができるそうだ。そのシステムを利用する者が増加する一方で、サイバーテロ捜査が難しくなっているという話だった。

『天誅クラブ』は名を秘《ひ》さずに『Xの会』に警告を発した。それだけ怒りが大きいとも感じられるが、何か作為的《さくいてき》な印象も拭えない。二つの謎の集団が実は裏で繫《つな》がっているのかもしれないと疑うのは穿《うが》ちすぎだろうか。そうなのかもしれない。

多門は自問自答して、喫いさしの煙草の火を灰皿の底で揉み消した。腰を上げかけたとき、ナイトテーブルの上でスマートフォンが着信音を発した。発信者は杉浦だった。

多門は長くて太い利き腕を伸ばして、スピーカー設定にした。

「クマ、起きてるか」

「ああ。テレビでニュースをチェックしてたんだよ。『天誅クラブ』が『Xの会』にネット経由で警告のファクスを送りつけたな」

「そのニュースを知って、おれは何かからくりがありそうだと睨んだんだ」

「からくりがあるとしたら、どんなことが考えられるかな？」

「『天誅クラブ』は正義感ぶってる奴らの集まりなんじゃねえか。それに対して『Xの会』

は過激なテロリスト集団臭い。いまのところ双方の接点は見えてこねえよな？」

杉浦が言った。

「そうだね」

「考え方や生き方は違ってても、双方に何か共通した利点があるのかもしれねえぞ。たとえば、双方が協力し合えば、巨額が得られるとかさ」

「金の嫌いな人間は少ないだろうが、それだけで裏で協力し合う気になるかな」

「双方に切羽詰まった事情があったら、協力し合う気になるんじゃねえか。過去に利点に引っ張られて、敵と味方がくっついた例はいくらでもあるぜ」

「それは知ってるけど……」

「『天誅クラブ』はヒューマニズムを大切にしてて、難民たちの支援に汗を流してる。それで、狡《ずる》い生き方をしてる入管関係者たちを抹殺したようだ。法律やモラルを破ってる点では、『Xの会』と同じだな」

「どちらも、確かにアナーキーな犯罪をやってるね。共進会の藤井は関東やくざの生き残りたちが一つに団結することを恐れ、御三家との全面戦争に備えて巨額の軍資金を調達したいんじゃないか」

「だろうな」

「けど、孤軍奮闘するだけの自信も覚悟もないんだろう。それだから、香港マフィアの郭福《グオフー》強《チャン》に味方になってもらった。郭のほうは自由のなくなった香港では、そのうち『白龍《パイロン》』もシノギができなくなると考えてるはずだ」

「で、郭のほうは新天地を求めるための費用を工面しなければならない?」

「そうなんだろう」

「共進会と組んで、犯罪絡みの隠し金を横奪《ど》りしてやがるんじゃねえか。な、クマ?」

「杉さんの筋読みはビンゴだと思うよ。でも、それだけじゃ金は足りないんじゃないの?」

「だろうな。藤井と郭は大企業のシステムをぐちゃぐちゃにして、何百億、何千億の金を脅し取る気なのかもしれねえぞ」

「そうなんだろうか」

「『天誅クラブ』に大勢のシンパがいて、多額のカンパが集まるとは考えにくいよな。悪人狩りをつづけるには、それなりの活動資金が必要だ。だから、『天誅クラブ』は水面下で『Xの会』に協力して相応の分け前を得てるんじゃねえか」

「杉さんの推測が正しかったら、『天誅クラブ』が『Xの会』の主犯格を殺害するという予告は狂言なんだろうな」

「そうなんだと思うよ」

「杉さんの筋読みは外れてないのかもしれないけど、まだ裏付《ウラ》けを取れてない」

多門は遠慮がちに言った。

「ああ、その通りだな。まだ推測の域を出てねえことは認めらあ。けど、謎の二つの集団は何かとんでもないことをやらかしそうだぜ」

「うん、やりそうだね」

「そう、そう！　まだマスコミ発表はされてないんだが、檜原村《ひのはら》の空き家に無断で住みついてる東南アジア系の三人の男が畑の農作物をかっぱらってるとこを営林署の職員に見られたんで、焦《あせ》って山林の奥に逃げ込んだらしいよ」

「牛久の東日本入国管理センターから脱走した奴らなのかな」

「未確認だが、そう考えてもいいんじゃねえか。脱走した外国人は三、四人ずつに分散して、民家から離れた空き家に入り込んで、ひっそりと暮らしてたんだろう」

「食料、水、生活雑貨なんかは支援団体のスタッフがこっそり届けてたんじゃないかな。で、食べる物が不足したときだけ、農作物をくすねてたんだろう」

「多分な。脱走した七十一人が同じ山村にいたら、時間の問題で見つかるだろう」

「だと思うよ。だから、人口の少ない地域の空き家で寝起きしてるんだろう。この季節なら、凍死することはないだろうからね」

「そうだな。檜原村の西側には小菅《こすげ》村や丹波山《たばやま》村がある。その周辺の空き家に脱走した外国人が潜伏してそうだな。しかし、その仲間と思われる男たちが営林署の職員に目撃されたんだから、当然、付近の山狩りが行われるだろう」

「脱走した連中は次々に捕まって、別の収容所に入れられるんだろうな」

「そうなる前に脱走に手を貸した奴は秘策を実行に移すつもりなんじゃないか。そういうふうに考えられねえかな」

「きのうのデモのとき、成り行きでおれは拉致されそうになった米倉弁護士を助けることになったんだよ。そのときに顔をまともに見られたんで、もう隠れて米倉さんを警護できなくなったんだよね。杉さん、どうしよう？」

「先生のガードは、もうしなくてもいいよ。クマとこっちの繋がりを先生に知られたら、スタンドプレーをしてると受け取られるかもしれねえからな」

「そうだね。それじゃ、おれは米倉さんの存在を疎《うと》ましく思ってる人間の割り出しに励むよ」

「まだ藤井の居場所が割れてないんで、共進会周辺の人間にさりげなく探りを入れてみらあ」

杉浦が通話を切り上げた。

多門はスマートフォンを持って、寝室を出た。まだ朝食を摂《と》っていない。なぜだか急に和食を食べたくなった。食料は冷蔵庫に入っている。

多門は五合分の米を研《と》ぎ、西京《さいきよう》漬《づ》けの鮭《さけ》と鱈《たら》を焼いて、明太子《めんたいこ》を用意した。味噌汁の具は若布《わかめ》と油揚げに決め、厚焼き卵を皿に移した。納豆と漬物もダイニングテーブルに並べる。

自炊するのは週に一度程度だったが、少しも苦にならない。料理は嫌いではなかった。

多門は自衛官になる前、ごく短い間だったが、板前の修業をしたことがあった。洗い場の仕事をしながら、先輩たちの技を目で盗んでいた。

そのおかげで、鯛《たい》や鰤《ぶり》を三枚に下ろせる。もちろん、刺身の盛り合わせも造れ、煮魚も下手ではない。

料理をしていると、亡くなった母親のことを思い出す。

母は、いわゆるシングルマザーだった。妻子ある男性に惚れ、未婚のまま多門剛を産んだ。そして看護師として働き、ひとり息子を女手ひとつで育ててくれた。

辛く切ないこともあったにちがいない。しかし、気丈《きじよう》な母は決して弱い面を息子には見せなかった。いつも笑顔で向かい風を切り裂くような勁《つよ》さがあった。息子としては、誇らしかった。

そうした母を眺めてきた多門は、子供のころから女性を敬愛するようになった。ろくに親孝行もできなかったことが悔やまれるが、亡き母は大目に見てくれるだろう。

多門は大きな丼に炊きたての白米を高く盛りつけ、豪快に食べはじめた。

箸をせっせと動かし、すべての小鉢や皿を空にした。米は三合ほど喰った。味噌汁と茶も残さなかった。

多門は一服してから、食器洗いに取りかかった。手早く食器の汚れを流し、食器棚に収める。

多門は歯をしっかり磨いてから、ベッドルームに入った。いつものように特大ベッドをソファ代わりに腰かけ、テレビの電源スイッチを入れる。

首相官邸が映っていた。何か予想外のことが起きたようだ。

「繰り返し、速報をお伝えします。つい数十分前に内閣官房に『Xの会』から脅迫ファクスが届きました。鶴田利雄《つるたとしお》総理大臣宛てです」

女性アナウンサーが、いったん言葉を切った。一拍置いて、言い重ねる。

「脅迫ファクスの内容は、次の通りです。ただちに国会議員宿舎の全室を三日以内に明け渡せ。そこに社会的弱者たちを無償で住まわせ、食事も提供する。一部の難民も受け入れる。こちらの要求を拒絶した場合は国会議事堂、首相官邸を爆破する。それでも命令に従わないときは、全閣僚を処刑することになるだろう。当方の申し入れを全面的に拒んだら、東京を完全に封鎖してあらゆる機能をマヒさせる。単なる脅迫と高を括《くく》っていたら、容赦なく追い込む。次の指示を待て。そういう文面でした」

画面には無残な姿になった国会議事堂が映し出された。

「鶴田総理は牧野肇《まきのはじめ》官房長官に全閣僚に召集をかけさせて、ただちに閣僚会議を開くことになりました。しかし、総理はさまざまな意見に耳を傾けても、威《おど》しに屈することはないでしょう。ただし、『Xの会』を侮《あなど》っては危険だと思います。すでに国会議事堂の一部を損壊させたのですから、恐ろしい凶行に及ばないとも限りません。新たな情報が入りましたら、番組の予定を変更して続報をお伝えします」

アナウンサーの姿が消え、ふたたび首相官邸の全容が映し出された。

『Xの会』はボクシングに譬《たと》えれば、ジャブなしでストレートパンチをいきなり放った。常識や通念を超えた蛮行《ばんこう》に及ぶかもしれない。

舐《な》めてたら、ひどい目に遭《あ》いそうだ。油断は禁物だろう。

多門は自分に言い聞かせ、テレビの画面を凝視した。

第五章　正義の暴走

1

タイムリミットはきのうだった。

だが、何事も起こっていない。『Xの会』の脅迫ファクスは単なる威嚇《いかく》だったのだろうか。

多門は首を捻《ひね》った。

自宅マンションの寝室である。午後二時過ぎだった。多門はいつものように特大ベッドに腰かけ、テレビのワイドショーを観ていた。

きのうの夕方、鶴田利雄総理大臣は記者会見で強気の姿勢を崩さなかった。いかなる脅迫にも屈しないと繰り返した。記者会見前に牧野肇官房長官も同じ内容のコメントを発表していた。

『Xの会』は、政府の毅然《きぜん》とした姿勢に気圧《けお》されたのだろうか。それは考えにくい。これから蛮行に及ぶのではないか。

一昨日《おととい》、牛久の東日本入国管理センターから脱走した外国人収容者が檜原村、小菅《こすげ》村、丹《た》波山《ばやま》村、奥多摩町、埼玉県飯能《はんのう》市の空き家に潜伏中に警察に四十一人、身柄が確保された。残りの三十人はいまも逃亡中だ。警察の調べで、捕まった四十一人に生活必需品を届けたのは、それぞれの同胞とわかった。さらに防犯カメラの分析で、日本人支援者たちもサポートしていることも明らかになった。

検挙された四十一人の脱走者は一様《いちよう》に日本の支援団体のことは供述しなかった。おのおのが恩義を感じていて、口を割ったりしなかったと思われる。四十一人の脱走者は警察の取り調べが終わったら、牛久の管理センターとは別の収容施設に送られるのだろう。

「いま、連絡が入りました」

五十代後半の男性キャスターが緊迫した表情で告げ、言葉を重ねた。

「また爆破事件が発生しました。きょうの午後二時十三分ごろ、首相官邸の駐車場に二機の自爆型ドローンが落とされ、十二台の公用車が爆発炎上しました」

画面が変わり、首相官邸が映し出された。すでに鎮火《ちんか》しているが、公用車は無残にも焼け焦げていた。痛ましい。

「狙われたのは首相官邸だけではありません。赤坂にある衆院議員宿舎と清水谷《しみずだに》の参院議員宿舎の敷地にロケット弾が撃ち込まれました。建物の一部が損壊したようです。負傷者数は不明です。議員宿舎は都内に四つありますが、築年数の経った青山《あおやま》宿舎、麹町《こうじまち》宿舎は無傷です」

キャスターの姿が消え、赤坂の議員宿舎が画面に映った。

国会議員宿舎の家賃は安いことで知られている。赤坂の宿舎は3LDKで、家賃は約十三万八千円だ。清水谷宿舎も同じ間取りで、家賃はおよそ十五万八千円と安い。

民間賃貸マンションの相場は同じ条件で、家賃は三、四倍になる。老朽化した青山宿舎、麹町宿舎の家賃はぐっと安い。都心部の賃貸マンションの三分の一程度の家賃で入居できる。

国会議員になると、諸々の支給費を含めて年俸は三千万円前後だ。その上、安い家賃で議員宿舎に入れる。そのほかにさまざまな特典があるわけだ。優遇しすぎではないか。

多門は個人的には、国会議員数を半数もしくは三分の一にすべきだと考えている。言うまでもなく、特典はすべて廃止すべきだろう。

「あっ、新たな情報が入りました。都庁の七階にある都知事執務室に自爆型ドローンが突っ込み、延焼中です。大室《おおむろ》さゆり知事は側近に誘導されて難を逃れることができました」

キャスターが間《ま》を取って、言い継《つ》いだ。

『Xの会』がネット経由で大室都知事宛てにファクス送信したことがわかりました。脅迫の内容は、都庁のツインタワーのどちらかを速《すみ》やかに空け渡して、社会的弱者、生活困窮者、各国の難民に全室を提供しろと命じています。命令を無視したら、都庁のツインタワーを爆破すると付記されていました」

カメラは都庁舎に切り替わった。都知事執務室のあるあたりには大きな穴が空き、外壁は黒ずんでいる。ややあって、女性都知事の記者会見の模様が映し出された。

「こんな卑劣なテロには絶対に負けません。ここは民主国家日本なんです。発展途上国ではありません」

「側近の方や都の職員は無事なのでしょうか？」

記者のひとりが大室都知事に質問した。

「軽傷を負った者は十数人いますが、幸いにも死者や重傷者はいません」

「『Xの会』に心当たりは？」

「ありません。要求内容から正義を振り翳《かざ》しているようですが、考え方が偏《かたよ》っていますね。生き辛《づら》さを感じている方、ハンディのある人々に手を差し延べるのは悪いことではないでしょう。ですけど、力で自分らの思い通りにしようとするのは間違っています」

「そうですね」

記者が相槌《あいづち》を打って、口を結んだ。

「一部のマスコミは『Xの会』の犯罪を強く否定していませんが、そうしたことは公平の精神に反しています」

「一部のマスコミというのは、どのテレビ局なんです？　あるいは新聞社なんですか」

別の記者が口を挟んだ。

「いまの質問にはコメントしないことにします。とにかく、どんなことがあっても、わたくしは全都民をお守りしなければなりません。一部のマスコミを刺激して、喧嘩をしてる暇《ひま》はないんですよ」

「マスコミを挑発したのは、知事のほうではありませんか」

「挑発なんかしていませんよ。わたくしは事実を申し上げたのです」

「その事実を裏付けていただけませんか。一部のマスコミが『Xの会』を庇《かば》っていると聞こえる発言をされたのですから……」

「そう感じたのは、わたくしだけではないと思いますよ」

「確証がないのに、個人的な見解をここで述べるのはいかがなものでしょうか」

「あなたと論争している時間はありません」

都知事は記者を睨《にら》み、かたわらに控えている側近に目配せした。幾人かの記者が知事を呼び止めたが、黙殺されてしまった。

カメラがスタジオに戻された。

「前代未聞の爆破テロが続発し、人々を震撼《しんかん》させました。日本は治安のよさで知られていましたが、暴虐《ぼうぎやく》とも言えるテロをストップさせることはできるのでしょうか。とても不安になります。『Xの会』は自分らの要求を次々に拒《こば》まれたことで、血迷って暴挙に出ることも否定できなくなってきました。禍々《まがまが》しい事件が多発しないことを祈るばかりです」

男性キャスターがそう言い、ゲストのコメンテーターに意見を求めた。

「『Xの会』が弱者救済を本気で考えているとしたら、牛久の東日本入国管理センターを爆破した『天誅クラブ』と連帯してるのかもしれませんよ」

「どちらも、アジアやアフリカ出身の難民に温かい眼差《まなざ》しを注いでるようですので」

「そうなんですよね。『Xの会』は難民救済を前面には出していませんが、日本の難民鎖国には反対の立場なんでしょう」

「と思いますよ。『天誅クラブ』ほど日本にいるアジア・アフリカ系労働者を支援してないようですがね」

「ええ、そうなんでしょう」

「二つのテロ集団は共闘しているのでしょうか。そうではなく、それぞれが独自にテロ事件を起こしているのだろうか」

「そのへんがまだ見えてきませんね」

コメンテーターが口を閉ざした。男性キャスターの姿が消え、首相官邸、議員宿舎、都庁舎が代わる代わる映し出され、女性アナウンサーが同時多発事件について改めて伝えはじめた。

多門は煙草をくわえて、火を点けた。

『Xの会』の犯行手口は荒っぽくアナーキーだが、『天誅クラブ』はそこまで破壊的ではない。犯行手口だけを比較すると、別々のテロリスト集団に思える。

しかし、双方とも難民認定に厳しい日本政府には義憤を覚えているにちがいない。そうした共通点があることを考えると、二つの犯罪集団は協力し合っているとも疑える。

そう見せかけているが、実は『天誅クラブ』だけしか実在していないとは考えられないだろうか。

多門は煙草を吹かしながら、思考を巡らせた。『天誅クラブ』は架空のテロ組織『Xの会』に派手な事件を引き起こさせ、入管関係者の違法行為を暴《あば》いて外国人収容者を逃亡させたいのかもしれない。つまり、捜査の目を『Xの会』に向けさせ、本来の目的を果たそうとしているのではないか。

多門はそう推測しながら、短くなったロングピースの火を揉み消した。

その数分後、ナイトテーブルの上でスマートフォンが鳴った。多門は反射的にスマートフォンを掴み上げた。発信者は相棒の杉浦だった。

「クマ、『Xの会』が派手な多重テロをやりやがったな」

「テレビのニュースショーを観てたんで、どの犯行《ヤマ》も知ってるよ」

「そうかい。元ニュースキャスターの女都知事は気が強いな。もう七十のはずだが、若い娘《こ》たちより威勢がいいじゃねえか」

「知事執務室に自爆ドローンが突っ込んだだけだから、まだ強気でいられるんじゃないか。けど、ツインタワーを破壊させられたら、いまのままではいられないだろう。知事公館に逃げ込んで、震え上がりそうだな」

「クマ、不勉強だな」

「え？」

「渋谷区内にあった都知事公館はだいぶ前に大手不動産会社に売却されたんだよ」

「そうなのか。それは知らなかったな。なんで知事公館を売ることになったんだい？」

「タレント出身の都知事が公館に住んだのを最後に、その後の都知事たちは誰も住まなかったんだ。で、維持するのが大変だったんだろう。建物の修繕費とか植木の剪定《せんてい》で毎年莫大な維持費がかかるんで、都は公館を売っ払っちまったんだよ。女知事は練馬区内にある私邸から都庁に通ってるんだ」

「そうなのか」

「おっと報告が遅れたな。共進会の藤井の居所はまだわからないんだが、香港マフィアの郭《グオ》福強《フーチャン》は昨夕、来日して赤坂の『西急グレースホテル』に泊まったことがわかったぜ」

「そう」

「『白龍《パイロン》』の老板《ラオパン》は二、三日連泊するみてえだから、きっと共進会の若頭《カシラ》とどこかで接触するにちげえねえよ」

「だろうね。杉さん、郭が泊まってる部屋はわかる？」

「二〇〇六号室だよ」

「郭はボディーガードと一緒に香港から日本に来たんだろうな」

「いや、単身で来日したんだ。クマ、夕方になったら、『西急グレースホテル』に行ってみようや。郭は共進会の藤井とどこかで会うかもしれねえからさ。午後五時か六時にホテルのロビーで落ち合わねえか」

「用心棒を連れ歩いてなけりゃ、おれひとりで郭を取り押さえられるだろう」

「相手は香港マフィアだぜ。なめてかかっちゃいけねえよ」

「心配ないって」

多門は言った。

「けどな」

「大丈夫だよ。杉さんは警察関係者から『Xの会』の多重テロに関する情報を集めてくれないか」

「わかった。そうすらあ。クマ、何かあったら、必ず連絡してくれ。助《す》けに行くよ」

杉浦が通話を切り上げた。

多門はニュースショーを観つづけた。新しい情報を得たかったのだが、一連の事件を解く手がかりは報道されなかった。

多門はテレビのスイッチを切って、ダイニングキッチンに移動した。立ったままバナナを二本口に放り込んでから、熱めのシャワーを浴びた。頭髪を洗い、髭も剃《そ》る。

多門はゆったりと寛《くつろ》いでから、外出の支度をした。先々月に半グレ集団のリーダーからせしめたロシア製のマカロフPbをベルトの下に差し入れる。ロシア軍の特殊部隊《スペツナズ》のメンバーが使用している特殊拳銃だ。口径九ミリで、装弾数は八発である。

多門は戸締まりをして、午後四時半過ぎに部屋を出た。エレベーターで地下駐車場に下降し、ボルボXC40の運転席に坐った。

赤坂に向かう。目的のシティホテルに着いたのは、およそ二十五分後だった。

多門は車を地下駐車場に置き、一階のフロントに上がった。フロントには、二人の男性がいた。片方のフロントマンは五十年配で、もうひとりは若い。まだ二十代の後半だろう。

「東京入管の者ですが、ちょっと確かめさせてください」

多門は五十代前半に見えるホテルマンに話しかけ、偽造身分証を呈示《ていじ》した。いつも各種の偽身分証を持ち歩いていて、うまく使い分けている。

「どのようなことを……」

「昨夕に香港から来日した郭福強という五十代の男がチェックインして、数日連泊する予定になってますよね？」

「はい。ですが、急用ができたとおっしゃって午後三時過ぎにチェックアウトされました。その数十分前に郭さまの旧《ふる》い知人が訪ねてこられて、二〇〇六号室に向かいました」

「その知人というのは誰なんだろう？」

「ネパールの方で、ポカラ・グルンとおっしゃるんですよ。グルンさんはネパールの山岳地方で育ち、二十五年ほど前までイギリス軍の傭兵として香港に駐留していたそうです」

「いわゆる元グルカ兵だったのか。グルカ兵は勇ましく強いことで知られている」

「ええ、そうですね。グルンさんは五十六、七ですが、筋力がありそうな体型なんですよ」

「おたく、ポカラ・グルンとは顔見知りなのかな？」

「はい。グルンさんは一ツ木通りで、『カトマンズ』というカレーショップ兼物産店を経営されています。わたし、ネパールのカレーが大好きなので、月に三度は店に寄らせてもらっているんですよ。ついでに、蜂蜜なんかも購入しています」

「そう。グルンさんがカレーを作ってるのかな」

「ええ、毎日ではありませんけどね。グルンさんは料理を店のスタッフに任せて、時々、民間SPみたいな仕事をこなしているんですよ」

フロントマンが答えた。

ネパールの山岳地方で育ったグルカ兵は足腰が強い。特にゲリラ戦に長《た》けている。忍者のように敵兵に接近し、ククリナイフで相手の喉を掻《か》き切る。ククリナイフは、俗にグルカナイフと呼ばれる特殊山刀だ。

「郭《グオ》はグルカ兵だったグルンさんと長いつき合いなんでしょうね」

「二十七、八年のつき合いだと思います。グルンさんは二十代の前半に、インド陸軍に雇われたと聞いています。それからイギリス軍の傭兵になって、ずっと香港に駐留してたようですよ。そのころに郭さまと知り合ったのでしょう」

「そう」

「グルカ兵の何割かは香港が中国に返還されても、イギリス陸軍に残ったそうですけど、グルンさんは自ら除隊してアジア各国で民間SPをやってから、十年ほど前から『カトマンズ』のオーナーになったんです。以前は確か百人町《ひゃくにんちょう》の通称ネパールタウンの賃貸マンションにフィリピン人の奥さんと住んでいたのですが、どこかに転居したようです」

「そうですか」

「あのう、郭《グオ》さまは偽造パスポートでも使ったのでしょうか?」

「その種の質問には答えられないんですよ。ところで、郭はチェックアウトしたとき、ポカラ・グルンさんと一緒だったのかな?」

「はい、そうです。お二人は一緒に出ていかれました」

「ロビーに設置されてる防犯カメラの映像をちょっと観せてもらえないだろうか」

多門は頼んだ。フロントマンは少しためらってから、背後にあるモニタールームに案内してくれた。

多門はモニターに目を向けた。フロントマンが手早くビデオ画像を再生させた。多門は郭とグルンの顔と体型を脳裏に刻みつけた。

グルンは中肉中背だが、まったく贅肉《ぜいにく》は付いていなかった。グルカ兵は世界最後の傭兵軍団と言われている。二十五年以上も前に除隊したようだが、いまも筋肉は少しも衰《おとろ》えていない。

「ご協力に感謝します」

多門はフロントマンに礼を言って、モニタールームを出た。地下駐車場に下り、ボルボに乗り込む。

多門は車で、近くの一ツ木通りに向かった。『カトマンズ』は造作《ぞうさ》なく見つかった。多門はボルボを路肩に駐め、客を装ってカレーショップ兼物産店に入る。

客の姿は疎《まば》らだった。多門は隅のテーブル席に着き、大盛りチキンカレーと高原野菜サラダを注文した。

ホール係の若い女性はネパール出身と思われる。色は浅黒いが、目鼻立ちは整っている。

「オーナーのポカラ・グルンさんは、元グルカ兵なんだってね」

多門はホール係に話しかけた。

「そうなんですか。わたし、ただのアルバイト。オーナーの昔のこと、よく知りません」

「日本語、上手だね。留学生かな？」

「はい、そうです」

「どこの大学に留学してるんだい？」

「お客さまと個人的なこと、喋ってはいけないの。わたし、叱られます」

「ごめん、ごめん！」

「いいえ、どういたしまして」

ホール係が一礼し、テーブル席から離れた。

待つほどもなく、注文した物が運ばれてきた。多門はすぐにフォークとスプーンを手に取った。チキンカレーは香辛料の匂いがきついが、味は悪くない。高原野菜サラダはうまかった。

多門は『カトマンズ』を出ると、新宿区百人町に回った。歌舞伎町と違って、三月の爆破事件の被害はほとんど受けていない。

およそ三十分で、通称ネパールタウンに到着した。車を降り、情報を集める。ネパール人経営の個人商店を回り歩いたが、得られた情報は多くなかった。

かつてポカラ・グルンがフィリピン人の妻とネパールタウンの外れにある低層マンションに住んでいたことは確認できたが、転居先は誰も知らなかった。人々はグルンが香港マフィアと繋がっていることを知っていて、余計なことを喋ろうとしなかったのかもしれない。

無駄足だったか。多門は気を取り直して、ボルボの中に戻った。紫煙をくゆらせながら、ネットニュースをチェックする。

少し前に首相官邸上空から有毒な塩素ガスが撒《ま》かれ、ドローンは空中爆破したというニュースが載っていた。それだけではなく、東京のインフラが次々に機能不全になりかけているという。

電気会社、ガス会社、鉄道会社、バス会社、行政機関のシステムが新種のコンピューター・ウイルスに冒《おか》されて、サーバーはダウンしそうらしい。

さらに首都高速がリモコン爆弾で寸断され、さらに東京都と接続する三県の橋がことごとく爆破されつつあるようだ。それだけではなかった。都内の幹線道路には無数のロケット弾が落とされ、都と接する三県との境に青酸ガス、サリン、ソマン、ツィクロンBなど猛毒が散布されたという。有毒ガスを搭載した自爆ドローンが爆《は》ぜ、人々は逃げ惑っているそうだ。

「なんてことだ」

多門は声に出して呟いた。

一連のクレージーな事件を引き起こしたのは、『Xの会』と思われる。謎のテロ集団はおよそ千四百万人の都民を〝人質〟に取って、政府を袋小路に追い込む気なのだろう。東京が陸の孤島になったら、政治、経済に甚大な影響が出るにちがいない。

物流が完全にストップしたときのことを考えると、そら恐ろしくなる。食料や水を得られなくなったら、大勢の都民が餓死するのではないか。

これほど残忍な犯罪を重ねられたら、政財界人も手の打ちようがないだろう。首相や都知事は脅迫に屈するほかないのではないか。

突然、ネパールタウンの照明が一斉に消えた。電力会社のシステムが作動しなくなったのか。スマートフォンのライトや懐中電灯が点々と点きはじめたが、発電機を備《そな》えている個人商店はないようだ。

車は使える。多門はボルボのエンジンを始動させた。

その数秒後、杉浦から電話がかかってきた。

「クマ、無事か？『Xの会』がとんでもねえことをやりやがったみてえだな。まだ連中の仕業とは断定できねえけどさ」

「そうだね。杉さんは何も被害は受けなかった？」

「おれは何も……」

「それはよかった。おそらく『Xの会』は首相と都知事を震え上がらせる目的で強硬手段に出たんじゃねえか」

多門は言った。

「そうなんだろう。東京を封鎖して、都民を人質に取ったら、日本政府は対抗できなくなる。犯人側の言いなりになるほかねえよな？」

「だろうね。しかし、テロリストどもは本気で議員宿舎や都庁舎の引き渡しを要求してるわけじゃないんだろう」

「最終的な狙いは銭かもしれねえぞ。首都のインフラをマヒさせられたら、日本政府は敵と闘う術《すべ》がない。機動隊、特殊急襲部隊《SAT》、特殊犯捜査班《SIT》は優秀だが、千四百万人の都民を人質に取られたも同然なんだ。反撃することはできねえだろう」

「国は犯人グループに金を要求されたら、どんなに巨額でも払わなきゃならないだろうな。さらに超法規措置として、犯人どもの国外逃亡も認めざるを得なくなると思う」

「そうしなければ、たくさんの都民に危害が加えられるにちがいねえ。忌々《いまいま》しいが、すでに勝負はついたな」

「悔しいが、手の打ちようがない」

「癪《しゃく》だな。それはそうと、クマ、郭《グオ》の動きはどうなんでぇ?」

杉浦が訊いた。多門は経過をつぶさに話した。

「『白龍』のボスは、元グルカ兵のポカラ・グルンと一緒にホテルを出ていったのか」

「ホテルマンはそう言ってた。もしかしたら、郭はグルンをボディーガードとして雇ったのかもしれないな」

「それ、考えられるぜ。郭は共進会の藤井とつるんで、犯罪絡みの大金を横奪《ど》りしてきた」

「だね。警察に泣きつけない被害者が藤井と郭が強奪団のツートップだと調べ上げて、二人の命《タマ》を狙ってるかもしれないよ」

「そうだな。二人のうちのどちらかの潜伏先を調べ上げて、追い込んでやろうや。クマ、きょうは塒《ねぐら》に引き揚げな。電灯の消えた街では動きにくいし、手がかりを得るのも難しいだろう」

「そうだね。代官山に戻るよ」

多門は通話を切り上げ、シフトレバーに手を伸ばした。

2

五日が経《た》った。

今朝になって、ようやく電気、ガス、水道、通信が復旧した。『Xの会』と日本政府が攻防戦の末、妥協点に達しかけているのだろう。

それで、テロリスト集団はインフラの一部の復旧を認めたのではないか。だが、双方の疑心暗鬼は消えていないだろう。それだから、『Xの会』はインフラの一部しか復旧を許さなかったにちがいない。

大企業、鉄道会社、バス会社のサーバーはダウンしたままだ。いまも首相官邸や都庁舎は防毒マスクを装着した機動隊員に警護されている。警視庁警備部に所属する機動隊は十個隊あるが、ほぼ全員が首相官邸の警備に当たっている。

本庁捜査一課に所属する特殊急襲部隊ＳＡＴ《サット》や特殊犯捜査班《ＳＩＴ》も出動中だ。首相官邸と都庁舎の上空を航空隊のヘリコプターと偵察ドローンが絶え間なく旋回している。

周辺の道路には無数のパトカー、覆面パトカー、放射線防護車、投光車、災害対策車、支援車、災害用キッチンカー、機動救助車、大量排水システム車、クレーン付き資材車、クレーン車、給油車、電源車、衛星通信車などがスタンバイ中だ。

だが、『Ｘの会』は首相官邸や都庁舎には接近していない。水面下での交渉がまとまりかけていると考えてもいいのではないか。

しかし、交渉がいつ決裂するかわからない。そのため、謎のテロリスト集団は大企業や行政機関のサーバーをダウンさせたままなのだろう。

基本インフラが復旧するまで、多門は忙《せわ》しく動き回っていた。親しくしている十数人の女友達の自宅に食料、飲料水、日用雑貨品を届け回ったのだ。

多門は自宅マンションの寝室の特大ベッドに腰かけ、この五日間の出来事を思い起こしていた。時刻は午後三時過ぎだった。

多重爆破テロで、多くの都民がパニックに陥った。スーパーや商店街で商品の奪い合いが多発した。行列に割り込もうとした高齢女性は真後ろの男に咎《とが》められ、殴る蹴るの暴行を受けて死亡した。

テロ騒ぎに乗《じょう》じて、大型スーパー、ホームセンター、ディスカウントストアに押し入り、商品を片っ端に持ち去った都民の数は少なくなかった。男だけではなかった。ごく普通の主婦も窃盗に走った。

何かあると、人間は本性を剝《む》き出しにしがちだ。善人ぶるつもりはないが、多門はそのことを哀《かな》しく思った。誰も不便な暮らしはしたくないだろう。食料や飲料水が尽きて飢え死にする危機に直面したら、パニックに陥っても仕方ないのかもしれない。

それにしても、あまりに見苦しいではないか。醜《みにく》すぎる。プライドの欠片《かけら》もないのか。ハイウェイや幹線道路は寸断されて、通行止めになった。迂回路《うかいろ》には車があふれ、あちこちで運転者同士のトラブルが見られた。気の弱い者は自衛隊の給水車にもたどり着けなかった。まさに弱肉強食の地獄絵だ。

法やモラルを無視して生きてきた自分が優等生ぶるのはおかしいが、あさましすぎる都民を目《ま》の当たりにして、人間不信になりそうだった。

「何かあったら、人間はみっともないことをやっちまうんだな。哀しい性《さが》だ」

多門は独《ひと》りごちて、リモコン操作でテレビの電源スイッチを入れた。

画面には、福井県の高浜《たかはま》原発三号機が映し出された。原子力発電所の敷地内にロケット弾が撃ち込まれたようだ。

「きょうの午後三時ごろ、再稼働中の高浜原発の敷地内と近くの船に一発ずつロケット弾が撃ち込まれました。幸い原子炉は被弾しませんでした」

男性キャスターがいったん言葉を切って、言い重ねた。

「警察の調べで、事件数分前にロケット・ランチャーを担《かつ》いでいるアジア系外国人の男を近くの住民たちが目撃していたことがわかりました。その男が二発のロケット弾を発射させたと思われます。不審な男はすぐに姿を消し、行方がわかっていません」

三号機原子炉がアップになった。幸運にも無傷だ。カメラは次に原子力発電所の際《きわ》にある海を捉《とら》えた。

海面は凪《な》いでいる。被弾した船も見当たらない。威嚇射撃だったのだろう。ロケット弾を放ったのは、元グルカ兵だったのではないか。

そうだったとしたら、香港マフィアの郭《グオ》に雇われたのかもしれない。あるいは、ポカラ・グルンに力を貸してほしいと頼まれたのだろうか。

「逃亡中の男は五十代に見えたと目撃者は口を揃えていますが、動作は若々しかったと証言しています」

男性アナウンサーが言った。多門は耳に神経を集めた。

「ロケット・ランチャーを操《あやつ》れるのは、男が過去に軍事訓練を受けたことがあるからでしょう。元軍人か、フランス陸軍の外国人部隊に所属していたのでしょうか。それとも、民間軍事会社の傭兵なのかもしれません」

映像が替わった。ドローンに積まれたカメラが高浜原子力発電所を上空から捉《とら》えた。

「ロケット弾が原子炉に命中していたら、大惨事になっていたでしょう。福井県だけではなく、石川県や関西全域に放射性物質が拡散して大変なことになっていたと思います。いま、続報が入りました」

キャスターが間《ま》を取った。多門はテレビの音量を上げた。

「『Xの会《の》』がインターネット経由で首相官邸に犯行声明を送信しました。自分らの要求を全面的に吞まなければ、高浜原発の三号機を爆破するという予告です。犯人側は議員宿舎と都庁のツインタワーのどちらかの明け渡しを政府と都に求めてきましたが、なぜか要求の内容には触れていません。これまでのことはカモフラージュで、別の何かを要求したのでしょうか。速報が届き次第、すぐにお伝えします。次は海外ニュースです」

画像が切り替わり、ウクライナ情勢が伝えられはじめた。

その直後、ナイトテーブルの上でスマートフォンが鳴った。多門はテレビの電源スイッチを切って、スマートフォンを手に取った。発信者は杉浦だった。

「クマ、『Xの会』が福井の高浜原発の敷地内とすぐ近くの船にロケット弾を一発ずつ撃ち込みやがったな」

「こっちもテレビのニュースでそのことを知ったよ。際《きわ》どい威嚇射撃をしやがったな。原子炉に命中したら、北陸地方と関西圏は核物質で汚染されてただろう」

「そうだろうな。ロケット・ランチャーを担《かつ》いでた奴はわざと的《まと》を外してる。動きがきびきびしてたという目撃証言があるから、元グルカ兵なんじゃねえか」

「こっちも、そう睨んだんだ。香港マフィアの郭《グオ》と親交のあるポカラ・グルンに頼まれて、逃亡犯はロケット弾を放ったんじゃないか」

「そうかもしれねえな。『Xの会』は裏取引が思ったより難航してるんで、止《とど》めを刺す気になったんだろうよ」

「だと思うね。これで、鶴田首相もビビって、テロリストどもの要求を全面的に受け入れざるを得なくなるんじゃないかな」

多門は言った。

「ああ、そうだろう。これまで『Xの会』は議員宿舎や都庁のツインタワーの片方を空《から》にして、社会的弱者や難民を住まわせろと言ってきたが、そいつはミスリード工作臭いな。テロ集団は基本インフラが復旧するまで、しつこく明け渡しを求めなかったじゃねえか」

「そうだね。『Xの会』の犯行目的は、巨額の金なんじゃないのかな」

「多分、そうなんだろう。日本政府は不本意ながら、何百億か何千億円を水面下で払うつもりになったんじゃねえか」

「考えられるね。だけど、テロ集団にでっかい金を脅し取られたことは伏せるだろうな。予備の国税を『Xの会』に吸い上げられたことが国民に知られたら、鶴田内閣は保《も》たないにちがいない」

「その通りなんだが、仮に国民に隠し通せても、首相の対策のまずさはカバーできない。だから、もう鶴田政権は終わりだよ」

杉浦が言った。

「だろうね。共進会の藤井と郭《グオ》の潜伏先がまだわからないから、『カトマンズ』のオーナーのポカラ・グルンの口を割らせるよ」

「そうかい。クマ、相手は世界最強の傭兵部隊にいた男なんだ。五十代のおっさんでも、手《て》強《ごわ》いだろうよ。おれ、一緒に行ってもいいぜ。といっても、こっちは武闘派じゃないから、あんまり頼りにならねえと思うけどな」

「杉さんの気持ちだけ貰っておくよ」

「おれは、かえって足手まといか」

「うん、まあ」

多門は曖昧《あいまい》に答えた。

「否定しねえのかよ。ま、いいか。おれはどっちかというと、頭脳派だからな」

「そういうことにしておくか」

「話は変わるが、米倉先生の一番弟子の山岸弁護士から聞いたんだが、所長は南平台《なんぺいだい》の自宅を売却して、目黒駅のそばにある賃貸マンションに転居してたらしいんだよ。そのことは、山岸さんだけしか知らないそうだ」

「米倉法律事務所は、だいぶ前から赤字経営だったのかな?」

「いや、ずっと黒字経営のはずだよ。先生は人権派弁護士として輝かしい功績があるから、依頼は引きも切らねえんだ」

「それなのに、なんで米倉さんは自宅を売ったんだろう?」

「先生は私財をなげうって、悲願の難民支援センターを造る気になったらしいんだ。山岸さんの話だと、すでに先生は自宅を売った金で、スペイン、ポルトガル、モロッコ、ナイジェリアなんかに広大な土地を買ったそうだよ」

「なぜ米倉さんは他人《ひと》のために私財をなげうつ気持ちになったのかな」

「先生は戦争、民族紛争、災害などで母国にいられなくなった人たちをなんとか日本で難民認定させたいと支援してたんだが、審査に通った者は十数人だったそうだ」

「日本は難民支援金を世界で三番目にたくさん出してるけど、難民認定数は先進国で最下位に近い」

「だな。山岸さんの話によると、米倉先生の尽力が及ばず母国に返された難民申請者の中には獄中で拷問されて死んだ者や絶望感から自ら死を選んだ人が大勢いるらしいんだ。先生はそのことでずっと自分を責めてたみたいなんだ。つまり、自責の念に駆られ……」

杉浦が声を途切らせた。

「そこまで悩む弁護士はいないんじゃないかな。米倉さんは、無欲の人格者と言ってもいいんだろうね。なかなか真似のできることじゃない」

「おれも、そう思ってるよ。米倉先生は冤罪《えんざい》を晴らせないと、自分を責めて責めつづけるんだ。誠実そのものだよ。先生は難民たちが経済的に自立できるようキャンプの敷地内に果樹園、ワイン醸造所、皮革加工場、裁縫工場も併設する計画を練ってるみたいだな」

「壮大なプランだね。でも、莫大な資金が必要なんだろうな。自宅の売却金だけでは、とても足りないんじゃないの？」

多門は言った。

「建築費がかなり不足してるんで、先生はクラウドファンディングで寄付を募《つの》ったようだが……」

「思うように寄付が集まらなかった？」

「そうらしいんだ。で、米倉先生は頭を抱えてるようだな。クマ、山岸さんに口外しないでくれって言われてるから、オフレコにしといてくれ」

「誰にも喋らないよ」

「頼むぜ。一連の爆破事件とは関係ねえ話を長々と喋っちまったな。クマ、ポカラ・グルンが何か吐いてくれるといいが……」

杉浦が電話を切った。

数秒後、昔の舎弟だった箱崎から電話がかかってきた。多門は先に声を発した。

「共進会の藤井の潜伏先がわかったのか？」

「そうなんですよ。やっと若頭《カシラ》の居所を摑むことができました」

「箱崎、お疲れさん！　それで、藤井が身を潜めてるのは？」

「八王子の子安町《こやすまち》三丁目にある『共進建工業』という生コン会社の社屋内にずっと隠れてるようです」

「その会社は、共進会の企業舎弟《フロント》なんじゃねえか？」

「ええ、その通りです。社屋は三階建てで、最上階は従業員たちの寮になってたらしいんですが、コロナ禍で仕事の受注が激減して現在は従業員は住んでいないようです」

「そうか」

「未確認ですが、共進会が香港マフィアの郭《グオ》と共謀して、犯罪絡みの金を横奪《ど》りしたようなんでしょ？」

「その疑いは拭えねえな」

「横奪りした金は、どうやら『共進建工業』に保管されてるみたいなんですよ。若頭の藤井が以前から共進会の金庫番を務めてたんで、関東御三家と事を構えたときに備えた〝軍資金〟の管理をしてるんでしょう」

箱崎が言った。

「御三家の生き残りたちは関東やくざの一本化を推《お》し進めてるのか？」

「そういう動きが見られますね。ですが、三月の連続爆破事件で住川会、稲森会、極友会は大きなダメージを受けて体力がなくなってます。いますぐ共進会をぶっ潰そうとはしないと思います」

「ある程度の軍資金がないと、御三家が一つにまとまっても共進会を潰すのは難しいんじゃねえか」

「自分もそう思います」

「話を戻すが、『白龍《パイロン》』は共進会とつるんで、犯罪絡みの金を横奪りしたと思われるよな」

「それは間違いないでしょうね。共進会はちょくちょく地下銀行を使って、香港の民間会社に数十億円を送金したみたいですので」

「その会社名は？」

「『紅龍公司《ホンロンコンス》』です。おそらく『白龍』のペーパーカンパニーなんでしょう」

「そう考えてよさそうだな。共進会は現金の強奪のほかダーティー・ビジネスもやってると思うぜ。箱崎、そのあたりの情報は？」

「少し得ることができました。共進会は駐日アメリカ大使館付きの武官ロバート・ベンソンを金と女で抱き込んで、アメリカから各種のドラッグと銃器をフリーパスで日本に持ち込ませて、地方の反社集団に密輸品を高額で売りつけてるみたいなんですよ」

「ベンソンという武官は外交官特権を使えるから、たいがいの品物《ブツ》は日本に持ち込める。その武官はいくつなんだ？」

「三十九歳で妻子持ちなんですが、単身赴任してるんで、日本の女と遊びまくってるようです」

「そうか。箱崎、『共進建工業』の正確な住所を教えてくれ」

多門はメモパッドを手前に引き寄せ、ボールペンを握った。箱崎がゆっくりと住所を告げた。

「落ち着いたら、うまい酒と飯を奢《おご》るよ」

多門は通話を切り上げると、外出の支度に取りかかった。八王子に行く前に赤坂の『カトマンズ』に向かうことにした。

運がよければ、グルンの店に郭福強《グオフーチャン》が姿を見せるかもしれない。『白龍』は共進会の手助けをしているだけではない気がする。

現に『Xの会』の爆弾テロに元グルカ兵たちが実行犯を務めている様子もうかがえた。ネパールの山岳地方育ちのグルンは旧知の郭に何か協力しているのではないか。

多門はマカロフPbをベルトの下に差し入れ、部屋を出た。地下駐車場に下り、ボルボXC40に乗り込む。

多門は赤坂に向かった。青山通りは通行止めになっていた。迂回路を走りつづける。やがて、グルンの店に達した。

多門は車を裏通りに駐め、変装用の黒縁眼鏡をかけ、前髪を額に垂らす。少しは印象が変わっただろうが、所詮《しょせん》、気休めだろう。巨体は隠しようがない。

多門はグルンの店に足を向けた。

じきに着いた。店内を覗くと、客はひとりもいない。カウンター越しに見える厨房《ちゅうぼう》には白いコック服姿の小柄な男が立ち働いていた。色が浅黒く、彫《ほ》りが深い。ネパール人だろう。ホール係の女性はいなかった。

「ナマステ！」

多門は店内に入り、コックコートをまとった男に話しかけた。相手は二十代だろう。

ナマステは便利なネパール語だ。おはよう、こんにちは、こんばんは、さよならの意味を兼ねている。

「あなた、ネパール語を喋れるの？　わたし、サンデスです。この店でコックをやってます」

「ほかに知ってるネパール語は、おいしい《ミトチャ》、ありがとうだな《ダンネバード》。こっちはグルメ雑誌の記者なんだ。オーナーのグルンさんにインタビューさせてもらおうとアポなしで訪れたんだが……」

「オーナー、六時ごろにならないと店に現われない。でも、必ず来るね。香港から来てる旧友にネパール料理を振る舞うと言ってたから」

サンデスと名乗った男が言った。

「そういうことなら、出直すよ」

「出直す？　その日本語、わからない」

「いったん帰って、また来るってことさ。また会おう」

多門は店を出て、裏通りに戻った。午後五時半過ぎに一ツ木通りにボルボを移す。グルンの店の斜め前に車を駐め、多門は時間を遣り過ごした。

カレーショップ兼物産店の前に一台のタクシーが停止したのは、午後六時数分前だ。後部座席から二人の男が降りた。オーナーのグルンと『白龍《パイロン》』の老板《ラオパン》の郭《グオ》だった。二人は店の中に消えた。

多門は店内に躍《おど》り込みたい衝動を抑え込み、車内に留《とど》まった。

待つ時間は長く感じられた。多門は辛抱強く郭たちが出てくるのを待ちつづけた。

グルンの店の前に一台の無線タクシーが横づけされたのは午後八時半過ぎだった。

ややあって、店から元グルカ兵と香港マフィアの老板が現われた。二人は呼んだタクシーの後部座席に並んで腰を沈めた。

タクシーが走りはじめた。

多門は慎重に尾行を開始した。数百メートル先でタクシーは裏通りに入った。多門は車間を取りながら、追尾した。

それから間もなく、脇道から冷凍トラックが急に走り出てきた。多門はブレーキペダルを踏んだ。タイヤが軋《きし》み音をたてる。

冷凍トラックは動こうとしない。

多門はクラクションを鳴らした。と、冷凍トラックの運転台から男が飛び降りた。容貌から察して、ネパール人と思われる。

コックのサンデスが多門のことを怪しみ、オーナーのグルンに注進したのか。

男は全速力で逃げていく。多門はボルボから出て、逃げる男を追いかけた。だが、途中で見失ってしまった。

グルンたち二人を乗せたタクシーは、とうに走り去っていた。

「くそっ」

多門はボルボに駆け戻り、八王子に向かった。

幹線道路はまだ走れない。多門は迂回路をたどるほかなかった。そのせいで、『共進建工業』を探し当てたのは一時間数十分後だった。

多門はボルボを路上に駐めると、『共進建工業』内に侵入した。サイレンサーピストルを構えながら、社屋に足を踏み入れる。人のいる気配は伝わってこない。

一階には誰もいなかった。

二階に駆け上がる。と、階段室に藤井が仰向けに倒れていた。喉を真一文字に掻き切られ、すでに息絶えている。血の臭いでむせそうだ。

殺害されて間がないのだろう。郭《グオ》死体のかたわらには、血みどろのククリナイフが遺《のこ》されていた。グルカナイフとも呼ばれている特殊山刀だ。

グルンが郭に指示されて、に指示されて、共進会の若頭を殺害したのだろうか。それは考えにくい。凶器のククリナイフを犯行現場に遺したら、たちまち足がつくはずだ。

多門はそう考えながら、各階の全室を検《しら》べ回った。共進会と『白龍』は共謀して、特殊詐欺グループや広域強盗団がせしめた巨額を横奪りしたと思われるが、十数万円の現金しか見つからなかった。

関東やくざの御三家のどこかが共進会の悪事を嗅ぎつけ、汚れた隠し金をそっくり奪取したのだろうか。それとも『白龍』と共進会が分け前を巡って、対立関係になってしまったのか。

そうだとしたら、香港マフィアが元グルカ兵の犯行に見せかけたのだろうか。やはり、そうした推測にはうなずけない。殺人現場に凶器を置き去りにすることが不自然で、偽装工作を疑いたくなる。

そのことは、後でゆっくりと考えることにした。多門は一階まで一気に下って、ボルボに駆け寄った。

厳戒態勢は解かれたようだ。

3

首相官邸と都庁の周辺から、機動隊員の姿は消えている。捜査車輛も見当たらない。

八王子で共進会の藤井の惨殺体を発見した翌日の午後三時半過ぎである。

多門は自宅の寝室で、テレビのワイドショーを観《み》ていた。『共進建工業』の社屋内で起こった事件はすでに報じられていた。

所轄署の要請で警視庁は、きょうの午前中に捜査本部を設置させた。捜査一課殺人捜査係十四名と組織犯罪対策部の暴力団係《マルボウ》二名の計十六名が八王子署に出張《でば》っている。

殺人捜査は、捜査一課だけが担《にな》っているわけではない。来日外国人や暴力団の絡む殺人・強盗事件には組織犯罪対策部の刑事が支援に駆り出されることもある。

警察は関東やくざの御三家が一つにまとまる動きがあることを摑んでいた。それで、第四位の勢力を誇る共進会と何かで揉めたと筋を読んだのだろう。そんなことで、組対《そたい》の二名も捜査本部に加わったにちがいない。

ちなみに、被害者と加害者がともに暴力団組員の殺人事件の場合は組対部が捜査に当たる。

つまり、殺人捜査は捜査一課の専売特許ではないわけだ。そのことは案外、知られていない。午前中に相棒の杉浦から電話があって、捜査本部にいる知り合いの刑事に会う予定だと聞いていた。初動捜査情報を得られるのはありがたい。

まだ杉浦から連絡がないが、何らかの手がかりを得られるのではないか。多門はそう期待しながら、ロングピースをくわえた。

一服し終えたとき、部屋のチャイムが鳴った。

多分、来訪者は杉浦だろう。多門はテレビの電源を切り、玄関ホールに向かった。やはり、来客は杉浦だった。

多門は杉浦をダイニングテーブルに向かわせ、手早く二人分のコーヒーを淹《い》れた。

「クマ、気を遣《つか》わねえでくれや」

杉浦が言って、ハイライトに火を点けた。

「コーヒーを淹れるだけだよ。杉さん、缶ビールもあるけど……」

「コーヒーをいただく」

「そう」

多門は客用のコーヒーカップを先に卓上に置き、自分のマグカップを手にして杉浦の前に坐った。

「捜査本部《チヨウバ》は、まず住川会、稲森会、極友会のどこかが共進会と揉め事を起こしたと推測したらしいよ」

「けど、御三家はどこも藤井と対立するような火種は蒔《ま》いてなかった？」

「そうみてえなんだ。だから、御三家は藤井殺しには関与してねえだろうな」

「共進会は駐日アメリカ大使館付きの武官のロバート・ベンソンを各種のドラッグや銃器の運び屋にしてるようだが、警察はそのことを把握してた？」

「それは知らなかったよ」

「藤井は金のことでベンソンって武官と揉めてたんだろうか」

「二人は弱みを握り合ってるわけだから、タッグを組むしかねえと思うよ。それに双方にメリットがあるんだから、仲違《なかたが》いはしないんじゃねえか」

「そうだろうね。となると、怪しくなってくるのは香港マフィアの郭《グオ》か。『白龍《パイロン》』の老板《ラオパン》は共進会と共謀して、特殊詐欺グループや広域強奪団がプールしてた犯罪絡みの金を奪取《だっしゅ》したと疑える。分け前のことで郭と藤井は対立するようになってたのかな。それで、香港マフィアは元グルカ兵のグルンの犯行と見せかけて手下に共進会の若頭を殺《や》らせたのか」

「いや、そうじゃねえだろう。藤井はククリナイフで殺害されたんだが、偽装工作が幼稚すぎらあ」

「確かにね」

「誰かが郭《グオ》に罪をなすりつけて、藤井を第三者に片づけさせたんだと思うぜ」

杉浦が短くなった煙草の火を消し、コーヒーを啜《すす》った。

「わざわざ刃物をそのままにして実行犯が逃走するなんて、考えられない。偽装工作が子供じみてる。杉さんも、そう思ったんだよね？」

「そう」

「いや、待てよ。仮に郭福強が藤井を手下か殺し屋《プロ》に始末させたとするか。見え見えの小細工を弄《ろう》したのはグルンを殺人犯に仕立てたかったんじゃないのかもしれないな」

「クマ、もっとわかりやすく言ってくれ」

「オーケー！　郭は共進会に協力して、それなりの銭を得たにちがいない。その上、『Xの会』に手を貸してた疑いもある」

「政府は公表を控えてるが、多重爆破テロで震え上がって、『Xの会』の要求に応じ、何百億、何千億円の金を払ったのかもしれない？」

「おそらく、そうなんだろう。首都高速、幹線道路は寸断されて主要な橋も爆破されたままだが、首相官邸、議員宿舎、都庁周辺の警備は解かれたよね？」

「ということは、日本政府は謎のテロリスト集団に巨額を払ったんだろうな。だから、基本インフラは復旧できた。クマ、そういうことなんだろう？」

「そう！　郭は『Xの会』からも謝礼を貰ったんで、どこかに逃げる気なんじゃないか。捜査の目が自分ら香港マフィアに向くのを避けるため、元グルカ兵のグルンが藤井を殺《や》ったように見せかけたのかもしれないぜ」

「要するに、郭は時間稼ぎしたかったたってことか」

「そうなんだと思うよ」

「クマ、そうなのかもしれねえぞ。共進会が『白龍』と組んで特殊詐欺グループや広域強盗団から横奪りした大金は、空《から》にしたコンクリートミキサー車の中に入ってたんだよ」

「その総額は？」

多門は訊いた。

「三十億円弱あったらしいよ。横奪りに手を貸してくれた『白龍』に八、九億円払ったとしても、おいしいダーティー・ビジネスじゃねえか。共進会はベンソンとつるんで、密輸をやってたんだから、軍資金はかなり貯まっただろうよ」

「だろうね。御三家の残党どもは共進会を甘く見てたら、逆にぶっ潰されるんじゃないの？」

「ああ、考えられねえことじゃないな。『白龍』は香港に見切りをつけて、カナダ、アメリカ、オーストラリアあたりに組織ごと移住する費用を手っ取り早く調達したかったんだろう。

郭《グオ》は元グルカ兵のグルンとは二十七、八年のつき合いなんだろうが、所詮《しょせん》は捨て駒と考えてたんじゃねえか」

「それだから、グルンを藤井殺しの犯人に仕立てて香港にいったん戻ってから、近いうちに国外逃亡する気なのか」

「おそらく、そうなんだろうよ。ただ、『Xの会』と郭の接点が見えてこねえな。クマ、グルンに迫って、そのあたりを探ってみようや」

「そうするか」

多門はコーヒーを飲みながら、作戦を練りはじめた。グルンをどこかに監禁して、締め上げることにした。

多門は『カトマンズ』のホームページを開いた。

きょうは定休日だった。もっともらしいことを言って、グルンを店に誘《おび》き寄せる計画を練った。多門と杉浦は電話でグルンに関する情報を集めはじめた。元グルカ兵に関する情報は少なかった。

それでも、グルンの自宅の住所はわかった。ネパールの山岳地方で育った元グルカ兵は麻布十番にある賃貸マンションで、フィリピン出身のアメルダ、四十二歳と二人で暮らしていた。グルンのスマートフォンの番号もわかった。

「店に着いてから、グルンを呼び出そう。その前に、おれたちは両手の指掌紋《ししょうもん》に速乾性の透明なマニキュアを塗っとくか」

「おれはいいよ。布手袋がポケットに入ってるから、それを嵌《は》めらあ」

「杉さん、用心したほうがいいよ。まだ明るいうちに『カトマンズ』のシャッターを開けるとき、通行人に見られたら、怪しまれるからさ」

「男がマニキュアを塗るのか。抵抗あるな」

「別に爪に塗るんじゃないんだぜ」

「わかった。クマ、予備のマニキュアはあるのか?」

杉浦が問いかけてきた。多門は大きくうなずいて、椅子から立ち上がった。寝室に移動して、テレビ横の飾り棚の上から速乾性のマニキュアの小壜を二つ抓《つま》み上げる。片方は未開封だった。

多門はダイニングキッチンに戻って、まだ使用してない小壜を杉浦に渡した。それから杉浦と向かい合う位置に腰かけ、先に左手の五指にマニキュア液を塗りはじめる。

「最近の若い男は全身の無駄毛を処理して、爪に透明なマニキュア液を塗ってるらしいじゃねえか。世も末だな」

杉浦がそう言いながら、小壜の封を切った。

「キャップに刷毛《はけ》が付いてるんだ。マニキュア液をちょっと付けて、指の腹に薄く塗っていくんだよ」

「掌紋にも塗ったほうがいいんだろ?」

「そうだね。杉さん、おれの真似をすればいいよ」

「わかった。大男のクマがマニキュアを付けてる姿はなんかコミカルだな」

「杉さんの恰好《かっこう》だって、笑えるぜ」

「うるせえや。性転換したチコは毎日化粧をして、手と足の爪にマニキュア液を塗ってるんだろう。大変だな」

「チコは化粧を楽しんでるようだよ」

「そうか、そうだろうな。チコは物心ついてから男に生まれたことにずっと違和感を覚えてて、早く女になりたいと願ってたんだろうからさ。でも、あいつはいい奴だよな」

「杉さん、レディーに奴はまずいんじゃやない?」

「面倒臭《くせ》えことを言うなって。一応、塗ったぜ。後《あと》はどうすればいいんでえ?」

「両手の指を拡《ひろ》げて、軽く振るんだよ。そうすると、早く乾くんだ」

多門は手本を示した。杉浦が照れながらも、すぐに倣《なら》った。その動きが笑いを誘う。

「杉さんは小柄だから、中年のおばさんに見えなくもないぞ」

「殺すぞ、クマ！」

「おれは、とても女にゃ見えねえだろうな」

「手首まで毛むくじゃらな女なんか、どこにもいねえよ」

「だろうな。そのマニキュア、杉さんにあげるよ。何か危《ヤバ》いことをするときは透明なマニキュア液を塗ったほうがいいよ。ちょっと服を着替えてくる」

多門は自分用のマニキュア壜を抓み上げ、勢いよく立ち上がった。ベッドルームに移って、ビニール袋に結束バンド、ロープ、アイマスク、アーミーナイフ、サイレンサーピストルを入れる。

多門はスタンドカラーの長袖シャツの上にたっぷりとした作りのジャケットを羽織《はお》った。下は白いチノクロスパンツだった。スマートフォンを上着の内ポケットに入れ、特殊万能鍵をチノクロスパンツのポケットに忍ばせる。

数分後、多門たちは部屋を出た。エレベーターで地下駐車場に下降し、ボルボＸＣ40に乗り込む。

すぐに赤坂に向かう。寸断された幹線道路を避けながら、多門は先を急いだ。

十分ほど経つと、助手席に坐った杉浦が口を開いた。

「『天誅クラブ』は『Ｘの会』が凶行を重ねるようだったら、制裁を加えるという内容の予告をマスコミに寄せたよな」

「そうだったね。そういう声明を出したのに、『Xの会』をぶっ潰そうとしてない」

「妙だよな。二つのテロ集団は対立関係にあるような印象を与えてるが、実は裏で繋がってるとは思わねえか？」

「こっちもなんかおかしいとは感じてたんだが、杉さんの言った通りなのかもしれないな。裏で繋がってるとしたら、一人二役じゃないけど、一つのテロリスト集団が別々の役柄を演じてるんじゃないのか」

「そう疑えるが、犯罪動機が見えてこねえんだよな」

「『天誅クラブ』は正義の使者面《づら》して、入管の矢部和樹審議官を武装した三人組のリーダー格の男に射殺させた。撃ち殺された矢部は難民認定申請者から賄賂を受け取って、審査に便宜を図ってた。腐り切った公務員が殺害されても同情する気にはなれないな。牛久の東日本入国管理センターに収容されてたアジア人やアフリカ人を荒っぽい手口で脱走させ、冷酷な収容所職員である警備官まで始末した」

「そうだったな。脱走させた収容者たちを庇《かば》ってるようだが、どこまで彼らの面倒を見る気なのかわからない。難民鎖国を改めさせたいんだろうが、目的がはっきりしねえ」

「杉さんの言った通りだね。一方、『Xの会』の犯行動機はずっとわかりやすい。社会的弱者、生活困窮者、難民の味方ぶってるが、真の狙いは日本政府から巨額の金を脅し取ることだったんじゃないか」

「そうだったんだろう。『Xの会』のリーダーは弱者救済を標榜《ひょうぼう》してるが、犯行の目的は金を得ることだったとしか思えねえよな。暴力団、香港マフィア、元グルカ兵たちをうまく操《あやつ》って日本政府から莫大な銭をせしめたことはほぼ間違いねえだろう」

「どう考えても、筋が通ってないな。多くの死傷者を出してでも、とにかく大きな金を手に入れたいと願ってることは感じ取れたが……」

「多重テロを引き起こさせた首謀者は、いったい何を企《たくら》んでるのか。そのへんがよく読めねえ」

「弱者救済が目的だと言いながら、クレージーな凶悪犯と同じことを繰り返した。ちゃんとした目的があって、やむなくアナーキーな手段を取ってるなら、まだ救いがあるがね」

「そうだな」

「都民を人質に取ってまで暴挙を重ねるなんて、頭がおかしいよ。『Xの会』を率《ひき》いてる黒幕は頭のネジの緩《ゆる》んだ歪《いびつ》な愉快犯なんじゃないかな」

「そう考えれば、『天誅クラブ』と『Xの会』は根っこが一つなんだろう」

「グルンを締め上げれば、そのあたりのことは明らかになりそうだな」

多門は呟いて、運転に専念した。

およそ二十分後、ボルボは一ツ木通りに入った。『カトマンズ』のシャッターは閉まっていた。定休日の札が下がっている。

多門はグルンの店の四、五軒先の路肩に車を寄せた。杉浦が助手席から出る。多門は後部座席のビニール袋を摑み上げ、ボルボを離れた。

二人は逆戻りして、『カトマンズ』の前で立ち話をする振りをした。多門と杉浦はさりげなく周《まわ》りを見回した。訝《いぶか》しげな視線を向けてくる通行人はいなかった。

多門はごく自然に『カトマンズ』の前に立ち、特殊万能鍵でシャッターのロックを解除した。シャッターを半分だけ押し上げ、先に店内に入る。ビニール袋を手にしていた。

相棒がつづく。杉浦はシャッターを十センチほど開けておき、ガラスの扉を閉めた。外から店の中は見えないだろう。

「空き巣に入られたように見せかけようよ、杉さん」

「そうするか」

二人はテーブルや椅子の位置をずらし、侵入者が物色したように見せかけた。

それが終わると、多門は他人名義のスマートフォンで元グルカ兵のグルンに電話をかけた。

ツーコールで、通話可能になった。

「所轄署の者ですが、『カトマンズ』のオーナーのグルンさんですね？」

「はい。わたし、何も悪いことしてないよ」

「実は、あなたの店に空き巣が侵入したんです」

「えっ!?」

「できるだけ早くお店に来ていただけますか。盗まれた金品の有無を確認したいんです」

「オーケー、オーケーね。わたし、これから店に行く。警察の人たち、どこにいます？」

「シャッターと扉が開錠されてましたので、店内に入らせてもらいました。鑑識作業の準備をしなければなりませんのでね。シャッターは完全に下まで下げてません。十センチほど開けてあります」

「わかりました。急いで店に向かう。二十五、六分で、そっちに行ける。そう思います」

グルンが電話を切った。多門は薄く笑って、闇マーケットで手に入れた他人名義のスマートフォンを懐に入れた。

「クマ、段取りを決めておこうや」

杉浦がそう言い、テーブルに腰かけた。両足は床《フロア》に届いていない。

多門はそのことで相棒をからかいそうになったが、すぐ思い留《とど》まった。段取りだけをかいつまんで話す。

やがて、二十分が過ぎた。

多門は出入口近くに身を隠した。シャッターのすぐ横だった。杉浦は奥の観葉植物の鉢の陰に身を潜《ひそ》めた。

店内は薄暗い。だが、照明は意図《いと》的に灯《とも》さなかった。

少し待つと、店の前に車が横づけされた。すぐにドアが開き、『カトマンズ』の前に誰かが回り込んでくる。元グルカ兵だろう。

「警察の人、わたし、店のオーナーです」

グルンが言って、シャッターを勢いよく押し上げた。

店内が少し明るんだ。出入口の扉が開けられ、グルンが店の中に入ってきた。

多門は太くて長い腕をグルンの首に回し、喉を強く締め上げた。よく使っている裸絞めだ。

グルンが呻きながら、膝から崩れる。

杉浦が心得顔で出入口に走り、シャッターを下げた。ふたたび店の中が薄暗くなった。

多門は気を失ったグルンの上体を起こして、大きな膝頭で相手の背を蹴った。すぐにグルンを椅子の上に腰かけさせ、ビニール袋の中からロープとアイマスクを摑み出した。

それらを杉浦が受け取り、手早くロープでグルンを椅子に縛りつけた。さらにアイマスクを掛ける。

多門はアーミーナイフをビニール袋の中から取り出し、刃を起こした。刃渡りは十四センチだ。

多門は少し退《さ》がって、バックハンドでグルンの頰を張った。それでも、相手は意識を取り戻さない。多門はグルンの胃《ストマック》にパンチを叩き込んだ。

それから間もなく、元グルカ兵は我に返った。

「なぜ縛られてる!? 店の中にいるのはポリスマンじゃないね？」

「そうだ。そっちに訊きたいことがあったんで、偽電話で誘《おび》き出したのさ」

「おまえ、どこの誰？」

「そっちは、おれの質問に答えるだけにしろ！」

多門は言って、アーミーナイフの切っ先でグルンの頰、首、手の甲を軽く突いた。

「わたしをどうする気なんだっ」

「そっちが協力的じゃない場合は何カ所も突き刺すことになるな」

「あっ、おまえ、ひとりじゃないな。背後に仲間がいる気配がする」

「さすがゲリラ戦に長《た》けた元グルカ兵だな」

「なんで、わたしの軍歴まで知ってる!?」

「そっちは訊かれたことだけに答えればいいんだよ」

多門は言うなり、グルンの太腿をナイフで浅く刺した。スラックスが裂けた。

グルンが長く唸った。刃先が埋まったのは一センチそこそこだろう。出血量はそれほど多くないはずだ。

「共進会の若頭だった藤井が企業舎弟の生コン会社の社屋内で殺されたな。凶器はククリナイフだった」

「……………」

「急に日本語を忘れたか。おれを怒らせる気なら、ナイフで腹を刺すぞ」

「その事件のことは知ってる。けど、わたし、日本のやくざとつき合ってない。だから、刺し殺された藤井というやくざ《ギャングスター》とは会ったこともないね」

「空とぼける気なら、いま殺《や》っちまうぞ」

「本気なのか!?」

「ああ、本気も本気だ。おれは、これまでに七、八人の男を闇に葬《ほうむ》ってきた。人を殺すことには、あまり抵抗がねえんだよ」

「……………」

「そっちが藤井をククリナイフで刺し殺したと思っちゃいない。あんたを刺殺犯に仕立てようとした奴を知りてえんだよ。グルン、粘《ねば》っても無駄だぜ。そっちは香港マフィアの郭《グオ》に嵌《は》められたんじゃねえのか。え?」

「そういう人、わたし、知らない」

「『白龍《パイロン》』の老板《ラオパン》を知らねえって? ふざけんじゃねえ。もう調べがついてるんだっ」

「調べって?」

「郭が仕切ってる『白龍』は共進会とつるんで、特殊詐欺グループや広域強盗団が高齢者たちから奪った金を横奪りした。そっちは元グルカ兵たち何人かと一緒に下働きしたこともわかってる。ばっくれ通すことはできねえんだよ」

多門は声を張って、アーミーナイフの刃先をグルンの喉に密着させた。

「わかった、降参する。わたし、傭兵部隊の仲間たち三人を誘って、郭さんをサポートしたよ。報酬がよかったからね。もう若くないし、元グルカ兵たちはほとんど豊かな生活をしてないんだ」

「で、汚れ仕事を引き受けたわけか」

「そう、そうね」

「郭とは長いつき合いなんだろ?」

杉浦が会話に加わった。

「二十七、八年前からのつき合いね。郭さんは黒社会の人間だけど、香港の政府高官たちが中国共産党の手下に成り下がってることを嘆《なげ》いてたし、憤《いきどお》ってもいた。だから、香港の民主化運動のリーダーの楊一林《ヤンイーリン》という男を台湾に逃亡させた。わたし、郭《グオ》さんの俠気《おとこぎ》に惚れたね」

「で、郭とのつき合いがはじまったわけか。台湾に逃げた楊一林はその後、どうなったんだい？」

「アメリカに亡命したんだが、楊さんは九年前に死んだ」

「中国人民軍の暗殺部隊の狙撃手に射殺されたんだな？」

「ううん、そうじゃない。楊さん、拳銃自殺したね。ＣＩＡの工作員になることを強《し》いられて、苦しみ抜いた末に……」

「民主化運動のリーダーは不本意な生き方をしたくなかったんだろうな」

「と思うね。運命を呪《のろ》いながら、楊さんは死んでいったんだろう。とても気の毒よ」

グルンが口を閉じた。

多門は相棒に目配せして、先に言葉を発した。

「郭は『白龍』のメンバーを引き連れて、国外に移民することを望んでいなかったか？」

「そうしたがっていた気配はうかがえた。だけど、本気で国外に行きたいのかどうかはわからなかった」

「郭が共進会と結託したのは、自分を含めて組織のメンバーとその家族の移民費用を調達したかったからなんじゃないか。だから、以前から知り合いの藤井と手を組んだ。けど、横奪りした巨額の取り分を巡って対立することになったんで、郭《グオ》はそっちの犯行に見せかけて手下か殺し屋に藤井を始末させたんじゃないか」

「郭さんとは長いつき合いね。わたしを陥れるようなことはしないと思う。だけど、人間の心の奥底までは覗けない。郭さんは何か事情があって、わたしに濡れ衣を着せようとしたのかもしれないね」

「郭のほかにあんたを殺人犯に仕立てようとした人間に心当たりは？」

「思い当たる者はいないよ」

「そうか。そっちは郭に頼まれて、『Xの会』に協力してたんじゃないのか。どうなんだっ」

「わたし、『Xの会』なんて知らない。もしかしたら、国会議事堂の一部を損壊させたり、議員宿舎や都庁なんかを爆破すると脅迫したテロリスト集団のこと？」

グルンが問いかけてきた。

「そうだ」

「わたしはもちろん、傭兵時代の仲間のスラジュやスーダソンも特殊詐欺グループや広域強盗団がプールしてた犯罪絡みの大金を横奪りしただけで、『Xの会』とはなんの関係もない。

本当に本当よ」

「昔のグルカ兵の仲間のスラジュとスーダソンは、どこにいる？」

「二人とも、もう日本にいないね。どっちもネパールに帰ったよ。けど、あの二人もテロ集団とは関わってないはず」

「雑魚《ざこ》のことはともかく、そっちは昨日、郭と一緒に車でどこかに出かけたな」

「うん、そうね。わたし、郭さんを六本木の『エクセレントホテル』に送り届けて、すぐ店に引き返してきた。それから、夜中まで働いてた。共進会の藤井という大幹部はククリナイフで刺し殺されたみたいだけど、わたしを犯人に仕立てることはできない」

「自信たっぷりだな」

「店内に二台の防犯カメラがある。わたしが『カトマンズ』でずっと働いてたことは証明できる。アリバイがあるね。警察がわたしを疑ったら、画像を再生させるよ」

「郭は『エクセレントホテル』の何号室に泊まったんだ？」

「それ、わからない。わたし、郭さんのホテルの車寄せの所で別れた。郭さんがホテルの中に入る後ろ姿を見ただけ」

「そうかい」

「わたし、知ってることは全部話した。だから、一一〇番通報しないでくれないか。レジにきのうの売上金が入ってる。お金をあげるから、横奪りの手伝いをしたことは黙っててほしいね。とにかく、ロープをほどいて」

「てめえで誰かに救《たす》けを求めな」

多門はアーミーナイフを上着のポケットに入れ、椅子ごとグルンをフロアに倒した。相棒を促《うなが》し、先に外に出る。杉浦がすぐに追ってきた。二人はボルボに走り寄って、六本木に向かった。

二十分足らずで、『エクセレントホテル』に着いた。コンビは刑事に成りすまし、フロントに協力を求めた。だが、郭はチェックインしていなかった。どうやら警戒して、投宿した振りをしたのだろう。

ホテルを出ると、物陰に走り込む男がいた。ベトナムの少数民族のクエ・マク・ホーだった。多門は怪しみ、ホーを追った。

だが、数百メートル先でクエ・マク・ホーの姿を見失ってしまった。杉浦が駆け寄ってくる。

「逃げた奴、アジア系の外国人みてえだったな」

「ベトナムの少数民族で、クエ・マク・ホーって男だったんだ。米倉弁護士の協力があって、ホーは難民申請できたんだよ。ホーは米倉さんに恩義を感じてるようだったな」

多門はクエ・マク・ホーと知り合った経緯を相棒に教えた。

「先生はヒューマニストだから、虐《しいた》げられてる人間の味方なんだ。肌の色や国籍に関係なく、相手が自由に生きることを強く望んでるんだよ」

「そう。ホーがおれたちの動きを探《さぐ》ってるんだとしたら……」

「クマ、まさか米倉先生が一連の多重テロに何らかの形で関与してると疑ってやがるのかっ」

杉浦が怒気を含んだ声で言った。

「そういうわけじゃないよ。クエ・マク・ホーはベトナムで辛い思いをしたんで、入管の収容施設で人間扱いされていないアジア人やアフリカ人に同情して、集団脱走の手引きをしたのかもしれないと一瞬思ったんだ」

「そうだったのか。おれは尊敬してる米倉先生をクマが怪しんでると早合点しちまったんで、つい口調が乱暴になっちまったんだ。クマ、勘弁してくれや」

「別に感情を害しちゃいないよ。杉さん、車に戻ろう」

多門は言って、先に歩きだした。すぐに杉浦が肩を並べた。

多門は黙って歩《ほ》を運んでいたが、クエ・マク・ホーの不可解な行動が気になってならなかった。

4

昨夕の残像が脳裏にこびりついて離れない。

ベトナムの少数民族のクエ・マク・ホーは、なぜ自分の動きを探りたかったのか。多門は昨夜から、それを考えつづけた。しかし、思い当たることはなかった。

ホーは何か後ろ暗いことをしていたのか。もしかすると、彼は牛久の東日本入国管理センターからアジア人やアフリカ人を脱走させることに協力していたのかもしれない。それで、一連の事件を調べている自分の動きが気になるのだろうか。

多門は、もうホーに顔を知られている。相棒の杉浦も面が割れている。どちらもホーを尾《つ》けて、行動確認をするわけにはいかない。

そんなことで、多門はチコに協力してもらうことにした。今朝《けさ》十時過ぎに電話をかけ、事の経過を喋った。それからクエ・マク・ホーの自宅住所などを伝え、調査対象者の特徴を教えた。

チコは快《こころよ》く引き受けてくれ、すぐにホーの自宅に向かった。いま現在は午後二時半過ぎだった。多門は自宅で待機し、チコからの連絡を待っていた。

最初の連絡があったのは正午過ぎだった。クエ・マク・ホーは仕事を休んで、アパートにいるという。

「ホーが外出したら、慎重に尾行して接触する人間をすべてスマホのカメラで盗み撮りしてくれねえか」

多門はチコに指示して、通話を切り上げた。その後、チコからの電話はない。ホーは体調を崩して、自宅で臥《ふ》せっているのか。

多門はそう考えながら、ロングピースに火を点けた。ダイニングテーブルに向かっていた。

チコから電話がかかってきたのは、およそ四十分後だった。

「いま、マーク中のベトナム人は南麻布の有栖川宮《ありすがわのみや》記念公園内のベンチに腰かけてる。誰かを待ってる様子ね」

「チコ、ホーが坐ってるベンチから少し離れた場所から電話してるな？」

「ええ。あたしの声、調査対象者には届いてないはずよ」

「そうか」

「あっ、サングラスをかけた男がホーという彼と同じベンチに腰かけたわ。二人はベンチの端と端に坐って、前方にある池の水面《みなも》を眺めてる。そのままの姿勢で、二人は何か喋りだしたわ」

「チコ、静かにベンチに近づいて、サングラスの男の動画を撮ってくれ。で、後でおれに動画を送信してくれねえか。いったん電話を切るぞ」

多門は通話を切り上げた。

数分後、チコから動画が送信されてきた。ホーと言葉を交わしている男は喋りながら、サングラスを外した。

多門は驚きの声を洩らした。なんとホーと同じベンチに腰を下ろしているのは、人権派弁護士の米倉だった。ホーは米倉弁護士の尽力で、難民認定してもらえた。いわば、恩人だろう。

二人が会うことは、別におかしくない。ただ、落ち合った場所が気になる。さらに引っかかることもあった。米倉はサングラスで顔を隠して、待ち合わせの場所に現われた。

ホーたち二人がベンチの端と端に坐ったことも不自然だ。二人は何か疚《やま》しいことをしたのだろうか。そう勘繰《かんぐ》りたくなる。

動画が消えた。

「クマさん、サングラスをかけてた紳士は、テレビのニュースやワイドショーにたびたび出演してる人権派弁護士の米倉なんとかさんじゃない？」

「そうだよ」

「弁護士の先生がサングラスをかけて、ベンチから立ち上がったわ。ホーという彼は坐ったままだけどね」

「ホーは別の人間と公園で落ち合うことになってるんじゃねえかな。誰かがホーに接近したら、そいつも動画撮影してくれ」

「わかったわ」

チコが電話を切った。多門はスマートフォンを卓上に置き、また煙草に火を点けた。

ホーは恩義のある米倉に頼まれて、何か手伝っているのではないか。ベトナムの少数民族である彼は先日、駐日ミャンマー大使館の前で抗議デモに参加していた。

ホーは、牛久の東日本入国管理センターに収容されていたアジア人やアフリカ人を脱走させた事件に関与しているのだろうか。

ふたたびチコから動画が送信されてきたのは二十数分後だった。

ホーと同じベンチに腰かけているのは、香港マフィアの郭《グオ》ではないか。二人はベンチの両端に坐って、前方を見たまま何か話し込んでいる。

どうやらホーは、米倉弁護士と郭との連絡係を務《つと》めているようだ。人権派弁護士と『白《パイ》龍《ロン》』のボスは、直《じか》に会っているところを他人に見られたくないのだろう。ということは、どちらも後ろめたいことをしたようだ。

「クマさん、ホーという彼が二人目に会った男は何者なの？」

電話の向こうで、チコが言った。

「郭という名で、香港マフィア『白龍』のボスだよ」

「えっ!?　人道主義を貫《つらぬ》いてる名の知れた弁護士先生がどうして香港マフィアのボスと第三者を入れて間接的な接触をしなければならないわけ？」

「それは、二人が共謀して罪を犯したからなんじゃねえかな。まだ裏付《ウラ》けを取ったわけじゃないんで、詳しいことは話せないんだ」

「そういうことなら、詮索《せんさく》しないわ。ベンチの二人が別れたら、あたしはどっちを尾《つ》ければいいの？」

「郭のほうを尾行して、宿泊先を突きとめてくれねえか」

多門はそう言い、通話終了ボタンをタップした。マグカップを掴み上げ、冷めたコーヒーをブラックで飲む。いつになく、苦かった。

マグカップをダイニングテーブルに戻した直後、杉浦から電話があった。

「いま八王子署の近くにいるんだよ」

「捜査本部にいる知り合いの刑事から、藤井殺しの件で何か情報が入ったんだね？」

「うん、まあ。そっちは国際ジャーナリストの露木真《つゆきしん》のことを知ってるか？」

「名前は知ってるよ、何冊かノンフィクションで売れた本があるからね」

「露木は米倉先生の出身大学の一年後輩で、親交が深いんだ。そのジャーナリストが匿名《とくめい》にしてくれることを条件に、捜査本部に情報《ネタ》を提供したらしいんだよ」

「その密告内容は？」

「米倉先生の唯一の趣味はナイフのハンドメイドで、珍しい刀剣のコレクターでもある。ククリナイフも書斎に飾ってあるそうだ。それで、捜査本部は任意で先生に同行を求めるかどうか検討しはじめたらしいんだよ」

「国際ジャーナリストは、米倉弁護士がククリナイフで共進会の藤井を殺害したかもしれないと疑ったわけか」

「そうなんだろうな。おれは先生の一番弟子の山岸弁護士に少し前に電話で所長の趣味のことを教えてもらったんだ」

「それなら、米倉弁護士が共進会の若頭の藤井をククリナイフで……」

「そうじゃねえんだ。おととい、先生はずっと自分の法律事務所にいたんだよ。そのことは所属弁護士だけじゃなく、訪れた弁護依頼人たちも証言してる」

「つまり、アリバイがあるわけだ。それじゃ、藤井を殺《や》ったのは郭なんだろうか。むろん、老板が直《じか》に手を汚したりはしてないと思うがね」

「元グルカ兵のポカラ・グルンがすぐに足のつくククリナイフを凶器に選ぶとは考えにくいんじゃないか」

「そうだね。それに、グルンは事件当日のアリバイがあると言ってた。犯行時間には自分の店にいたと言い、録画を観せようかとも……」

「先生はもちろん、グルンも藤井の事件ではシロだろう。消去法で推測すると、郭が疑わしいな。おそらく香港マフィアと共進会は犯罪絡みの強奪金の分け前のことで揉めたんだろう」

「そうだとしたら、『白龍』のボスは長いつき合いのあるポカラ・グルンの犯行に見せかけたんだろうね」

「もう五十代になった元グルカ兵は役に立たないと考えて、傭兵だったネパール人たちを切り捨てる気になったのかもしれねえな」

「そうなんだろうか」

多門は呟いた。

「チコは香港マフィアの郭を尾行してるんだったよな？」

「そう」

「何か収穫があったのか？」

杉浦が訊いた。多門はチコの報告をそのまま伝えた。

「南麻布の記念公園で米倉先生と郭《グオ》が別々にホーと会ってたのか。なら、ホーは二人の伝達係を務めてるんだろう」

「米倉さんと郭が結託してアナーキーな爆破テロを重ね、首相や都知事を震え上がらせたんじゃねえか」

「郭は無法者だが、米倉先生は心優しい人格者なんだ。その前に法律家なんだぜ。同胞に恐怖と不安を与えるような非人間的な凶悪事件を引き起こすわけねえよ！」

「杉さん、よく考えてみなって。米倉さんは私財をなげうって、スペイン、ポルトガル、モロッコ、ナイジェリアなんかに広大な土地を購入して、難民キャンプを建設し、経済的に自立させることを悲願にしてたんだよな？」

「そうだが……」

「とてつもなくでっかい難民センターの建設費は相当な額になるだろうし、果樹園、ワイン醸造所、裁縫工場の設備投資金も必要になる。クラウドファンディングでは、思うように寄付が集まらなかったようだから、米倉さんは何がなんでも悲願を達成させたくて、香港マフィアの力を借りる気になったのかもしれないぜ」

「クマ、先生を犯罪者扱いするんじゃねえ」

「そんなにむきになって怒ることはないじゃないか。こっちは、米倉さんと郭がツートップで一連の爆破テロをリードしたと断定したわけじゃないんだからさ。ただ、『天誅クラブ』も『Xの会』も実在しないテロ集団に思えてきたんだよ」

「米倉先生は二十年以上も前、香港の民主化運動の楊一林《ヤンイーリン》を台湾に逃がすときに日本人支援者のひとりとして郭と接点があったんで……」

「郭とたまに会ってるだけで、何か悪事を働いてるわけじゃない？」

「おれは先生に世話になってきたし、人間としても信じてるんだ。だからな、先生を疑ったりされると、腹が立つんだよ」

「杉さんの気持ちはよくわかった。おれの言い方が無神経だったのかもしれないな」

「とにかく、おれは先生に恩義を感じてるんだ。それだけは忘れねえでくれ」

杉浦が硬質な声で言い、先に電話を切った。

多門は長嘆息《ちょうたんそく》し、通話終了ボタンをタップした。

杉浦が感情的な物言《ものい》いをしたのは初めてだった。それだけに、多門は困惑してしまった。どう反応すべきなのか。妙案がない。

多門は一連の流れを頭の中で整理しはじめた。

事の発端は、武装した三人組が東京出入国在留管理局品川庁舎に押し入ったことだった。

リーダー格の男は、上席審議官の矢部和樹を射殺して逃走した。その三人は、いまも行方がわかっていない。

主犯格の男は銃器の扱いに馴《な》れ、動作がきびきびとしていた。どこかで軍事訓練を受けたことがありそうだ。

撃ち殺された矢部審議官は難民認定申請中のアジア人の親族から賄賂を受け取り、便宜《べんぎ》を図っていた。その後、東日本入国管理センターの職員棟が爆破され、大勢の外国人収容者が脱走した。収容所の警備官たち職員が命を落とし、収容者たちの脱走を手助けした謎のグループの正体もいまだに不明だ。

そうした事実を分析すると、その後の数々のテロは一つに繋がっているように思える。

多門は無駄な調査を重ねてきたが、『天誅クラブ』と『Xの会』は実在しないのではないかと確信を深めつつあった。

その推測が正しいとすれば、人権派弁護士の不審な点が気になってくる。右翼と自称した男に米倉は斬られそうになったが、凶器は模造刀だった。

特攻服を着た男にデモ行進中に著名な弁護士は拉致されそうになったことがあった。たまたま多門がそれを阻止したのだが、米倉はそれほど戦《おのの》いているようには見えなかった。狂言を重ねたのではないか。そのほかにも、ミスリード工作と思われる行動もあった。

米倉弁護士は正義感の塊《かたまり》のような人物なのだろう。入管関係者の中に賄賂を貰っている者がいるとわかれば、絶対に赦《ゆる》せない気持ちになるだろう。悪質な審議官や警備官は生きる価値さえないと憎しみを募《つの》らせ、第三者に密《ひそ》かに抹殺させたのかもしれない。

意地の悪い見方をすれば、米倉が武装した三人組を雇ってリーダー格の男に収賄常習者だった矢部審議官を射殺させたとも疑える。

郭《グオ》は組織のメンバーとその家族を引き連れて、香港から脱出することを願っているようだ。米倉とは香港の民主化運動のリーダーの楊一林を台湾に逃がしたときに共闘したのだろう。

二人の生き方はまるで異なるが、人間として認め合う点があったのではないか。そうだとすれば、香港マフィアと日本人弁護士が手を結んで、それぞれの悲願を叶《かな》える気になった可能性はゼロではなさそうだ。

どんなに理性的な人間でも、感情を完全にコントロールすることは難しい。

筋読み通りだとしたら、相棒の杉浦は大変なショックを受けるだろう。自分との関係も、ぎくしゃくとしてしまうにちがいない。

自分の推測は外れてほしいが、米倉と郭に対する疑念は消えなかった。

多門は大きな溜息をついた。

ちょうどそのとき、スマートフォンが着信音を発した。多門は反射的に卓上のスマートフオンを摑み上げた。

発信者はチコだった。

「クマさん、香港マフィアは公園を出ると、タクシーを拾って四谷三丁目交差点の近くで降りたの。それでね、『地球の民たち』というプレートが出てる事務所に入ったのよ」

「そうか。そこは、米倉弁護士が副会長を務めてる人権保護団体だよ」

「香港マフィアとは結びつかないんじゃない？」

「おそらく米倉健一は、その団体を実質的に仕切ってるんじゃないかな。それだから、郭《グオ》が長椅子に横になって泊まり込んでも、事務局のスタッフは誰も文句を言えねえんだと思うよ」

「あたし、頭が混乱しちゃって、考えがまとまらないわ。ね、何がどうなってるわけ？」

「そのうち、わかりやすく説明するよ。チコ、悪かったな。ありがとよ！」

多門は謝意を表し、通話を切り上げた。

米倉弁護士と郭を追及するには、それなりの証拠が必要だ。どんな手を使って、二人の弱みを握るか。

多門は知恵を絞りはじめた。

エピローグ

午前零時を回った。

多門はボルボの運転席で、変装用の黒縁眼鏡をかけた。ついでに、前髪を垂らす。気休めだが、素顔を晒《さら》すよりもいいだろう。

車は虎ノ門にある〝士ビル〟の斜め前のガードレールに寄せたままだ。ハザードランプは点いている。

多門は静かにボルボを降り、あたりを見回した。

深夜とあって、通行人の姿はなかった。車も、たまに通るだけだ。多門は大股で、〝士ビル〟に向かった。ビルの出入口にシャッターはない。

多門はビルの中に足を踏み入れた。セキュリティーは緩《ゆる》い。出入口とエレベーターホールに防犯カメラが一台ずつ設置されているきりだ。

多門はエレベーターで、米倉法律事務所のある六階まで上がった。抜き足で目的のオフィスに近寄り、ドアに耳を押し当てる。静まり返っていた。無人のようだ。

多門は特殊万能鍵を使って、ドアのロックを解いた。

法律事務所に忍び込んでから、スマートフォンの光で足許を照らす。正面右手に八つの事務机が据え置かれていた。壁際にはキャビネットや書棚が並んでいる。法律に関する書物が圧倒的に多い。

所長室は左手の奥にあった。多門は所長室に歩み寄った。ドアは施錠されていなかった。

多門は所長室に入った。

三十畳ほどの広さだ。右側に八人掛けの応接ソファセットが置かれ、左側に大きな両袖机が見える。マホガニーのデスクだろう。背後は書棚だ。分厚い専門書で埋まっている。

多門は両袖机に近づき、左側の最上段の鍵を特殊万能鍵を用いて、錠を外した。

犯行声明の原稿が保存されていることを期待したのだが、その類《たぐい》の物は見つからなかった。下の四段の引き出しを次々に開け、中を入念に検《しら》べる。しかし、無駄骨を折っただけだった。

多門はアーム付き回転椅子を回り込んで、右側の最上段の引き出しのロックを解除した。書類の入ったクリアファイルがいくつも重ねてあった。どれも仕事関係の書類だった。

多門は念のため、クリアファイルの奥に利き腕を突っ込んでみた。

すると、指先に固い物が触れた。二本の指で挟んで、引っ張り出す。奥に隠されていたのはＩＣレコーダーだった。

期待できそうだ。多門はにっと笑って、所長席の椅子に腰かけた。ＩＣレコーダーの音声を再生させる。

小さな雑音《ノイズ》の後、男同士の遣《や》り取りが流れはじめた。

——郭君《グオ》、矢部審議官を始末してくれた元海上保安官の津坂泰士《つさかやすし》は、もうインドネシアに密入国できたんだね？

——ええ、ご安心ください。

——裏サイトの〝闇バイト〟に応じてきた破門やくざの二人はどうしてるのかな？

——加賀《かが》と根本《ねもと》の二人は北海道に逃げました。少しまとまった逃亡資金を渡しましたんで、審議官殺しの件は絶対に自供しないでしょう。彼らは首謀者じゃありませんけど、いわゆる共犯者です。

——そうだね。自供したら、実刑を喰らうことになるだろうからな。共進会の藤井を片づけてくれた子分の張《チャン》は香港に戻ったんだね。

——ええ、そうです。藤井は欲が深い。米倉先生とわたしが手を組んで、日本政府から二千億をせしめたことを強請《ゆすり》の材料にして五百億円を要求してきた。救いようのない極悪人ね。

勘弁できないよ。藤井には貸しがあるのに。

――きみは、共進会と一緒に犯罪絡みの大金を横奪《ど》りしたんだったな。

――先生、わたしはダイレクトに犯行には関わっていません。若い者たちが手を汚してくれましたので。

――ああ、そうだったね。ネパールの山岳育ちの元グルカ兵が、共進会の藤井をククリナイフで殺害したように見せかけようとしたのはなぜなんだね？

――元イギリス陸軍の傭兵とは長いつき合いですが、どうも信用できないところがありますね。だから、わたし、子分に藤井を殺《や》ったのはグルンのように見せかけろと指示しました。

――そういうことだったのか。

――米倉先生、牛久の東日本入国管理センターから脱走した外国人の半分以上が捕まってしまいましたが、ほかの連中はどこかに潜伏してる、そうなんでしょ？

――『地球の民たち』のメンバーに協力してもらって、数人単位で匿《かくま》ってもらってるんだ。

――先生の悲願の難民センターが完成したら、その連中もスペインかポルトガルに呼び寄せる予定なんでしょ？

――そうするつもりだよ。きみとは二十年以上も前に香港の民主化運動のリーダーだった楊《ヤン》さんを台湾に逃がした縁でつき合うようになったわけだが……。

——不思議な縁ね。わたし、本当にそう思っています。先生と知り合えて、よかったですよ。黒社会から足を洗って、組織のメンバーとその家族ともどもカナダのバンクーバーに移り、合法ビジネスで暮らしていこうと心を入れ替えることができたのだから。でも、日本国民に申し訳なく思ってる。先生とわたしが得た一千億円、計二千億円はもともと国民の税金なんですよね。

——そのことでは、わたしも心を痛めてるよ。自己弁護に聞こえるだろうが、血税は有効に遣わなければいけないんだ。政治家やキャリア官僚たちの多くは自分を利することを第一に考えて、社会的弱者たちに本気で手を差し延べようとしてない。

——そうみたいね。香港政府は中国共産党の顔色ばかりうかがって、自尊心すら失ってる。情けないことです。

——わたしたちがやったことは大罪だが、決して私利私欲で社会のルールを破ったわけじゃない。連続爆破テロの犠牲になった市民には何度謝っても償《つぐな》えないだろうがね。

——米倉先生は自分を利するために悪いことをしたわけではありません。立派ですよ。わたしは楽して新天地で生き通したいと考えたんですから、性根《しょうね》は腐ったままなんでしょう。

——それを自覚してるんだから、いつか必ず真人間になれるだろう。

——そうなれるよう日々、努力を重ねないとね。

——郭《グオ》君、一連の事件に協力してくれたアウトローたちにちゃんと報酬を払ったね？

——もちろんですよ。いろんな人たちの協力がなかったら、わたしたちの犯罪計画はうまくいかなかったんじゃないですか？

——そう思うよ。それはそうと、警察に怪しまれてるのではないかと感じたことは？

——ありません。

——できるだけ早く香港に戻って、カナダに移る準備をしたほうがいいな。

——そうですね。先生は捜査関係者にマークされていると感じたことはあります？

——それはないんだが、ホー君の報告によると元やくざの大男が何か嗅《か》ぎ回ってるみたいなんだ。

——そいつを配下の者に葬《ほうむ》らせましょうか。

——いや、もう少し様子を見たほうがいいだろう。下手に動くと、一連の事件の真相を知られてしまうかもしれないからね。

——そうしましょうか。しばらく先生との接触は控えます。

——ああ、そうしてもらおうか。わたしも、連絡しないようにしよう。

——わかりました。では、そういうことで。

音声が熄《や》んだ。

そのとき、急に所長室の電灯が点いた。クエ・マク・ホーと杉浦が入室した。ホーは左手で杉浦のベルトを握っている。腰の後ろのあたりだ。右手には両刃のダガーナイフが握られている。切っ先は、杉浦の脇腹に突きつけられていた。

「面目ねえ」

杉浦がきまり悪げに言った。

「杉さんがなんで、ホーに取っ捕まったんだ？」

「もしかしたら、米倉先生は一連の謎の多い事件に関与してるのかもしれねえと思ったんで、〝士ビル〟に来てみたんだ。そしたら、一階のエレベーター乗り場でベトナムの少数民族の兄ちゃんに刃物を突きつけられたんだよ」

「そうなのか。人権派弁護士は香港マフィアと共謀してたよ。杉さん、録音音声を聴いてくれ」

多門は言って、ＩＣレコーダーの再生ボタンを押し込んだ。

米倉と郭の会話が響きはじめた。すぐにホーが叫んだ。

「ＩＣレコーダーの音声を停止させろ！　そうしないと、調査員の男をナイフで刺すぞ」

「うるせえんだよ」

杉浦がホーの利き腕をホールドして、膝頭で相手の股間を蹴り上げた。ホーが唸りながら、頽《くずお》れた。杉浦がすかさず両刃のナイフを奪い、刃をホーの頸動脈《けいどうみやく》に押し当てた。ホーが身を竦《すく》ませ、おとなしくなった。

やがて、米倉と郭《グオ》の会話が終わった。

多門は無言でICレコーダーの停止ボタンを押した。杉浦は事件の真相を知って、かなり動揺している様子だ。

「クマは、そのICレコーダーを持ち出して米倉先生を警察に引き渡す気なのか。どうなんだ？」

「警察に別に借りはないから、人権派弁護士を売る気はないよ」

「だったら、ICレコーダーを元の場所に戻して、先生を見逃してやってくれねえか。おれは米倉先生にさんざん世話になったんだ。つまり、恩人なんだよ」

「だからって、見て見ぬ振りはできないな。殺されても仕方ない入管職員だけじゃなく、一般市民にもたくさんの死傷者が出たんだ」

「そのことでは先生は心を痛めてると思うが、私欲のために爆破テロを煽動《せんどう》したわけじゃねえんだ。共犯の郭とは違って、義憤を抑えられなくなったんで……」

「それはわかるよ。けど、米倉先生は常軌《じょうき》を逸したことをやったんだ。出頭させるべきなんじゃないか」

「どうしても目をつぶることはできないってことだな？」

「そうだね」

「なら、クマを痛めつけてでも阻止するほかねえな。先生がおれに調査の仕事を回してくれてるんで、女房の入院費が払えるんだ。クマにもいろいろ世話になってることには感謝してらあ」

「杉さんは、米倉さんを逃亡させる気なんだな。そうなんだろ？」

「録音音声が誰かの手に渡ったら、先生の悲願は達成できなくなる。おれは生きてるうちに借りを返してえんだ。クマ、そのＩＣレコーダーをおれに渡してくれ。そうすれば、先生は逃亡者にならずに済むだろう」

　杉浦が訴えた。

「どうかしてるよ、杉さん！　犯行動機はどうあれ、米倉さんは郭と結託して大罪を犯したんだぜ」

「おれが先生をなんとか説得するから、二年、いや、一年半ほど何も見なかったことにしてくれねえか。それぐらいの時間があれば、スペインやポルトガルに難民センターが完成するだろう」

「杉さん、正気なのか。自分が何を言ってるのかわかってるの？」

「仕方がねえ。おれはクマを刺す。もちろん、致命傷は負わせない。片方の太腿を刺すか。そのＩＣレコーダーはおれが持ち帰る」

「杉さん、とにかく落ち着いてくれよ」

多門は言った。だが、忠告は受け入れられなかった。

杉浦がダガーナイフを握りながら、少しずつ間合いを詰めてくる。殺意は伝わってこないが、ナイフを想《おも》わせる目は据《す》わっていた。

「二人ともやめて！」

ホーが小声で言った。震え声だった。

杉浦が刃物を振り回しはじめた。幾度か、切っ先を突き出しもした。このままでは、悪い事態になりかねない。

多門は右腕を腰の後ろに回し、ベルトの下からマカロフＰｂを引き抜いた。サイレンサーピストルの銃口を杉浦に向ける。

「杉さん、おれに引き金を絞らせねえでくれ」

「クマ、撃て！　いっそ射殺されたほうがいい。この板挟みは辛すぎらあ」

「おれには杉さんは撃てない。腐れ縁だが、大事な相棒だからな」

「クサいことを言うんじゃねえよ」

杉浦が刃物を足許に落とし、土下座した。多門はサイレンサーピストルを下げ、杉浦に問いかけた。

「なんのつもりなんだい？」

「クマ、ICレコーダーをおれに預けてくれねえか。この通りだ。お願いだっ」

杉浦が額を床に擦《こす》りつけた。

「頭を上げてくれ、杉さん！」

「おれたちは検事でも判事でもねえんだ」

「だから？」

「先生に一年半か、二年の時間を与えてくれねえか。最初の難民センターが完成したら、おれが米倉先生を説得して必ず出頭させる。強く拒まれたら、そのときは先生を警察に売る。だから……」

「そこまで言うんだったら、ICレコーダーは杉さんに預けるよ。その先のことは問わないことにする」

「クマ……」

「ぎくしゃくしかけたが、おれたちはバディなんだ。ぶつかり合っても、おれは杉さんと離れない。先に帰るぜ」

多門は言って、所長室を出た。

杉浦の嗚咽《おえつ》の声に、ホーの泣き声が被さった。多門は足を速めた。

四日後の夕方、意想外の結末を迎えた。

多門は自宅マンションで、米倉弁護士が警視庁舎の目の前で急性心不全に見舞われて搬送先の救急病院で亡くなったことをテレビのニュースで知った。ほんの十数分前のことである。

人権派弁護士は隠しておいたＩＣレコーダーがなくなっていることに気づき、観念して出頭する気になったのだろう。しかし、出頭直前に急死してしまった。

米倉弁護士は悲願を優先させて、人の道を大きく外したことを反省し、罪を償《つぐな》う気持ちになったのではないか。

米倉自身が殺人に走ったわけではない。しかし、数々の殺人教唆《きょうさ》は重罪だ。死刑になることを覚悟して、けじめをつけたかったのだろう。

正と邪、善と悪は背中合わせだ。何かの弾《はず》みで正義は萎《しぼ》み、邪心に支配されるのかもしれない。汚れた社会で硬骨を維持しつづけることは破滅を招くことになるのだろうか。そうだとしたら、哀しい時代だ。生きることが虚《むな》しくなってくる。それでも、多くの人々は逞《たくま》しく生きている。

自分は余計なことをしてしまったのだろうか。件《くだん》のICレコーダーを見つけなければ、米倉弁護士は急死しなかった気がする。

「わーっ」

多門は大声を発し、特大ベッドに大の字に寝そべった。

その数分後、ナイトテーブルの上でスマートフォンが鳴った。多門は仰向けになったまま、すぐにスマートフォンを摑み上げた。

電話をかけてきたのは杉浦だった。

「米倉先生が急死したんだ。警視庁のすぐ近くでな。クマ、もう知ってるか？」

「さっきテレビのニュースで、そのことを知ったよ。おそらく米倉さんは例のICレコーダーを誰かに見つけられたことを覚《さと》って、観念したんだろう。で、出頭して……」

「そうなんだと思うよ。郭のことは、まだ知らないみてえだな」

「香港マフィアがどうかしたの？」

多門は訊いた。

「ついさっきテレビの速報で、郭も死んだと伝えられてた。『白龍《パイロン》』のボスは米倉先生が出頭前に警察に罪の数々を喋ったかもしれないと早合点して、宿泊先のホテルを飛び出し、車寄せで客待ち中のタクシーを奪い……」

「奪ったタクシーで交通事故死したんだね?」

「そう。郭《グオ》は新宿通りで前走車を強引に追い抜こうとしてセンターラインを越えちまって、反対車線のダンプカーと正面衝突したんだ。レスキュー隊が到着する少し前まで郭は生きてたようだが、救《たす》からなかった」

「郭が命を落としたと聞いても、別に悲しみは込み上げてこない。だけど、人道主義者の大物弁護士が亡くなったのはショックだな」

「おれは茫然自失《ぼうぜんじしつ》の状態だよ。悲しみよりも驚きのほうがでかいんだ」

杉浦が沈んだ声で言った。

「そうだろうな」

「これから、だんだん悲しみが迫《せ》り上げてくるんだろう。クマ、一緒に米倉先生を弔《とむら》ってやってくれねえか。独りで弔い酒を飲むのは辛すぎてな」

「杉さん、タクシーを飛ばして、すぐおれの部屋に来なよ。酒なら、売るほどあるからさ。待ってるぜ」

多門は上体を起こし、ロングピースに火を点けた。

相棒と明日の朝までグラスを重ねることになりそうだ。問題のICレコーダーは、そのうち杉浦がメモリーごと焼却することになるかもしれない。だが、きょうはその件には触れないことにしよう。

「何か酒の肴《さかな》を用意するか」

多門は声に出して呟き、寝室からダイニングキッチンに向かった。

長く辛い夜になりそうだった。相棒とは黙しがちに弔い酒を重ねることになるだろう。

解説

永《なが》田《た》勝《かつ》久《ひさ》
（文芸編集者）

バブル経済が弾けてから遅れること十年、不況に強いといわれた出版業界も、二〇〇一年、ついに活字離れが到来した。以来、二〇二三年の現在でも、書店も出版社も廃業が相次いでいる。

しかし、どんな市況でも活躍する作家は必ず存在する。

そのうちのひとりが、南英男《みなみひでお》だ。

南英男は、文庫書下ろし界を代表する作家であり、革新者《イノベーター》でもある。

現在の文庫書下ろし市場を大きく二つに分割しているのは、ハードボイルドと時代小説なのだが、両方とも、文庫書下ろし黎明《れいめい》期に圧倒的な競争力で全国書店の棚を拡大したジャンルである（かつては、官能小説を入れて人気を三分していたが、ビデオテープやＤＶＤ、インターネットの普及によって、開店休業に近い状態にある）。

ハードボイルドでは、南英男を筆頭に広山義慶《ひろやまよしのり》、龍一京《りゅういっきょう》ら、時代小説では、峰隆一郎《みねりゅういちろう》や黒崎裕一郎《くろさきゆういちろう》、宮城賢秀《みやぎけんしゅう》らが縦横無尽の大活躍をしていた。

彼らは文芸界において、文庫書下ろし市場を開拓したイノベーターといえる。もしも彼らが存在しなかったならば、今の文芸市場の様相はまったく異なるものであったのは間違いない。当時不況に苦しみ抜いていた文芸界を救った彼らは、抜群に貢献度が高いのである。ベテランの文芸編集者ならば、誰しも深く頷くはずだ。

その、文芸界の救世主ともいえる南英男のデビューは意外にも青春小説《ジュニア》であり、一九七〇年代から八〇年代まで青春作家の頂点に君臨し続けていたが、その座にこだわりもせず、九〇年代には大人向けエンターテインメント作家へと華麗なる転身を果たし、現在に至っている。二十代でデビューというから、なんと作家生活五十年以上にもなるのだ。

さらに驚嘆するのは、ほかの流行ジャンルに一切見向きもせず、かといって、講演会や小説講座などを開くわけでもなく、文字通り筆一本で五十年にわたり、読者の手元に新作を送り続けてきた事実だ。小説だけで十年も食べられれば御《おん》の字《じ》といわれる文芸界で、この生き方がどれほど困難なことか――。

むろん人間だから五十年の間には病気にもなるし、怪我もする。脳梗塞《のうこうそく》で倒れ、闘病生活を強《し》いられていた時期もある。だが、旺盛《おうせい》な執筆意欲で見事に快復、以来、片時も筆を擱《お》いてはいない。

そういった姿を間近で見てきたから、人気も健康も維持したまま執筆を続ける困難さはよく分かる。なにしろ、一九九四年（平成六）八月に刊行された『強請《ゆすり》屋稼業　獲物』を担当して以来、三十年ほどの付き合いになるからだ。

作家であるには、文章力や構成力、物語力など、小説作法的な力量が必要なのは当たり前であるとして、時流を観る眼、人間を観る眼に長《た》けていなければ、第一線を確保し続けることはできない。とはいえ、その両眼は、誰しも歳を取るごとに衰えてくるものだから、本当に厄介《やっかい》だ。

さりながら、南英男は両眼が衰えない。衰えていたら、五十年も小説一本槍で生活できるわけがないのだ。

時流を観るのに長けた眼を持つ南英男の描く事件は、リアルな情報《エビデンス》で理論武装しながら、現実世界でタイムリーに起こるかどうか極めて怪しい線上を行き来する構造で成り立っているが、これまで各作品で描かれてきた、総理大臣狙撃、政治家と新興宗教との癒着、広告代理店によるメディアコントロールなど、一見荒唐無稽《こうとうむけい》とも思える事件がこの数年で徐々に現実化しはじめているのには、驚きよりもむしろ背筋が寒くなる思いだ。

ずい分以前から、『裏社員　反撃』（祥伝社）や『番犬稼業　罠道』（青樹社）など、新作が刊行されるたびにそっくりな事件が現実に起こり、南英男が時流を先取りした事件を描いていると気づいていたのだが、それは今でも変わらない。昔ながらの南英男ファンには同意していただけるだろう。

そしてもう一方の、人間を観る眼はといえば——。

編集部配属二年目、私が駆《か》け出しの頃、南英男から誕生日にモンブランの万年筆を贈られたことがあった。今や懐かしいテレスコピック・ピストン式だ。当時、姉から就職祝いにもらったモンブランのボールペンを愛用していたので、これでセットになったと素直に喜んでいた。

ところが、それからしばらく経《た》ったある日、打ち合わせの席で突然、南英男から、

「書いていますか。作家になりたいんでしょう」

とバッサリ切られたのである。まさに不意打ちだった。

パソコンやタブレットなどが普及した今、若い世代は知らないかもしれないが、モンブランの万年筆といえば高級品で、当時は作家が執筆に使う筆記用具の代名詞だった。

この、南英男のたった一声で、ボールペンとセットだったモンブランの万年筆が、急に大きな存在となって、私に襲いかかってきた。

なぜなら学生時代、冬山単独行や幕営徒歩旅行をしていた頃に知った、カヌーイストで作家でもあった野田知佑《のだともすけ》（故人）に憧れ、アウトドアライターになりたい夢を抱いていたから

だ。

アウトドアライターになるには、まずはアウトドア系雑誌の編集者にコネを作らねばと小《こ》狡《ずる》く考えた私は、出版社に的《まと》を絞《しぼ》って就職活動し、運よく出版社に潜り込むことができた。しかし、潜り込んだまではよかったが、何十社も廻った就職活動の反動のせいか、気が抜けてすっかり安心、しかも編集の仕事が楽しくなってしまい、夢をどこかへ置き忘れてしまっていたのだ。

担当して間もないのに、置き忘れた夢をいとも簡単に見透《みす》かされてしまい、とても恥ずかしくなった。ボールペンとセットになって嬉しいだなんて、単純バカでしかない。

ここで、南英男の一言が効いて一念発起《ほっき》、アウトドアライターで稼げるようになった、と書ければ格好いいオチがつくのだが、現実には、長年勤めた会社を定年前に退職、フリーの編集者になっている。

フリーになれば明日の食事の調達が不安になるが、出版不況に加えて、今はコロナ禍《か》だ。より不安は増す。作家もフリーだから同じ胸中なのか、南英男は私を案じて、さまざまな仕事を回してくれている。実に細やかな気配りをする人柄なのだ。

弱き者のプライドを傷つけず、救いの手を差し伸べる南英男の温《あたた》かさは、我が身を度外視して奔走《ほんそう》する本書の主人公・多門剛《たもんごう》と相通じているし、相棒の杉浦将太《すぎうらしょうた》やチコにも、さり気ない優しさが垣間見《かいまみ》られる。私にとって、彼らは南英男本人にしか見えない。

どこからそんな温かさ優しさが生まれているのか、南英男の飄々《ひょうひょう》とした姿からはまったく想像できないが、ある時ふと目に入ってきた掌《てのひら》の刀傷が、人柄に影響を与えた何かを物語っているような気がする。

そんな優しさと逞《たくま》しさの二面性を持っていると思われる南英男の代表作はふたつある。「強請屋稼業」全十五巻、そして「毒蜜」全十二巻。いずれも、累計一〇〇万部を突破した人気シリーズだ。

ここでは「強請屋稼業」の紹介は省《はぶ》くが、「毒蜜」は全タイトルを挙げておく。

光文社と実業之日本社の〝九カ月連続、二社合同出版企画〟として、華々しく刊行がはじまった本シリーズは、

1.『毒蜜』（実業之日本社文庫）
2.『毒蜜　快楽殺人』（光文社文庫）
3.『毒蜜　残忍犯』（実業之日本社文庫）
4.『毒蜜　謎の女』（光文社文庫）
5.『毒蜜　人狩り』（実業之日本社文庫）

6. 『毒蜜　闇死闘』（光文社文庫）
7. 『毒蜜　天敵』（実業之日本社文庫）
8. 『毒蜜　裏始末』（光文社文庫）
9. 『毒蜜　七人の女』（光文社文庫）
10. 『毒蜜　牙の領分』（祥伝社文庫）
11. 『毒蜜　冷血同盟』（実業之日本社文庫）
12. 『毒蜜　首都封鎖』（光文社文庫）

と、九巻目までほぼ入れ違いの順番で発売されている。一巻完結なので、どの巻から読んでも問題なく楽しめるはずだ、安心して手に取ってほしい。

ちなみに、十巻目に当たる『牙の領分』から、十一巻目の『冷血同盟』、十二巻目である本書までの三作は新規書下ろしだ。九巻目の『七人の女』だけは、連作短編集という珍しい形で、多門の女性観をたっぷり堪能《たんのう》できる作りとなっている。

もちろん、「毒蜜」「強請屋稼業」のほかに、南英男の作品は六百ほどもある。優しく逞しい革新作家《イノベーター》の描く小説を、心ゆくまで読み尽くしてほしい。

全作面白いこと請け合いだ。三十年も付き合いのある元担当者がいうのだから、疑いの余地はないはずだ。

光文社文庫

文庫書下ろし
毒蜜《どくみつ》 首都封鎖《しゅとふうさ》
著 者 南《みなみ》 英《ひで》 男《お》

2023年5月20日 初版1刷発行

発行者 三 宅 貴 久
印 刷 堀 内 印 刷
製 本 榎 本 製 本

発行所 株式会社 光 文 社
〒112-8011 東京都文京区音羽1-16-6
電話 (03)5395-8149 編 集 部
8116 書籍販売部
8125 業 務 部

ISBN978-4-334-79533-7 Printed in Japan

組版 堀内印刷